SANDRA DÜNSCHEDE
Friesennebel

SANDRA DÜNSCHEDE
Friesennebel
Ein Fall für Thamsen & Co.

GMEINER SPANNUNG

Bisherige Veröffentlichungen im Gmeiner-Verlag:
Kofferfund (2016), Friesenmilch (2016), Knochentanz (2015),
Friesenschrei (2015), Friesenlüge (2014), Friesenkinder (2013),
Nordfeuer (2012), Todeswatt (2010), Friesenrache (2009),
Solomord (2008), Nordmord (2007), Deichgrab (2006)

*Personen und Handlung sind frei erfunden.
Ähnlichkeiten mit lebenden oder toten Personen
sind rein zufällig und nicht beabsichtigt.*

Besuchen Sie uns im Internet:
www.gmeiner-verlag.de

© 2017 – Gmeiner-Verlag GmbH
Im Ehnried 5, 88605 Meßkirch
Telefon 0 75 75 / 20 95 - 0
info@gmeiner-verlag.de
Alle Rechte vorbehalten
1. Auflage 2017

Lektorat: Claudia Senghaas, Kirchardt
Herstellung: Julia Franze
Umschlaggestaltung: U.O.R.G. Lutz Eberle, Stuttgart
unter Verwendung eines Fotos von: © ksl / shutterstock.com
Druck: GGP Media GmbH, Pößneck
Printed in Germany
ISBN 978-3-8392-2028-3

Für die Risum Girls – weil Heimat verbindet

PROLOG

Diese Nacht war düster und kalt. Dichte Nebelschwaden zogen über die schwarze Landschaft, hingen träge über dem feuchten Gras, hüllten alles ein wie in Watte, die sämtliche Geräusche schluckte. Das Knacken klang daher ohrenbetäubend. Einige Vögel flatterten erschrocken in der Dunkelheit auf.

Eine Gestalt, die in dem dichten Nebel kaum auszumachen war, hielt abrupt inne, obwohl sie selbst das Geräusch verursacht hatte. Die kleinen Atemwölkchen, die stoßweiße aus dem Mund drangen, vermischten sich sofort mit den feuchten Schwaden, lösten sich darin auf.

War es ein Fehler gewesen, hierherzukommen? War der Plan doch nicht so genial wie gedacht? Würde diese Aktion nicht ablenken von den anderen? Eine falsche Fährte legen? Die Person lauschte ins Schwarz, das sie umgab.

Stille. Nichts als Stille. Der Schatten bewegte sich lautlos weiter, während innerlich Erinnerungsfetzen wie Blitzlichter aufflammten. Schummrige Notbeleuchtung, das Quietschen von Gummisohlen auf Linoleum, der Geruch von Urin und Desinfektionsmittel. Dann das kalte Metall der Türklinke in der Hand, ein leises Schnarchen, nein, eher eine Art Grunzen, das verstummte, sobald das weiche Kissen sich auf das Gesicht senkte und fest auf Mund und Nase gedrückt wurde. Ein gewohnt kurzes Zucken, leicht zu bändigen, ganz leicht und dann Stille.

Ein Wagen tauchte plötzlich wie aus dem Nichts auf, dessen Lichter wie kleine Blitze kurz beim Öffnen der

Verriegelung aufflammten. Die Gestalt glitt eilig auf den Fahrersitz, zündete den Motor und starrte auf den finsteren Feldweg, der wegen des Standlichtes, das lediglich eingeschaltet worden war, kaum auszumachen war. Langsam rumpelte das Auto vorwärts, fort von dem kleinen Waldstück, in dem sich die Bäume wie schwarze Krallen in den Himmel streckten, fort von der Dunkelheit, fort vom Tod.

1. KAPITEL

Der Harndrang weckte Haie Ketelsen wie jeden Morgen gegen 5.30 Uhr. Er spürte den Druck schon eine Weile, und doch zögerte er, dem Bedürfnis, seine Blase zu erleichtern, nachzugeben. Um diese Uhrzeit war es stockdunkel, und als Haie seinen Fuß unter der Bettdecke hervorstreckte, spürte er die Kälte des Morgens in der Luft hängen. Er war schon immer jemand, der nur bei geöffnetem Fenster schlafen konnte, hasste aber die kühlen Temperaturen in dieser Jahreszeit, die sein Schlafzimmer über Nacht in einen wahren Eisschrank verwandelten.

Haie stöhnte. Es nützte nichts. Er musste raus. Viel länger würde er nicht einhalten können. Oder doch? Er konzentrierte sich mit geschlossenen Augen darauf, bewusst an etwas anderes als an seine randvolle Blase zu denken. Allerdings mit wenig Erfolg. Er schlug die warme Daunenbettdecke zur Seite und wälzte sich aus dem Bett, was gar nicht so einfach war, denn seine Knochen wollten ihm nicht so recht gehorchen, und es dauerte einen Moment, bis er sich aufgerichtet hatte und eilig nach seinen Pantoffeln angelte. Es wurde höchste Eisenbahn. Er hatte lange gewartet. Zu lange?

Schnell schlurfte er zur Tür, durch einen kleinen Flur und stieg die steile Treppe hinab, die unter seinen Schritten knarzende Geräusche von sich gab. Ansonsten war es still im Haus. Tom und Niklas schliefen noch, nur Haie musste dringend auf die Toilette. Sein ganzer Körper war derart auf das bevorstehende Urinieren fixiert; da war in

Haies Kopf für mehr kein Platz. Daher konnte er, wenngleich er den Stapel Videospiele auf einer der Treppenstufen sah, nicht auf das Hindernis auf seinem Weg zum Klo reagieren. Es knackte laut, als er auf die oberste Plastikhülle trat, die sich gleich unter seinem Fuß verselbstständigte und mit ihr Haies gesamter Körper.

»Uargh«, war alles, was Haie neben wildem, unkontrolliertem Strampeln und Rudern mit Armen und Beinen zustande brachte. Halt fand er jedoch keinen, sodass er letztendlich kopfüber die Stufen hinunterfiel und auf den harten Fliesenboden krachte, auf dem sein Sturz mit dem Geräusch brechender Knochen und einem markerschütternden Schmerzensschrei endete.

Sterne tanzten vor Haies Augen, und ein Ohnmachtsgefühl drohte ihn zu überrollen, das lediglich von seinen animalischen Schreien zurückgehalten wurde.

Urplötzlich tauchte Toms Gesicht vor seinem auf. Kalkweiß wirkte es wie ein Geist, und Haie schrie noch lauter. Er spürte nicht, wie Niklas ihn berührte, er hörte nicht, was Tom zu ihm sagte, sein Körper schien nur aus diesem dumpfen Schmerz zu bestehen, dessen Ursprung er nicht genau lokalisieren konnte. War es der Arm oder das Bein oder beides? Wieder kam diese dunkle Wand auf ihn zu, er schluckte und unterbrach dadurch für den Bruchteil einer Sekunde sein Geschrei.

»Haie«, brüllte Tom ihn in diesem Moment an. »Ich bringe dich ins Krankenhaus.« Er zerrte an Haies Arm, der daraufhin zu explodieren schien. »Auuuuuuhhhh!« Sofort ließ Tom den Freund los. Sein Herz pochte bis zum Hals, der staubtrocken war. Was sollte er tun? Sein letzter Erste-Hilfe-Kurs war so lange her, er erinnerte sich nicht daran, was in solch einem Fall zu tun war. Er hatte ja noch nicht einmal eine Ahnung, was mit Haie wirklich los war. Womöglich machte er es mit seinen Hilfeversuchen nur noch schlimmer. »Rede mit ihm«, trug er schließlich Niklas auf, der mit großen Augen und offenem Mund neben seinem Patenonkel am Boden saß.

Tom hastete ins Wohnzimmer, riss das Telefon aus der Ladestation und wählte 112.

2. KAPITEL

Monika Jensen drückte energisch ihre Zigarette im Aschenbecher auf der kleinen Veranda aus und schlüpfte dann durch die gläserne Schiebetür zurück ins Warme. Ein Blick auf die Uhr über der Tür des Gemeinschaftsraumes sagte ihr, dass ihre Schicht anfing, genau in diesem Moment. Sie hätte jedoch gar nicht auf die Uhr zu schauen müssen, denn pünktlich zum Arbeitsbeginn hörte sie die beiden Kollegen von der Nachtschicht auf dem Gang. Plaudernd kamen sie näher und betraten den Raum. Die Erleichterung, nun Feierabend zu haben, stand ihnen förmlich in ihre Gesichter geschrieben, und Monika beneidete die beiden, hatte sie die Arbeit doch noch vor sich.

»Irgendetwas passiert heute Nacht?«, fragte sie die Kollegen, die allerdings nur den Kopf schüttelten. »Nichts Besonderes, alles wie immer«, gab die ältere der beiden Frauen Auskunft. Monika nickte und knöpfte ihr weißes kittelartiges Oberteil zu. »Ach doch«, entfuhr es da der anderen der beiden Mitarbeiterinnen, »vielleicht schaust du als Erstes nach Frau Bertram. Die hatte heute Nacht Schmerzen, und ich habe ihr ein paar Ibu gegeben. Vorhin schlief sie noch, aber besser du behältst sie heute im Auge.«

»Alles klar.« Monika schlurfte in ihren Plastikpantoffeln los und holte zuallererst den Rollwagen aus einer angrenzenden Kammer, der die Utensilien für die Morgentoilette der älteren Herrschaften enthielt. Seit mehr als 20 Jahren arbeitete sie als Altenpflegerin, und die Arbeitsabläufe waren ihr in Fleisch und Blut übergegangen. Sie dachte meist gar nicht mehr darüber nach, was als Nächstes zu tun war, sondern verrichtete automatisch ihre Arbeit. Mit den älteren Menschen kam sie gut klar. Schon immer. Als junges Mädchen hatte sie zu Hause geholfen, die Großeltern zu versorgen. Wahrscheinlich war damals der Berufswunsch in ihr gekeimt, denn als sie nach dem Schulabschluss eine Ausbildung als Altenpflegerin angeboten bekommen hatte, hatte sie nicht groß darüber nachgedacht, sondern die Chance ergriffen. Viel zu überlegen war ohnehin nicht Monikas Art. Sie machte immer einfach – das brachte ihrer Ansicht nach weitaus mehr als zu grübeln. Da kam man womöglich nur auf dumme Gedanken oder wurde depressiv. Denn wenn Monika klar werden würde, dass auch sie wahrscheinlich eines Tages in solch einer Pflegeeinrichtung vor sich hin leben würde, ginge ihr der Job vermutlich nicht so leicht von der Hand.

Man durfte sich das Schicksal der alten Leutchen nicht zu sehr zu Herzen nehmen. Das war zwar nicht immer einfach, aber wenn man alles zu sehr an sich heranließ, all das Leid, das Sterben, das Vergessen, dann konnte man daran selbst zugrunde gehen. Das hatte sie schon bei einigen ihrer Kollegen im Laufe ihrer Berufszeit erlebt. Wie sie jedes Mal in tiefe Trauer stürzten, wenn ein Bewohner verstarb, oder ein Demenzkranker mehr und mehr vergaß und nicht mehr Herr über den eigenen Körper war. Natürlich war das schwer zu ertragen, aber es half niemandem, wenn man sich all dieses Leids annahm und am Ende womöglich selbst daran kaputtging.

Sie öffnete leise die Tür zum Zimmer von Frau Bertram. Sie wollte die alte Dame nicht wecken, falls sie noch schlief. Dabei ging es Monika weniger darum, dass die Frau ausruhte, sondern vielmehr wollte sie selbst von dem Gejammer der Bewohnerin verschont bleiben. Sie kannte Frau Bertram schließlich und glaubte daher nicht, dass ein paar Ibuprofen das Problem der alten Dame gelöst hatten. Doch zum Glück schlief die Frau. Monika vernahm ein leichtes Schnarchen und schloss leise die Tür.

»Guten Morgen, Frau Siebert!« Ganz anders betrat sie den nächsten Raum, den sie mit großen Schritten durchquerte, um am Fenster die Vorhänge zur Seite zu ziehen. Draußen war es zwar noch nicht ganz hell, aber allein durch die lautstarke Begrüßung und das klappernde Geräusch der Gardinenringe wachte die Bewohnerin auf. Monika drehte sich um und lächelte die kleine runzelige Frau an, die sie reichlich schlaftrunken anblickte. Doch Monika kannte keine Gnade. Schwungvoll schlug sie die Bettdecke zurück und drückte beinahe zeitgleich den Knopf, der den oberen Bettbereich nach oben surren ließ. Sie wandte sich um, holte den Rollwagen und begann zügig mit der Morgentoilette.

Nachthemd aus, Windel aus, mit dem Seifenlappen Gesicht und Hals, dann Oberkörper und Intimbereich sowie den Rest einschließlich der Füße abwischen. Abtrocken, frische Windel anlegen sowie saubere Kleidung anziehen. Zum Schluss das Gesicht eincremen, kämmen, fertig war Frau Siebert. Monika hob die Frau in ihren Rollstuhl, den sie anschließend ans Fenster schob. »Ich hole Sie gleich zum Frühstück«, verabschiedete sie sich für den Moment und eilte zum nächsten Zimmer. Morgens war es oft hektisch, zumal ihre Kollegin, die mit ihr auf dieser Etage den Frühdienst hatte, meist später kam. Frauke war alleinerziehend und musste daher zunächst die Kinder in die Schule und zur KiTa bringen. Die Heimleitung hatte die Verspätung offiziell genehmigt, da es schwer war, geeignetes Personal zu finden.

Monika kam damit klar, da sie sich wie immer keine Gedanken darüber machte, ob das nun ungerecht gegenüber den anderen Mitarbeitern war oder sie deswegen in den frühen Morgenstunden Stress hatte. Es nützte doch nichts, die Arbeit musste getan werden.

Erneut riss sie die Zimmertür schwungvoll auf und betrat mit einem lauten »Guten Morgen, Herr Nissen« den Raum, ging direkt zum Fenster, wo sie wie zuvor bei Frau Siebert zuerst die Gardinen aufzog. Monika wandte sich mit einem Lächeln herum, stoppte aber in der Bewegung und blinzelte. Einmal, zweimal. Das Bett des Bewohners war leer. Etwas ratlos blickte sie sich im Zimmer um und bemerkte dabei, dass der Rollstuhl von Herrn Nissen fehlte. Hatte jemand den Mann abgeholt? Vielleicht zu einem frühen Arzttermin? Oder was war hier los? Wieso hatten die Kolleginnen sie nicht informiert? Es kam nicht selten vor, dass Bewohner aus dem Heim ausbüxten, aber bei Herrn Nissen war das nicht vorstellbar. Der war viel zu schwach, um sich alleine in den Rollstuhl zu setzen und davonzurollen. Aber vielleicht hatte er Unterstützung gehabt? Manchmal rotteten sich die Bewohner des Heimes gegen das Pflegepersonal zusammen.

Mit energischen Schritten stampfte Monika über den Flur zurück in den Gemeinschaftsraum. Die Kolleginnen saßen bei einer Tasse Kaffee zusammen und klönten.

»Sagt mal, was ist mit Herrn Nissen?«

Die beiden Frauen schauten auf. »Wieso?«

»Der ist nicht auf seinem Zimmer.«

»Was?«, entfuhr es der Älteren. »Bei meinem Rundgang heute Nacht war der aber da.«

Monika nickte. »Und heute Morgen? Sollte er zum Arzt oder so?«

Die Kolleginnen schüttelten synchron den Kopf und standen auf. Fast, als glaubten sie Monika nicht, folgten sie ihr zu dem Zimmer von Gustav Nissen. Doch das Bild, das sich ihnen bot, war unmissverständlich. Der Bewohner war verschwunden.

3. KAPITEL

»Jetzt beeil dich, Niklas!« Tom stand vor seinem Wagen auf dem Parkplatz des Niebüller Krankenhauses und wartete auf seinen Sohn, der mit dem Anschnallgurt der Rücksitzbank kämpfte. Der Junge war völlig durch den Wind. Der Sturz seines Patenonkels sowie der anschließende Auftritt der Rettungssanitäter, die Haie schließlich mit Blaulicht und lautem Tatütata abtransportierten, hatten ihn erschreckt.

Noch nie hatte Niklas einen Menschen derart schreien hören. Er hatte fürchterliche Angst. Außer seinem Vater und Haie hatte er niemanden, denn seine Mutter war gestorben, als er klein war. Er kannte sie lediglich von Bildern und aus den Erzählungen seines Vaters und Haies, die den Jungen gemeinsam großzogen.

Endlich hatte Niklas sich von dem Gurt befreit und folgte seinem Vater im Laufschritt zum Eingang des Krankenhauses.

»Wo werden denn die Notfälle angeliefert?«, fragte Tom den Mann am Informationsschalter.

»Zu wem wollen Sie denn?«

»Haie Ketelsen.«

Der Mitarbeiter tippte den Namen auf der Tastatur ein und schaute mit zusammengekniffenen Augen auf den Bildschirm.

»Ist noch nicht erfasst. Da müssen Sie warten.«

Niklas schluckte und griff nach Toms Hand.

»Hören Sie, er hatte einen Unfall. Wir sind seine Familie und müssen wissen, was mit ihm ist. Wo ist er?«

»In die Notaufnahme können Sie nicht. Nehmen Sie hier vorne Platz, und ich versuche mal, etwas für Sie rauszufinden.« Der Blick des Mannes ruhte dabei auf Niklas, dem mittlerweile Tränen über die Wangen kullerten. »Okay?«

Die beiden nickten stumm und setzten sich in eine kleine Warteecke, gleich in der Nähe des Eingangs. »Es wird schon nicht so schlimm sein«, versuchte Tom, seinen Sohn zu beruhigen, fand aber selbst, dass er nicht besonders überzeugend klang. Er machte sich große Sorgen um den Freund. Ein Sturz in Haies Alter war nicht ohne. Er hatte schon von Leuten gehört, die nach solch einem Unfall gar nicht wieder auf die Beine gekommen waren. Er holte geräuschvoll Luft und spürte, wie Niklas immer näher an ihn heranrückte. Tom legte den Arm um ihn und zog ihn ganz dicht zu sich. Eigentlich war der Junge nicht mehr derart kuschelig, suchte nur noch selten seine Nähe, aber in dieser Situation tat es beiden gut, sich gegenseitig festhalten zu können. So aneinandergekrallt verharrten sie eine halbe Ewigkeit. Ganz ruhig saßen sie da und warteten, nahmen die Welt um sich herum kaum wahr; weder die anderen Besucher, die an ihnen vorbeieilten, noch die Patienten, die sich die Beine vertraten und dabei nach einer Abwechslung des öden Krankenhausalltags suchten. Daher musste der Mann vom Infoschalter Tom auf die Schulter fassen, um auf sich aufmerksam zu machen.

»Ich habe gerade Bescheid von der Station, Herr Ketelsen liegt auf Zimmer 312. Sie können zu ihm.«

»Danke«, erwiderte Tom und stand auf, während Niklas ihn bereits am Arm Richtung Fahrstühle zerrte.

»Wir nehmen die Treppe.«

»Aber wir müssen schnell zu Haie!«, protestierte Niklas, der sehr wohl wusste, dass sein Vater nicht gerne Aufzug fuhr. Irgendwann hatte er einmal etwas wie »schlechte Erfahrungen gemacht« gemurmelt, aber nie weitere Diskussionen über das Thema zugelassen. So auch heute nicht. Energisch stieß Tom die Tür zum Treppenaufgang auf und nahm die ersten Stufen, während Niklas nur widerwillig folgte.

Drei Stockwerke waren jedoch für keinen der beiden ein Problem, und sie hatten ihr Ziel vermutlich sogar schneller erreicht als mit einem Fahrstuhl, der womöglich auf jeder Etage einen Stopp eingelegt hätte. Im Flur der Station blickte Tom sich suchend um und wandte sich dann nach rechts. Viel Betrieb herrschte auf dem Gang nicht, lediglich ein älterer Mann an Krücken kam ihnen entgegen, und eine Krankenschwester huschte an ihnen vorbei.

Niklas Turnschuhe quietschten auf dem Bodenbelag, aus dem Schwesternzimmer hörten sie ein Radio spielen, sonst war es ruhig.

»Tom?«, hörte er plötzlich eine Stimme hinter sich und drehte sich um. Ein Stück den Gang hinunter war Dirk Thamsen aus einem der Zimmer getreten und schaute ihn mit großen Augen an. Der befreundete Kommissar schloss die Tür hinter sich, kam auf sie zu und ließ seinen Blick zwischen Tom und seinem Sohn hin und her wandern.

»Didi!«, rief Niklas, warf sich in dessen Arme und umklammerte ihn. Dirk hob ihn hoch, drückte ihn an sich und trat zu Tom. »Was ist los? Was macht ihr hier?«

Ehe der Freund etwas erwidern konnte, sprudelte es aus Niklas heraus: »Onkel Haie hatte einen Unfall und ist mit dem Krankenwagen hierher gebracht worden!«

»Was?« Thamsen setzte den Jungen ab. »Und was ist mit ihm?«

»Das wissen wir nicht genau. Sind gerade auf dem Weg zu ihm.«

»Ich komme mit.« Gemeinsam legten sie die letzten Meter zum Zimmer 312 zurück. Niklas lief dabei zwischen den Männern und hatte jeweils eine Hand ergriffen.

Zögernd klopfte Tom an die Tür und öffnete anschließend. Haie lag in einem Bett direkt am Fenster und döste. Sein rechtes Bein wurde in einer Art Schlinge in der Luft gehalten. Sein linker Arm war verbunden und ruhte auf einem extra Kissen.

Der Zimmergenosse grüßte freundlich, als die drei an Haies Bett traten. Tom fasste den Freund an der Schulter, der daraufhin die Augen öffnete.

»Oh, hat mein Unfall sich schon bis zur Polizei herumgesprochen«, bemerkte er im Flüsterton und verzog dabei seinen Mund zu einer Art Grinsen, was ihm jedoch nicht so recht gelingen wollte.

»Wenn du solch seltsame Sachen machst«, erwiderte Dirk und drückte leicht Haies Hand.

»Da braucht man wohl nicht zu fragen, was du hast«, bemerkte Tom und ließ seinen Blick über die Verbände schweifen. »Oder gibt es weitere Verletzungen?«

»Weitere? Das reicht«, stöhnte Haie. »Das sind Schmerzen, die wünscht man seinem ärgsten Feind nicht. Und das alles wegen ein paar dämlicher Videospiele.«

»Videospiele?«, fragte Dirk, während Niklas bei dem Wort schuldbewusst den Kopf senkte.

»Ach egal, kann ja keiner etwas dafür, dass ich so tollpatschig bin«, tat Haie die Umstände seines Unfalls ab, da er merkte, wie sehr Niklas der ganze Vorfall mitnahm. »Was machst du überhaupt hier?«, versuchte er, das Thema zu wechseln, obwohl die anderen ihm ansahen, wie anstrengend die Unterhaltung für ihn war.

»Habe einen Kollegen besucht«, antwortete Thamsen, »der einen Arbeitsunfall hatte. Brauchte noch eine Unterschrift für den Bericht.«

»Arbeitsunfall?«, hakte Haie nach, dem trotz Schmerzen wilde Szenen von Schießereien oder Messerstechereien durch den Kopf jagten.

»Ja, aber so schlimm wie du ist der nicht dran«, entgegnete Dirk. »Hatte einen Auffahrunfall und muss zur Beobachtung ein, zwei Tage hier bleiben.«

»Apropos hierbleiben«, mischte Tom sich nun ein. »Hast du eine Ahnung, wie lange die dich im Krankenhaus behalten wollen?« Er wusste selbst, dass solch ein Klinikaufenthalt alles andere als verlockend war, sah sich aber mit Haies Zustand alleine ein wenig überfordert. Der Freund konnte wahrscheinlich noch nicht einmal ohne Unterstützung auf Toilette gehen.

»Na, ein paar Tage muss ich wohl im Krankenhaus bleiben, zumindest bis die wissen, ob der Bruch operiert werden muss.«

Tom nickte, während Niklas schwieg. »Dann ruh' dich am besten aus. Niklas und ich kommen später noch einmal und bringen dir ein paar Sachen.«

»Das ist nett«, bedankte sich Haie und schloss die Augen. Der Unfall, die Schmerzen, überhaupt die ganze Aufregung hatten ihn mehr mitgenommen, als er vor den anderen zugeben mochte. Die Erschöpfung übermannte ihn, und die Wirkung der Medikamente, die man ihm gegen die Schmerzen gegeben hatte, tat ihr Übriges. Er merkte gar nicht mehr, wie die drei aus dem Zimmer schlichen und leise hinter sich die Tür schlossen.

4. KAPITEL

»Und wann haben Sie Herrn Nissen zuletzt gesehen, Frau Schlüter?« Ansgar Rolfs blickte fragend auf eine der Pflegerinnen, die in der Nachtschicht eingeteilt gewesen war. Nachdem Monika Jensen das Verschwinden des Bewohners bemerkt und man keine plausible Erklärung dafür hatte finden können, hatte sie die Polizei verständigt. Sie waren schließlich für den Mann verantwortlich und mussten sich darum kümmern, dass sein Aufenthaltsort geklärt wurde. Da sie wenig zu den Umständen des Verschwindens beitragen konnte, hatte sie sich daran gemacht, die restlichen Bewohner auf ihrer Etage zum Frühstück zurechtzumachen. Die Arbeit musste ja trotz aller Aufregung erledigt werden, und letztendlich war Herr Nissen in der Schicht ihrer Kolleginnen abhandengekommen. Also konnten die sich um die Vermisstenanzeige kümmern.

»Ja, also ich mache immer einen Rundgang in der Nacht«, gab die ältere der beiden Pflegerinnen Auskunft. »Gestern war das so gegen zwei Uhr. Ich erinnere mich gut daran, denn Frau Bertram hat etwa um die Zeit geklingelt und nach einem Schmerzmittel verlangt, und nachdem ich es ihr gebracht habe, bin ich in die anderen Zimmer. Aber da war alles in Ordnung, und Herr Nissen lag hundertprozentig in seinem Bett.«

Ansgar nickte und schrieb sich einige Stichpunkte in sein Merkbuch. »Und sonst ist Ihnen nichts aufgefallen in der Nacht? Irgendwelche Geräusche, die ungewöhnlich waren oder Ähnliches?«, fragte er anschließend. Irgendwie musste Herr Nissen herausgelangt sein. Er konnte sich gut vorstellen, dass einige der Bewohner dieses Heim wie ein Gefängnis betrachteten, und hielt daher ein Ausreißen nicht für unwahrscheinlich. Vielleicht hatte der Mann es nicht mehr ausgehalten? Rolfs stellte sich ein Leben in solch einer Einrichtung nicht gerade prickelnd vor.

»Nein, da ist uns nichts aufgefallen. Wenn wir etwas gehört hätten, hätten wir nachgeschaut.«

Ansgar bezweifelte zwar, dass die Damen bei einer angeregten Plauderei im Gemeinschaftsraum überhaupt mitbekommen hätten, wenn ein Rolli über den Flur geschoben worden wäre, sagte aber nichts.

»Gut, dann benötige ich ein Foto von dem Vermissten.«

Wieder war es Frau Schlüter, die ihm nun das Bild reichte. »Ist aus der Bewohnerakte. Extra für solch einen Fall.«

»Für solch einen Fall?« Rolfs hob die Augenbrauen.

»Na ja, es kommt ab und zu vor, dass jemand ausbüxt«, grinste Frau Schlüter.

Kann ich mir gut vorstellen, dachte Ansgar Rolfs und nickte. »Wir melden uns bei Ihnen, wenn es etwas Neues gibt«, verabschiedete er sich und verließ mit schnellen Schritten die Pflegeeinrichtung.

»So, das sollte erst einmal reichen«, beschloss Tom und zog den Reißverschluss der kleinen Reisetasche zu. Er hatte für Haie ein paar Sachen zusammengesucht; Waschzeug, Pyjama, Morgenmantel, Pantoffeln und ein paar andere Dinge, von denen er glaubte, dass der Freund sie benötigte.

Niklas hatte ein Buch dazugelegt. Nordische Sagen und Märchen. »Das mag er doch so gerne«, hatte der Junge erklärt.

»Wir halten gleich beim Supermarkt und kaufen Obst

und ein paar von Haies Lieblingskeksen.« Das Krankenhausessen hatte mit Sicherheit kein Feinschmeckerniveau. Außerdem war Obst gesund, und ein paar Naschereien waren gut für die Seele, befand Tom, als sie wenig später vor dem kleinen Spar-Markt in der Dorfstraße hielten.

»Na Niklas, heute gar nicht in der Schule?«, beäugte Helene den Jungen neugierig, als die beiden den Laden betraten. Der emsigen Kaufmannsfrau entging in dem Dorf so gut wie gar nichts. Stets hielt sie ihre Kunden auf dem neuesten Stand und galt damit als einer der Umschlagplätze für Neuigkeiten im Dorf. Um dieser Bezeichnung allerdings gerecht zu werden, bedurfte es einer permanenten Befragung jedes Kunden.

»Onkel Haie hatte einen Unfall, und wir mussten ihn ins Krankenhaus bringen«, gab Niklas sogleich bereitwillig Auskunft. »Ach, wirklich?« Helene blickte auf Tom, der lediglich nickte und sich einen Einkaufskorb schnappte. Er lebte gerne in diesem kleinen nordfriesischen Dörfchen, aber die Neugierde einiger Bewohner, insbesondere der Kaufmannsfrau, ging ihm oftmals gehörig auf die Nerven. Über alles und jeden wurde in diesem Laden diskutiert. Na gut, in dem Ort geschah meist nicht sonderlich viel, da waren Hochzeiten, Ehebrüche, neue Autos oder eben ein Unfall eine Sensation. Daher ließ sich Helene nicht so leicht abspeisen. Während Tom an der Obsttheke ein paar Äpfel auswählte, trat sie neben ihn und drapierte die Salatköpfe neu.

»Ein Unfall, ja, so was ist schnell passiert. Wie geht es Haie denn?«

»Och, geht schon«, entgegnete Tom und packte Trauben in eine Tüte.

Doch Helene hatte durch ihre jahrelangen Befragungen ganz besondere Taktiken entwickelt. »Na ja, in dem

Alter ist das nicht ohne. Das hat schon so manch einen ins Pflegeheim gebracht.«

Das saß, Tom hielt in der Bewegung inne. So explizit waren zwar seine Gedanken heute Morgen an Haies Bett nicht gewesen, aber in die Richtung hatte er zumindest gedacht, als er sich fragte, wie er Haie zu Hause gesundpflegen sollte. Er musste schließlich arbeiten – und Niklas war auch noch da. Und er hatte nicht einmal Ahnung in dem Bereich. Er war zwar gesund und einigermaßen kräftig, aber ob er Haie beispielsweise in ein Bett heben konnte, bezweifelte er. Der Freund wog an die 100 Kilo, die mussten erst einmal bewegt werden. Außerdem war Haie in seinem Zustand nicht besonders wendig.

»Aber so schlimm wird es nicht sein, oder?« Helene hatte wohl bemerkt, dass sie auf dem richtigen Weg war.

»Na ja«, äußerte Tom nun seine Bedenken. »Ein Bein und ein Arm sind gebrochen, also er wird schon eine Weile Unterstützung brauchen.«

»Ach so, aber das wird ja wieder.« Helene drehte sich zur Kasse um, an der eine andere Kundin zwischenzeitlich ihre Einkäufe aufs Band gelegt hatte. Der Unfall schien nicht spektakulär genug für ihre Zwecke, da hätte Haie wahrscheinlich auf den Kopf stürzen und anschließend gelähmt sein müssen, dachte Tom nun, als ihn die Kaufmannsfrau einfach so stehenließ. Energisch packte er seine restlichen Einkäufe in den Korb und sammelte Niklas bei den Süßigkeiten ein. An der Kasse gab es einen kleinen Stau. Zwar stand nach wie vor dieselbe Kundin vor Helene, doch die hatte noch nicht einen Preis in die Kasse getippt, sondern referierte momentan über die Zustände im nahegelegenen Pflegeheim.

»Das ist doch kein Wunder, wenn die Leute abhauen.«

Tom kannte den Hintergrund des Gespräches nicht, und ehrlicherweise interessierte der ihn auch nicht. Es wurde seiner Ansicht nach zu viel getratscht im Dorf, daher räusperte er sich laut, was ihm einen verächtlichen Blick der beiden Frauen einbrachte, letztendlich aber dazu führte, dass Helene abkassierte und er nach kurzer Zeit den Laden verlassen konnte, während die andere Kundin sich mit ihren Tüten in der Hand mit der Kaufmannsfrau über die Pflegeeinrichtung austauschte.

Tom verstaute seine Einkäufe im Auto, erinnerte Niklas daran sich anzuschnallen, und stieg ins Auto. Als er den Motor gestartet hatte und auf der Dorfstraße Richtung Bundesstraße fuhr, lief gerade der Verkehrsfunk. Eigentlich interessierte Tom sich nicht für die Durchsage, aber als das ortsansässige Pflegeheim genannt wurde, drehte er den Ton lauter und verstand nun den Hintergrund des Gespräches der beiden Frauen. Es war eine Vermisstenmeldung eines Mannes, der spurlos aus dem Heim verschwunden war.

Er musste grinsen, denn unweigerlich entstand vor seinem inneren Auge das Bild eines türmenden Haies aus der Pflegeeinrichtung. Solch eine Aktion konnte er sich gut von dem Freund vorstellen. Wer wusste schon, was für Pflegedrachen die da beschäftigten.

»Na, schauen wir erst einmal, wie es Haie geht«, sagte Tom leicht schmunzelnd an Niklas gewandt.

5. KAPITEL

Die Sonne hatte sich nach einem kleinen Intermezzo hinter eine graue Wolkenwand verzogen, als Luise und Sönke Martiensen sich von den Mitgliedern der Nordic Walking-Gruppe verabschiedeten. Seit einigen Wochen trafen sie sich mit ein paar anderen älteren Leuten unter der Leitung einer Dozentin der Volkshochschule zum Walken am Legerader Wald. Ihr Arzt hatte ihnen mehr Bewegung verordnet, und die beiden hatten daher beschlossen, sich der Gruppe anzuschließen. Am Anfang hatten sie Mühe, mit den anderen Schritt zu halten, denn schließlich waren sie Anfänger und es fehlte ihnen an Übung und Kondition. Mittlerweile jedoch hatten Luise und Sönke sich zu wahren Nordic Walking-Fanatikern entwickelt, und daher hängten sie nach der offiziellen Runde eine Route dran. In dem Nordic Walking-Park der Stadt gab es sieben verschiedene Touren, da wurde es den beiden nie langweilig.

Sie winkten den anderen ein letztes Mal, nahmen ihre Stöcke und gingen klack, klack, klack, los. Sie schlugen den Weg Richtung Legerader Wald ein und waren bald von Bäumen umgeben. »Löp ruhig een Stück för, ick kumm glix. Ik mutt ut de Büx«, bemerkte Sönke Martiensen kurze Zeit später. Luise nickte ihm lediglich zu und schritt weiter in das kleine Waldstück hinein. Sie mochte es, ein Stück für sich alleine zu laufen. Nur sie und die Natur. Herrlich. Spontan beschloss sie, einen kleinen Umweg zum See zu machen, wobei die Bezeichnung See für den überschaubaren Tümpel übertrieben war. Aber trotzdem fand sie es nett dort an dem kleinen Gewässer, und da Sönke ohnehin nicht zu hören war, konnte sie den Umweg leicht meistern und vermutlich sogar vor ihm auf den regulären Weg dazu stoßen.

Kurz darauf sah sie die Oberfläche des Gewässers, über der ein sanfter grauer Schleier hing, durch die Bäume schimmern. Sie bahnte sich einen Weg ans Ufer und verweilte dort einen Moment. Wie herrlich ruhig es hier war. Sie sog die Luft tief in ihre Lunge, ehe sie sich zum Gehen wandte, denn trotz der Idylle fröstelte sie in den leicht feuchten Sportsachen nach einer Weile. Energisch stieß Luise ihren Walking-Stock in den Boden, erstarrte aber sogleich. Ihr Blick haftete an einem Rollstuhl, in dem augenscheinlich ein Mann schlief. Sie schaute sich um, aber ansonsten war niemand zu sehen. Seltsam, wie war der Mann hierhergekommen?

Etwas zögerlich näherte sie sich dem Rollstuhl, doch der Mann regte sich nicht, obwohl sie versuchte, durch eine laute Begrüßung auf sich aufmerksam zu machen. »Moin!«

Sie wollte den anderen schließlich nicht zu Tode erschrecken. Aber auch auf ihr Rufen tat sich nichts, und so langsam stieg in Luise ein ungutes Gefühl hoch, das ihr einen zusätzlichen Schauer über den Rücken jagte. Der Mann saß nach wie vor leicht zusammengesunken in dem Rollstuhl. Nur noch einen Schritt, und sie hatte den Stuhl erreicht. Die Walking-Stöcke schleifte sie mittlerweile hinter sich her, während sie langsam einen Fuß vor den anderen setzte. Ehe sie ganz um den Rollstuhl herumgetreten war, wusste sie, dass der Mann nicht schlief.

»Hilfe!«, entfuhr es ihr augenblicklich. »Sönke!«

»Ich hoffe, ich habe an alles gedacht!« Tom packte Haies Sachen in einen Schrank im Krankenzimmer, während Niklas auf dem Bett saß und die Verbände bestaunte.

»Ansonsten musst du anrufen. Telefon hast du dir sicherlich bestellt, oder?«

Der Freund nickte. »Ist ja ohnehin nicht für lange. Wahrscheinlich kann ich schon bald nach Hause.«

Tom verzog den Mund zu einem angestrengten Lächeln, während er sich einen Stuhl an Haies Bett zog. »Darüber wollte ich ohnehin mit dir sprechen.«

»Ach ja?« Haie runzelte die Stirn.

»Nun ja, also, ich muss nächste Woche arbeiten und …«, stammelte Tom.

»Und?«

»Ich weiß nicht so recht, wie …«

»Papa meint, du bist ein Pflegefall«, sprudelte es aus Niklas heraus.

Haie zeigte sich einigermaßen gefasst, obwohl ihn die Äußerung sehr traf, wie ihm trotzdem anzusehen war. »Da hat Papa recht. Schau mich mal an. Ich kann mir nach dem Kacken nicht mal den Po abwischen.«

»Mal im Ernst, Haie, ich habe wirklich Bedenken, wie wir das packen sollen«, entgegnete Tom trocken.

»Hast ja recht. Aber da gibt es bestimmt eine Lösung, oder? Vielleicht eine private Pflegekraft?«

»Alles eine Frage des Geldes«, mischte sich plötzlich Haies Bettnachbar ein. »Wenn du genügend Geld hast, kannst du dir alles leisten. Ansonsten bleibt nur einer der Pflegedienste, aber da auf die Schnelle jemanden zu bekommen, ist beinahe unmöglich.«

Haie und Tom schauten den Mann mit großen Augen an, während Niklas die Gunst des Augenblickes nutzte und sich über die mitgebrachten Kekse hermachte.

»Ich kenn mich ein wenig aus. Meine Frau ist seit einigen Jahren ein Pflegefall, nach einem Schlaganfall.«

»Und wer kümmert sich um sie?« Tom interessierte dieses Thema, schließlich stand er vor einer ähnlichen Herausforderung, nur dass er mit Haie nicht verheiratet war. Aber sie lebten zusammen, waren eine Familie, da hatte er Verantwortung für den Freund.

»Mia liegt seit einiger Zeit im Heim. Das mit dem Pflegedienst hat nicht geklappt. Die kamen, wie sie lustig waren.« Der andere Patient schüttelte den Kopf.

Im Heim, schoss es Haie durch den Kopf. Es war sein schlimmster Albtraum, in einer solchen Einrichtung dahinvegetieren zu müssen. Er war so froh gewesen, als Tom ihn damals gefragt hatte, ob er zu ihm und Niklas ziehen würde, denn seit der Scheidung von Elke stand er alleine da. Kinder hatte er keine und auch sonst niemanden, der sich um ihn kümmern würde. Daher hatte er eigentlich gedacht, dass Tom und Niklas … Er schluckte.

»Aber mit dem Heim bin ich auch nicht zufrieden. Irgendetwas stimmt da nicht. Die sterben da wie die Fliegen.«

Tom starrte auf den anderen, während in seinem Kopf die Gedanken durcheinanderflogen. Ein Heim kam für ihn nicht infrage, aber dennoch fühlte er sich überfordert mit der Situation. Und wenn auf einen Pflegedienst kein Verlass war, was blieb dann?

»Naja, es wäre nur eine Kurzzeitpflege«, versuchte er einzulenken und wandte sich zu Haie um. Der schaute betreten auf Niklas, der genüsslich an einem Keks knabberte. »Oder was meinst du?«

»Hm, sieht auf den ersten Blick ganz friedlich aus. Als ob er eingeschlafen wäre«, kommentierte Thamsen den Leichenfund im Legerader Wald. Sönke Martiensen war auf das Rufen seiner Frau dieser sogleich zur Hilfe geeilt und hatte die Polizei über die grausige Entdeckung informiert.

»Nur, wie ist der hierhergekommen?« Ansgar Rolfs drehte sich um und betrachte stirnrunzelnd den matschigen Waldweg. »Der wird sich kaum alleine durchgerollt haben.«

Er ging davon aus, dass es sich bei dem Toten um den vermissten Gustav Nissen handelte. Jedenfalls passten die Daten, und dem Bild nach zu urteilen, gab es kaum Zweifel.

Laut Aussage der Pflegerinnen war der Mann so gut wie gelähmt. Er schaffte es nicht, sich alleine in dem Rollstuhl fortzubewegen. Wie war er also in dieses sumpfige Waldstück gelangt?

»Vielleicht steht der schon länger hier«, mutmaßte Thamsen und ließ seinen Blick über den Leichnam schweifen. Er kannte sich zwar mit Leichen einigermaßen aus, aber den genauen Todeszeitpunkt konnte nur ein Gerichtsmediziner bestimmen. Dr. Becker in Kiel war informiert und wartete in der Rechtsmedizin auf die Einlieferung der Leiche.

Das würde jedoch dauern, denn zunächst musste die Spurensicherung den Fundort sichern und untersuchen, erst dann konnte der Tote abtransportiert werden. Die Männer in den weißen Overalls waren fleißig am Werk, aber es gab jede Menge Fußabdrücke, die gesichert werden und mit den Schuhen der Polizei und denen des Ehepaars abgeglichen werden mussten. Die Martiensens standen etwas abseits unter einer Tanne und warteten. Thamsen beschloss, die Zeit zu nutzen und die beiden zu befragen.

»Frau Martiensen, Sie haben den Toten gefunden?« Die ältere Dame im Sportdress war kreidebleich im Gesicht und zitterte. Ihr Mann hatte den Arm um ihre Schultern gelegt, wirkte aber ebenso geschockt. Synchron nickten die beiden.

»Ist Ihnen sonst etwas aufgefallen? Sind Ihnen andere Personen begegnet?«

»Nein«, flüsterte Luise Martiensen. »Ich habe niemanden gesehen. Im Gegenteil. Hier war es so herrlich ruhig. Ich habe am Ufer gestanden und die Stille genossen, bis ...« Sie schluckte.

»Und wo waren Sie?«, wandte Dirk sich an den Ehemann.

»Ich war pinkeln, aber weiter hinten auf dem normalen Weg, der zur Walking-Strecke gehört.«

Thamsen kannte sich in dem Park nicht so aus; im Grunde genommen hatte er, bevor er zu dem Nordic Walking-Park gerufen worden war, nicht einmal gewusst, dass es so etwas in Niebüll überhaupt gab. Er gehörte der Läuferkultur an und belächelte die Stockwanderer.

»Sie hatten sich also getrennt?«

»Ja.«

»Nein.«

Verwirrt blickte Thamsen zwischen den beiden hin und her.

»Ich wollte einen kleinen Umweg machen. Habe ja nicht gedacht, dass ich ...« Die Frau wandte sich ab.

»Luise wäre da hinten wieder auf den Weg gekommen.« Herr Martiensen wies mit seinem Walking-Stock in die Richtung hinter dem See.

Dieses Pärchen kam Dirk seltsam vor. Wieso hatte die Frau nicht auf ihren Mann gewartet? Oder war langsam den normalen Weg vorgegangen? Ängstigten sich Frauen in der Regel nicht, wenn sie alleine durch einen schummrigen Wald streiften? Gut, der Legerader Wald war kein Wald im eigentlichen Sinne, aber wirkte bei dieser Witterung dennoch unheimlich. Er ließ sein Bauchgefühl jedoch unerwähnt und bedankte sich für die Auskunft. »Wenn Ihnen etwas einfällt, melden Sie sich bitte.« Er reichte Herrn Martiensen seine Visitenkarte. »Und ansonsten können Sie gehen, wenn meine Kollegen mit Ihren Fußabdrücken fertig sind.«

Er wandte sich um und ging zurück zu Ansgar Rolfs, der mit einem Mitarbeiter von der Spurensicherung sprach.

»Der Rollstuhl muss erst vor Kurzem aus der Richtung in den Wald gerollt worden sein. Die Reifenspuren scheinen relativ frisch.« Thamsen folgte dem Fingerzeig. »Vielleicht hat ihn jemand mit dem Auto hergebracht und dann an den See geschoben?«

»Gut möglich. Meine Mitarbeiter folgen den Rollispuren. Vielleicht finden sich weiter hinten Reifenabdrücke eines Pkws.« Thamsen nickte.

»Dann bleibst du am besten hier und unterstützt die Kieler Kollegen«, sagte er an Ansgar gewandt. »Ich fahre ins Pflegeheim und benachrichtige die Heimleitung über den Leichenfund.«

6. KAPITEL

»Zu wann benötigen Sie eine Pflegekraft?«

»Nächste Woche?«, antwortete Tom zögerlich. Er war nachdenklich vom Krankenhaus nach Hause gefahren und hatte anschließend bei Haies Versicherung angerufen, um sich nach Möglichkeiten einer Versorgung zu erkundigen. Der Mann von der Krankenkasse war sehr nett und engagiert gewesen, hatte ihm mehrere Adressen genannt.

Dass es derart schwierig sein würde, eine entsprechende Pflege für den Freund zu bekommen, hatte er allerdings verschwiegen, denn mittlerweile hatte Tom drei Pflegedienste angerufen, die ihm alle in frühestens zwei Monaten eine Kraft zur Verfügung stellen konnten. »Die Listen sind voll. Die Leute werden immer älter, und kaum einer will in der Pflege arbeiten«, hatte man ihm bedauernd erklärt.

»Eine Haushaltshilfe, die könnte ich Ihnen ab Montag schicken, aber das wird für Ihre Zwecke nicht reichen, denke ich«, teilte ihm die nette junge Frau vom privaten Dienst mit.

»Wohl kaum«, musste Tom bestätigen.

»Warum versuchen Sie es nicht in einem Heim? Da gibt es öfter spontan Plätze.«

Er schluckte und musste unweigerlich an die Äußerung von Haies Bettnachbar denken. »Die sterben da wie die Fliegen.«

»Ja, danke. Ich versuche es«, beendete er das Telefonat. Wahrscheinlich war es in dem Heim gar nicht so schlimm. Die Leute redeten eh zu viel. Helene war doch das beste

Beispiel, versuchte er sich zu beruhigen und wählte die Nummer des nahe gelegenen Pflegeheims.

»Ja, das trifft sich gut«, entgegnete eine junge Männerstimme, nachdem er sein Anliegen vorgetragen hatte. »Da wird vermutlich demnächst ein Platz frei.«

Wieder musste Tom schlucken, scheuchte jedoch den Gedanken schnell zur Seite. Es musste schließlich eine Lösung her. Nächste Woche hatte man ihn zu einem Kongress in Berlin eingeladen. Der Termin war wichtig. Es würde ohnehin schwierig werden, denn um Niklas musste sich auch jemand kümmern. Aber da, so hoffte Tom, würde vielleicht die Mutter eines seiner Freunde einspringen.

»Und wann könnte ich mit jemandem persönlich sprechen?«

Er hörte ein Rascheln, dann antwortete der Mann: »Ginge es vielleicht gleich?«

Dirk bog auf die Bundesstraße ab, während er Dörtes Nummer wählte. Das Pflegeheim war zwar nicht weit entfernt, aber um den Ort herumzufahren brachte ihn schneller an sein Ziel, denn trotzdem es sich bei Niebüll um eine Kleinstadt mit knapp 10.000 Einwohnern handelte, waren die Straßen insbesondere am frühen Nachmittag oftmals verstopft. »Dirk, wo bleibst du?«, fragte seine Freundin ohne jegliche Begrüßung. Thamsen räusperte sich. »Also, ähm ...«

»Sag bloß, du schaffst es nicht?« Empörung gepaart mit einem Vorwurf schwang in ihrer Stimme.

»Nein, also es ist so ...«

»Ich will es nicht hören. Immer gibt es etwas Wichtigeres als uns«, fuhr Dörte dazwischen. Ein dicker Kloß machte sich in seiner Magengegend breit. In diesem Zustand hatte es gar keinen Zweck, ihr erklären zu wollen, dass es einen Leichenfund gegeben hatte, um den er sich zu kümmern hatte, und er daher den Termin zur Ultraschalluntersuchung bei Dr. Schlöhm nicht würde einhalten können.

Im Grunde genommen hatte sie recht. Oft kam ihm etwas zwischen seine privaten Termine. Aber er war nun einmal Polizist und trug als Dienststellenleiter ein hohes Maß an Verantwortung – nicht nur für seine Familie. Dörte hatte das gewusst, als sie sich auf ihn eingelassen hatte, wenngleich sie es seiner Meinung nach verdrängt hatte. Sie war damals überraschend schwanger geworden, hatte das Baby unbedingt bekommen wollen und ihn gebraucht, sodass sie wahrscheinlich die negativen Facetten seiner Person ausgeblendet hatte. Eine gewisse Zeit war das gut gegangen, und sie hatten sich arrangiert, aber nun war Dörte erneut schwanger, und diesmal lief irgendwie alles in eine andere Richtung.

»Und wenn wir den Termin verschieben?«

»Verschieben? Hast du eine Ahnung, wie schwer es ist, einen Termin beim Frauenarzt zu bekommen?« Sie atmete laut in den Hörer. »Da wird dein Kind wahrscheinlich schon eingeschult.«

Thamsen musste schmunzeln; nur gut, dass Dörte ihn nicht sehen konnte. Ansonsten wäre sie vermutlich explodiert. So oder so war sie aufgebracht und übertrieb maßlos.

»Dann geh du. Ich kann mir ja nachher die Ultraschallaufnahme anschauen.«

Er wusste, dass sie das nicht zufriedenstellen würde, aber immerhin signalisierte er Interesse an dem Baby. Er hatte kein weiteres Kind haben wollen; hatte bereits zwei beinahe erwachsene Kinder aus erster Ehe und die nicht geplante, dreijährige Lotta. Obwohl er Dörte versichert hatte, dass sie das zusammen packen würden, freute er sich nicht so wirklich. Er redete sich ein, dass es vermutlich besser werden würde, wenn das Baby erst mal da war, trotz der anstrengenden ersten Zeit mit einem Säugling. Zusätzlich bestand die Gefahr, dass Dörte erneut in eine Schwangerschaftsdepression verfiel wie bereits nach Lottas Geburt. Das war eine schlimme Zeit für ihn und die Familie gewesen, und noch einmal würden sie so etwas vermutlich nicht überstehen. Aber all das verdrängte er und machte sich, was die Schwangerschaft betraf, ziemlich rar.

»Du, ich muss eine Trauernachricht überbringen. Melde mich später.«

»Zsst«, antwortete Dörte und legte ohne ein weiteres Wort auf. Dirk war ziemlich sicher, dass sie ihm nicht glaubte, auch ihr war vermutlich nicht entgangen, dass er sich nicht so recht auf das Baby freute. Aber was sollte er tun? Gefühle ließen sich nicht an- und ausknipsen.

Er parkte seinen Kombi vor dem Eingang des Altenheimes und stieg aus. Normalerweise fiel ihm das Überbringen von Todesnachrichten schwer, aber in diesem Fall waren es keine direkten Angehörigen, sondern lediglich das Personal, das Gustav Nissen betreut hatte. Das war etwas anderes. Die Familie würde er später informieren. Zunächst wollte er sich ein Bild über die genauen Umstände von Gustav Nissens Verschwinden in der letzten Nacht machen.

Er stieß die Tür auf und betrat das helle Foyer, das trotz aller Freundlichkeit und liebevoller Einrichtung nach Pflegeheim roch. Diese Mischung aus Urin, Desinfektionsmittel und dem Schweiß alter Menschen empfand er schlimmer als den Geruch im Krankenhaus, der ihm ebenfalls verhasst war. Doch in einem Heim wie diesem mischte sich unter den Geruch etwas anderes, nämlich ein Hauch vom Tod. Dagegen konnte auch der Name der Einrichtung – »Olenglück« – nichts ausrichten. Wer hier lebte, kam aus dem Heim meist nicht mehr lebendig raus.

Er blickte sich suchend um und entdeckte ein Stück den Gang hinunter eine Pflegerin. »Entschuldigung?« Die junge, blonde Frau drehte sich um. »Ja bitte?« Thamsen ging auf die Mitarbeiterin zu. »Ich hätte gerne mit der Heimleitung gesprochen. Wo finde ich die?«

Sein Gegenüber musterte ihn. »Worum geht es denn?«

»Ja worum geht es denn?«, hörte er plötzlich eine Stimme hinter sich krächzen und fuhr herum. Unbemerkt hatte sich ein Mann im Rollstuhl genähert, der ihn mit zusammengekniffenen Augen musterte. Dirk wandte sich an die Pflegerin. »Ich komme wegen Gustav Nissen«, gab er Auskunft und zog seinen Dienstausweis aus der Jackentasche. Die junge Frau wurde blass und nickte. »Ich verstehe.«

»Ich verstehe«, echote es erneut hinter Thamsen. Die Pflegerin winkte ab. »Kommen Sie bitte!«

»Kommen Sie bitte.« Der Rollstuhlfahrer folgte ihnen den Gang entlang, musste sich jedoch vor einer kleinen Treppe, die ins Hochparterre führte, geschlagen geben. Dirk fragte sich, ob das Büro der Heimleitung extra so gelegen war, dass man es mit dem Rollstuhl oder einem Rollator nicht erreichen konnte. Vermutlich würden die Heimbewohner sonst alle Nase lang vor der Tür stehen und sich beschweren. Aber ehe er sich weitere Gedanken darüber machen konnte, klopfte die junge Pflegerin an die Tür und öffnete sie, nachdem von drinnen ein lautes »Herein« erklungen war.

Hinter einem massiven Schreibtisch saß direkt gegenüber der Tür eine ältere rundliche Dame, die ihn sofort an Frau Mahlzahn aus Jim Knopf erinnerte. Lotta schaute gerne die Folgen der Augsburger Puppenkiste, die seine Mutter der Enkelin auf DVD geschenkt hatte.

»Frau Nölting, das ist Kommissar Thamsen.«

»Ah, gut, haben Sie Herrn Nissen gefunden?«, fuhr die ältere Dame dazwischen.

»Ja, nun, das haben wir.« Die Heimleiterin nickte, und Thamsen wunderte sich, dass sich der Leichenfund noch nicht zu der Frau herumgesprochen hatte. Eigentlich verbreiteten sich derartige Neuigkeiten wie ein Lauffeuer, aber so wie er die Heimleiterin einschätzte, sprach keiner gerne mit ihr.

»Ich habe allerdings keine guten Nachrichten«, fuhr Dirk fort. Sofort verengten sich die wachsamen Augen der Frau zu engen Schlitzen. Dann huschte ihr Blick zu der Pflegerin.

»Gibt's noch was, Doreen?«

Die junge Frau zog unweigerlich den Kopf ein und verließ wortlos das Büro. Als die Tür fest zugezogen wurde, wandte Frau Nölting sich an Dirk, der nach wie vor im Raum stand.

»Was heißt das?«

»Herr Nissen wurde heute Vormittag tot im Legerader Wald aufgefunden.«

»Was? Das kann nicht sein. Wie soll er denn dahin gekommen sein?«

»Das versuchen wir gerade zu klären.«

»Ist er etwa ermordet worden?«

»Auch das wissen wir noch nicht. Fakt ist, dass er in seinem Rollstuhl am See saß.«

»Hm«, sinnierte Frau Nölting, wobei Thamsen gerne

gewusst hätte, was in dem Kopf der älteren Dame so vor sich ging. Ihn jedenfalls nahm sie momentan nicht wahr. Etwas schien die Frau massiv zu beschäftigen – oder wieso hatte sie sofort einen Mord vermutet? Er räusperte sich.

»Haben Sie eine Ahnung, wie Herr Nissen aus dem Heim …«, er suchte nach einem passenden Wort, »abhandengekommen ist? Soweit ich verstanden habe, ist das heute Nacht geschehen, oder?«

»Das können wir uns eben auch nicht erklären. Natürlich ist das hier kein Gefängnis. Die Bewohner werden weder eingeschlossen noch ans Bett gefesselt, aber von alleine wäre Herr Nissen unserer Meinung nach nicht in der Lage gewesen, das Heim zu verlassen.«

Thamsen nickte. Das wusste er von Rolfs. »Hatte Herr Nissen Streit mit einem der anderen Mitbewohner?«

»Meinen Sie, die bringen sich hier gegenseitig um? Was glauben Sie denn?«, empörte sich nun Frau Nölting. »Wir sind schließlich eine der renommiertesten Einrichtungen in der Gegend.«

Weil eine der wenigen, fuhr es Thamsen durch den Kopf, doch er biss sich auf die Zunge, wollte die Situation nicht weiter ausreizen. Er war schließlich auf Informationen der Betreiber angewiesen. Ohne deren Mithilfe würde es wohl unmöglich sein, den Fall aufzuklären, obwohl, bisher wussten sie ja nicht, ob sie es mit einem Mordfall zu tun hatten, aber sein Bauchgefühl sagte ihm, dass in der Einrichtung etwas nicht stimmte. Er kannte sich zwar nicht gut mit Pflegeheimen aus – bisher war seine Mutter fit genug, um alleine zu wohnen – aber negative Schwingungen nahm er sofort wahr, egal, wo er sich befand. Und das nicht erst, seit er des Öfteren Streit mit Dörte hatte. In seiner Laufbahn als Polizist hatte er gelernt, sich nicht nur auf nackte Tatsachen zu verlassen, sondern auch das Drumherum, die Stimmungen, die Atmosphäre aufzunehmen und zu deuten. Noch konnte er nicht sagen, was genau nicht stimmte, aber er spürte eine negative Spannung, die nicht alleine durch den Verlust eines Bewohners zu begründen war.

7. KAPITEL

»Haben Sie Platz für den Rollstuhl?« Ansgar Rolfs stand hinter dem Leichenwagen und beobachtete, wie der Bestatter den metallenen Sarg in das Innere des Wagens schob. »Der soll nämlich mit in die Rechtsmedizin.«

Dr. Becker hatte sich extra gemeldet und um die Überführung des Rollstuhls gebeten. Eventuell enthielt das Gefährt Hinweise auf die Todesart. War der Tote im Sitzen verstorben? Oder wurde er erst im Nachhinein in den Rollstuhl verfrachtet? In der Rechtsmedizin untersuchte man heutzutage weitaus mehr als nur die Leichen – davon hatte Ansgar Rolfs bereits gehört, aber er fragte sich, ob die Rechtsmediziner nicht den Spusi-Leuten die Arbeit stahlen?

Die wiederum hatten die Reifenspuren verfolgt und ausgemacht, von wo der Mann in den Wald geschoben worden war. Aller Wahrscheinlichkeit hatte man ihn im Auto hergebracht und an den See gerollt. Leider waren die Reifenspuren des Autos nicht gut erhalten, denn in dem nassen, matschigen Boden waren kaum brauchbare Abdrücke zu finden. Immerhin hatten sie einen Anhaltspunkt, und Ansgar hatte sich notiert, dass er die Daten jener Handys anfordern wollte, die sich in den letzten Tagen in dieser Zelle befunden hatten. Zwar wussten sie nicht, seit wann genau Gustav Nissen im Wald gestanden hatte, ob er hier oder woanders umgebracht worden war, aber da er gestern Nacht noch im Heim gewesen war, konnten sie den Zeitraum eingrenzen. Sehr viele Leute würden sich bei diesem Wetter und zu der Tageszeit wohl nicht hier herumtreiben. Das war wahrscheinlich auch der Grund, warum der Täter sich diese Stelle ausgesucht hatte. Oder was gab es ansonsten für einen Bezug zwischen Leiche, Fundort und Täter? Ansgar kratzte sich am Kopf, während der Bestatter den Rolli zusammenklappte und in den Wagen hob.

Vielleicht war der Täter Jäger? Oder Bauer und ihm gehörte eines der angrenzenden Felder? Er blickte sich um. Groß war der Legerader Wald nicht, und man konnte sich denken, dass man die Leiche relativ schnell entdecken würde. Seit es den Walking-Park gab, trieben sich in dem Gebiet mehr Leute rum als früher. Als Kind hatte er hier oft gespielt. Das Waldstück lag damals auf seinem Heimweg von der Schule. Zudem war der Legerader Wald schon einmal ein Tatort gewesen. Eine übel zugerichtete Frauenleiche war hier aufgefunden worden. Die Eltern hatten sie als Kinder stets vor dem Wald gewarnt, aber genau dieser Nervenkitzel hatte sie angelockt, wenn sie Verstecken gespielt oder abgehangen hatten. Später hatte er hier seinen ersten Kuss bekommen. Lange war das her. Er seufzte. Martina hieß sie, und sie hatten sich heimlich verabredet. Was sie wohl heute machte? Bestimmt war sie verheiratet und hatte drei Kinder, während er immer noch Single war.

Herr Mumme verabschiedete sich, und Rolfs beobachtete, wie der Bestatter in den Wagen stieg und den Feldweg langsam entlang rumpelte.

»Was machst du denn hier?« Tom blickte erstaunt auf Dirk, der ihm am Eingang des Pflegeheims entgegenkam. Gab es in Thamsens Familie einen Pflegefall? Seine Mutter war schließlich nicht mehr die Jüngste. Gut möglich, dass sie Unterstützung brauchte, weil sie alleine nicht mehr klarkam. Dass Dirk sich um sie kümmerte, war ausgeschlossen, der hatte mit seinem Job und der Familie genug um die Ohren.

»Bin beruflich hier. Und du?« Dirk wusste, dass der Freund als Unternehmensberater durchaus kleinere Betriebe in Niebüll und Umgebung betreute, aber in Verbindung mit Haies Unfall fürchtete er, dass es einen anderen Grund gab, warum Tom hier war.

»Naja«, druckste Tom herum, »ich bin auf der Suche nach einer Pflege für Haie.«

Thamsen nickte. Er konnte gut verstehen, dass Tom sich in der Situation überfordert sah. Schließlich war er berufstätig und hatte ein Kind zu versorgen. »Aber nur Kurzzeit, bis es Haie besser geht«, rechtfertigte er trotzdem seinen Besuch gegenüber dem befreundeten Kommissar.

»Wie geht es Haie denn?«

»Och, kennst ihn ja. Der lässt sich nicht so schnell unterkriegen.«

»Weiß er, dass du hier bist?«

»Nee, eigentlich wollte ich eine Pflegekraft für zu Hause, aber da ist auf die Schnelle nichts zu machen. Ich bin mir nicht sicher, ob das Heim was für ihn ist.«

»Wieso?«, hakte Thamsen nach.

»Also, nun ja«, Tom senkte seine Stimme und blickte sich um. Dann trat er einen Schritt näher auf den Freund zu. »Ich habe gehört, dass die Bewohner angeblich wie die Fliegen sterben.«

»Was?« Thamsen zog die linke Augenbraue hoch.

»Habe ich nur gehört.« Tom hob abwehrend die Hände hoch. »Aber du weißt, dass selbst in den wildesten Gerüchten meist ein Fünkchen Wahrheit steckt.«

Da hatte der Freund recht. Und letztendlich bestätigte die Aussage Dirks Bauchgefühl.

»Wo hast du davon gehört? Bei Helene?«

»Nee, Haies Bettnachbar hat das erzählt. Seine Frau liegt hier seit einiger Zeit. Aber was machst du hier?«

In Verbindung mit dem Gerücht ahnte der Freund, dass Thamsen wahrscheinlich deswegen hier war. Vielleicht hatte ein Angehöriger die Reißleine gezogen und die Todesfälle angezeigt? Oder ein Mitarbeiter? Aber wie viele der Bewohner tatsächlich in der letzten Zeit verstorben waren, wusste er gar nicht. Viel fuhr der Bauer auf dem Wagen, hatte sein Onkel Hannes immer gesagt, wenn es um die Definition des Wortes »viel« ging.

Allerdings beruhigte Thamsens Anwesenheit ihn nicht besonders.

»Ja, also ein Bewohner ist heute in der Frühe im Legerader Wald aufgefunden worden.«

»Tot?«

Dirk nickte.

Tausend Gedanken wirbelten augenblicklich durch Toms Kopf. Aber ein konkreter formte sich schnell.

»Mord?«

»Das wissen wir noch nicht.« Plötzlich durchfuhr Thamsen eine Art Geistesblitz.

»Sag mal, vielleicht ist es keine schlechte Idee, wenn Haie hier einzieht.«

»Was?«, entfuhr es Tom. Auf keinen Fall würde er den Freund hier unterbringen. Nicht jetzt, wo quasi feststand, dass das Gerücht scheinbar keines war.

Doch Dirk war begeistert von seiner Idee. Wer wäre näher an dem Geschehen in diesem Heim, in dem ihm die Stimmung mehr als seltsam erschien, als ein Bewohner? Dazu noch einer, der klar im Kopf war und zusätzlich sein Freund.

Er fasste Tom am Arm und zog ihn aus dem Heim hinaus.

»Doch, ich denke, das wäre eine gute Sache. Ich habe das Gefühl, dass hier etwas nicht mit rechten Dingen vor sich geht. Der Tod von Gustav Nissen ist rätselhaft. Von alleine jedenfalls ist der Mann nicht in den Wald gelangt und dort gestorben.«

Toms Gesicht formte sich immer mehr zu einem Fragezeichen. Ihm waren die genauen Umstände des Leichenfundes nicht bekannt, und er war sich nicht sicher, ob er sie erfahren wollte. Seit dem Tod seiner Frau machten ihm solche Fälle oftmals mehr zu schaffen als anderen Leuten. Doch das hatte Thamsen in diesem Moment ausgeblendet, obwohl er mit Marlene gut befreundet gewesen war und er sich lange an ihrem Tod schuldig gefühlt hatte. Geändert hatte sich daran nichts in den letzten Jahren, aber das Gefühl der Schuld war etwas verblasst, wie die Erinnerungen an die Freundin, wenngleich er sie niemals würde vergessen können, dafür sorgte alleine schon Niklas.

Doch in diesem Fall war er plötzlich Feuer und Flamme für seine Idee. Außerdem spielte Haie gerne Hilfssheriff. Schon des Öfteren hatte der ehemalige Hausmeister der Risumer Grundschule ihn bei seiner Arbeit unterstützt. In Haies Adern floss Detektivblut, das wusste Thamsen mit Bestimmtheit.

»Also, wenn du eh eine Lösung brauchst für die momentane Situation, ist das doch perfekt. Wir schleusen Haie als verdeckten Ermittler ein.«

8. KAPITEL

Gustav Nissens Sohn wohnte in einer kleinen Doppelhaushälfte, die in einem ruhigen Wohngebiet in Leck lag. Ansgar stoppte seinen Wagen direkt vor dem Haus, stieg aus und blickte sich um. Eigentlich wollte Thamsen die Angehörigen über den Tod Gustav Nissens informieren, aber der hatte ihn angerufen, irgendetwas von einem Ermittlungsansatz gefaselt und Ansgar gebeten, die Trauerbotschaft zu überbringen. Irgendwie hatte Rolfs das Gefühl, sein Chef drücke sich absichtlich. Er wusste, dass Thamsen ungern solche Nachrichten überbrachte – keiner von ihnen tat das gern. Andererseits gewannen sie bei solchen Besuchen oftmals wichtige Erkenntnisse für die Ermittlungen, daher musste einer von ihnen den Job machen. Diesmal war das Los auf ihn gefallen. Rolfs straffte die Schultern und ging auf das Haus zu, das alt, aber trotzdem gut in Schuss wirkte. Im Garten hingegen sah es aus wie bei den Flodders. Überall lag Bauschutt herum, dazwischen Kinderspielzeug, auf der buckeligen Veranda stand ein Wäscheständer mit Kleidung, die nicht frisch gewaschen aussah. Ehe er die Klingel betätigt hatte, hörte er Kindergeschrei und Hundegebell. Er holte tief Luft, bevor er den Finger auf den Knopf legte und anschließend hoffte, dass das schnarrende Geräusch überhaupt wahrgenommen wurde. Vergeblich.

Er wartete einen Moment, passte einen möglichst ruhigen Augenblick ab und klingelte erneut, diesmal mit Erfolg. Eine kleine Frau in Jeans und einem fleckigen Pullover öffnete ihm die Tür.

»Frau Nissen?«

»Ja?«

»Ansgar Rolfs. Polizei Niebüll.«

Bei seiner Vorstellung wich der Frau augenblicklich sämtliche Farbe aus dem Gesicht, und ihr Mund öffnete sich leicht. Als Rolfs sich anschließend nach ihrem Mann erkundigte, flatterte das linke Augenlid. Ansonsten bewegte sich die Frau jedoch nicht, auch nicht, als aus dem Hintergrund ein lautes Krachen zu hören war, an das nahtlos Kindergebrüll anschloss.

»Frau Nissen? Was ist mit Ihrem Mann? Ist er da?«

Nur widerwillig löste die Frau sich aus ihrer Versteinerung. Ohne ihm eine direkte Antwort zu geben, drehte sie sich leicht um und brüllte »Olaf!!« in einem Ton und einer Lautstärke, die Ansgar der zierlichen Person nicht zugetraut hatte, aber wenn es in dem Haushalt immer derart laut zuging, konnte sie sich wahrscheinlich anders kein Verhör verschaffen.

Nur wenig später schlurfte ein Mann in Jogginghose aus dem Hintergrund heran. »Ja?«, fragte er mit demotivierter Stimme und musterte Ansgar.

»Ich komme wegen Ihres Vaters.« So genau hatte er sich gar nicht überlegt, was er sagen sollte.

»Na, was hat der Alte wieder angestellt?« Olaf Nissen verzog das Gesicht zu einer genervten Grimasse.

»Vielleicht besprechen wir das lieber drinnen?«

»So schlimm?« Der Mann trat ein Stück zur Seite. Rolfs streifte sich flüchtig die Schuhe an der Fußmatte ab und betrat den Flur. Da er nicht genau wusste, wo er hin sollte, tat er ein paar Schritte und drehte sich um. Olaf Nissen musterte ihn nach wie vor, auch die Frau stierte ihn an. Ansgar fragte sich, was die beiden erwarteten. War Gustav Nissen des Öfteren aus dem Heim ausgerissen? Oder hatte es andere Vorfälle gegeben?

»Nun, also«, stammelte er zögerlich, »Ihr Vater ist heute Morgen im Legerader Wald gefunden worden.«

»Aha«, entgegnete der Sohn, machte allerdings keine Anstalten, weiter ins Haus hineinzugehen. Die Situation erschien Ansgar mehr als seltsam. Er stand im Hausflur mit zwei relativ stummen Menschen, während im Hintergrund die Kinder johlten, und sollte eine Trauerbotschaft überbringen. Nun gut, dann raus damit, ermutigte er sich. Feingefühl konnte er sich sparen.

»Er ist tot.«

Zwar weiteten sich die Augen von Olaf Nissen ein kleines Stück, ansonsten zeigte er keinerlei Reaktion. Auch seine Frau stand bewegungslos da und blickte Rolfs weiterhin stumm an. Er räusperte sich.

»Spaziergänger haben ihn heute Morgen in seinem Rollstuhl an dem kleinen See entdeckt.«

»Wie is' er denn dahin gekommen?« Endlich schien sich die Starre zu lösen.

»Das wissen wir noch nicht genau, aber die Pflegerinnen schließen aus, dass er alleine dorthin ausgebüxt ist.«

»Ach, die schließen das aus«, kommentierte Olaf Nissen diese Aussage mit einem höhnischen Unterton in der Stimme. »Was sagen die denn, wie er dahin gekommen ist?«

Ansgar zuckte lediglich mit den Schultern.

»Ist denen überhaupt aufgefallen, dass mein Vater verschwunden war?«

»Doch schon, es wurde eine Vermisstenanzeige aufgegeben, die sich schnell erledigt hatte.«

»Na wenigstens was. Ist schließlich teuer genug der Schuppen, den der alte Herr sich ausgesucht hat. Frisst unsere ganze Erbschaft auf.«

Rolfs musste schlucken, ließ die Bemerkung aber unkommentiert. »Gab es vorher irgendwelche Vorfälle?«

»Jede Menge«, nickte der Sohn nun. »Einmal ist seine Geldbörse weggekommen, dann hat er trotz Nussallergie Haselnusskuchen bekommen und ist fast krepiert und, und, und. Ruhig war es um meinen Vater nie, seit der ins Heim gezogen ist, oder, Sonja?« Er blickte die Frau an, die schweigend im Flur stand. Ansgar hätte gerne gewusst, was in ihr vorging, denn sie schien ganz und gar in ihre Gedanken versunken, nickte lediglich, als ihr Mann sie ansprach.

»Aber ist Ihr Vater auch mal ausgerissen?«

»Nee, kann ich mir nicht vorstellen. Schließlich wollte er selbst unbedingt ins Heim, obwohl wir die Kosten viel zu hoch fanden. Da bleibt am Ende nichts von seinem Geld.«

Während Tom mit der Heimleitung über einen möglichen Pflegeplatz für Haie sprach, ließ Thamsen sich das Zimmer von Gustav Nissen zeigen.

»Und gestern Nacht lag der in seinem Bett, da sind Sie ganz sicher?« Die Spätschicht hatte begonnen, und Frau Schlüter, die wieder im Dienst war, zeigte ihm das Zimmer.

»Aber ja. Er war hier.«

»Hm«, überlegte Thamsen. »Und sonst gab es nichts Außergewöhnliches?«

»Nur Frau Bertram hat geklingelt und nach einem Schmerzmittel verlangt.«

»Und dass die beiden gemeinsame Sache gemacht haben? Vielleicht sollte Frau Bertram Sie ablenken?«

Die ältere Dame schüttelte ihren Kopf. »Kann ich mir nicht vorstellen. Die Bertram kann eigentlich mit niemandem. Glaube nicht, dass die bei solch einer Aktion mitmachen würde. Außerdem bleibt die Frage, wer Herrn Nissen geholfen hat, das Heim zu verlassen.«

»Stimmt.« Thamsen blickte sich um. Besonders wohnlich wirkte das Zimmer nicht gerade. Bilder hatte Gustav Nissen keine aufgehängt. Die weißen Wände waren kahl. Der einzige Farbtupfer im Raum waren die Vorhänge, aber die hatten auch nur einen pastellfarbenen Ton.

Auf einem Regal über dem Bett standen eine Uhr, einige Bücher und das Bild einer jungen Frau in einem goldenen Rahmen. Thamsen nahm an, dass dies die verstorbene Frau des Bewohners war. Ansonsten fanden sich keine Fotografien. Und auch das Mobiliar war spärlich, Tisch,

Stuhl, ein kleines Sideboard, auf dem ein Fernseher stand, und ein Kleiderschrank. Reichtümer verbargen sich hier wohl kaum.

»Ist denn etwas abhandengekommen?«

Obwohl Dirk bezweifelte, dass es sich um einen Raubmord handelte, musste er diese Frage stellen. Vielleicht war der alte Mann doch vermögend gewesen und hatte einen fetten Sparstrumpf unter der Matratze gehabt.

Die Pflegerin zuckte mit den Schultern. »So genau kann ich das nicht sagen, ich müsste mal nachsehen. Aber selbst wenn, gestohlen wird im Heim ohnehin. Die älteren Leutchen beklauen sich gegenseitig wie die Raben. Erst kürzlich ist die Brieftasche von Herrn Nissen entwendet worden.«

»Und Sie sind sich sicher, dass es ein anderer Bewohner war?«

Die Frau kniff die Augen zusammen. Thamsen wusste, was die Pflegerin dachte, denn wenn es kein Bewohner gewesen war, der die Geldbörse entwendet hatte, kam nur das Personal infrage, eventuell ein Besucher.

»Ich glaube nicht, dass eine meiner Kolleginnen oder ein Kollege die älteren Leute beklaut. Die sind arm genug dran. Das sieht jeder so, können Sie gerne fragen.«

Sie stemmte die Hände in die Hüfte und schaute ihn herausfordernd an. »Ich glaube Ihnen ja, aber wir müssen ganz sichergehen.« Er zog sein Handy aus der Hosentasche und wählte die Nummer der Kollegen aus Kiel. »Ja, Dietmar, seid ihr fertig im Wald?«

Er horchte auf die Antwort. »Ach schon auf dem Rückweg. Hm. Könntet ihr umdrehen?«

Dirk konnte sich gut vorstellen, dass die Kollegen wenig Lust dazu hatten, aber die Untersuchung des Zimmers schien ihm notwendig. Vielleicht fanden sie Spuren oder zumindest Hinweise auf den Täter, wenn der Raum nicht sogar der Tatort war. Immerhin hatte laut Aussage der Pflegerin Gustav Nissen in seinem Bett gelegen. Hatte der Täter ihn dort überwältigt? Obwohl, soweit er verstanden hatte, konnte von überwältigen nicht die Rede sein, denn der alte Mann war kraftlos, konnte kaum alleine aufstehen. Für einen gesunden Menschen – egal ob Mann oder Frau – wäre der alte Herr ein leichtes Opfer gewesen.

»Ja, gut, meldet euch bei Frau Schlüter.« Dirk schaute auf die Mitarbeiterin des Heims. »Die weiß Bescheid.«

Er legte auf und trat mit der Pflegerin zusammen auf den Flur. »Bitte schließen Sie das Zimmer ab, bis meine Kollegen eintreffen. Ich möchte nicht, dass in der Zwischenzeit irgendjemand den Raum betritt.«

Tom schluckte, als er sich von der Heimleitung verabschiedete, die ihn siegessicher anlächelte. Schneller als erwartet sei ein Platz frei geworden, hatte sie bereits bei der Begrüßung verkündet. »Sie müssten sich allerdings möglichst gleich entscheiden, denn die Plätze bei uns sind heiß begehrt.«

Tom bezweifelte, dass man als älterer Mensch scharf darauf war, hier einzuziehen. Oftmals ging, wie in seinem Fall auch, die Initiative für einen Heimaufenthalt wohl eher von der Familie aus. Er versuchte sich zu beruhigen, indem er sich sagte, dass es ja nur ein vorübergehender Aufenthalt für Haie sein würde.

»Na, drei Monate würde ich schon einplanen. So ein Knochenbruch in dem Alter heilt äußerst langsam. Es dauert, bis die älteren Leutchen wieder auf die Beine kommen«, hatte Frau Nölting ihm lächelnd erklärt. Die Frau erinnerte ihn an jemanden, er wusste nur nicht an wen. »Manchen gefällt es anschließend so gut, dass sie dann für immer bleiben wollen.«

»Das wird nicht der Fall sein«, hatte Tom eilig versichert. Schließlich wurde Haie gebraucht. Alleine Niklas würde ihn motivieren, schnell gesund zu werden.

»Ja, gut, ich melde mich dann bei Ihnen«, verabschiedete er sich und verließ das Büro. Während er den Gang hinunterging, warf er hier und da einen Blick in die zum Teil offen stehenden Zimmer.

Gemütlich konnte man die Einrichtung wirklich nicht nennen. Und dann dieser Geruch. Tom rümpfte die Nase und beeilte sich, zum Ausgang zu gelangen. Als er hinaus ins Freie trat, war es beinahe dunkel. Neben seinem Wagen auf dem Parkplatz konnte er die Umrisse einer Gestalt ausmachen.

»Na endlich!«, begrüßte Thamsen den Freund. »Das hat ja ewig gedauert. Mit Kurzzeitpflege hat das wohl nichts zu tun«, grinste er.

»Nee, die Frau Nölting wollte am liebsten, dass Haie für immer angemeldet wird.«

»Sieht die nicht aus wie Frau Mahlzahn?«

»Wie wer?«

»Na, der Drache bei Jim Knopf.«

»Stimmt.« Tom schlug sich mit der Hand auf die Stirn. »Jetzt, wo du es sagst. Ich habe schon die ganze Zeit überlegt, woher ich die kenne«, lachte er dabei.

»Ja, aber einen Platz haben die?«

Tom nickte. Er war sich nicht sicher, ob das der richtige Ort für Haie war, aber Thamsen schlug vor, den Freund selbst zu fragen.

»Wir reden morgen zusammen mit ihm und machen ihm den Vorschlag.«

»Dann kenne ich seine Antwort«, lächelte Tom.

9. KAPITEL

Wie immer herrschte am nächsten Morgen das reinste Chaos in der Familie Thamsen. Dörte war maulig, weil Dirk sie nicht zum Gynäkologen begleitet hatte, und rollte schmollend durch die Tür, während Anne das Bad stundenlang okkupierte und Lotta heulte, weil der Kopf ihrer geliebten Barbiepuppe abgefallen war, für dessen Reparatur aber keiner Zeit hatte.

Dirk stürzte seinen Kaffee hinunter, schnappte sich die brüllende Lotta und versuchte, Dörte zum Abschied einen Kuss zu geben, der lediglich auf den Haaren landete, weil sie sich wegdrehte.

Dann eben nicht, dachte Thamsen und eilte mit dem Kind hinaus zu seinem Wagen, wo er Lotta auf den Rücksitz verfrachtete und einstieg, während seine Tochter mittlerweile wie eine Sirene heulte. Dirk startete den Motor und gab Gas. Im Laufe der Zeit hatte er gelernt, seine Ohren auf Durchzug zu stellen.

Er hielt im Halteverbot direkt vor der KiTa und lieferte Lotta bei einer der Erzieherinnen ab.

»Wir müssten mit Ihnen sprechen«, bemerkte die, als Dirk ihr das plärrende Kind übergab. »Jetzt?« Er blickte auf die Uhr. Er war mit Tom am Krankenhaus verabredet, vorher war eine Besprechung in der Dienststelle angesetzt, und ob die Berichte von der Spurensicherung und aus der Rechtsmedizin schon da waren, musste er auch noch checken.

»Wann würde es Ihnen passen?«

»Worum geht es denn?«

»Um Lotta?« Die Erzieherin stemmte ihre Hände in die Hüften. Wahrscheinlich erlebte sie nicht zum ersten Mal, dass Eltern sich, wenn es um die Kinder ging, rarmachten. Zumindest wenn Problemgespräche anstanden, denn ein solches vermutete Thamsen hinter der Aufforderung.

»Ja wissen Sie, ich habe aktuell einen Leichenfund zu bearbeiten und nicht die Zeit.«

»Na, ein Toter kann ja wohl warten, oder? Schlimmer kann es dem nicht mehr ergehen. Es geht schließlich um Ihre Tochter.«

»Ich weiß.« Dirk schaute wieder auf seine Armbanduhr. Langsam wurde es knapp. »Vielleicht können Sie das mit meiner Lebensgefährtin besprechen, wenn die Lotta abholt?«

Die Frau verdrehte demonstrativ die Augen, doch zu einer Antwort kam sie nicht mehr, da Thamsens Handy klingelte. Dankbar über diesen Rettungsanker, fingerte er das Telefon aus der Tasche.

»Dr. Becker, schön, dass Sie anrufen.« Er winkte Lotta zu und verdrückte sich langsam nach draußen.

»Ja, ich wollte schnell einen ersten Überblick über eure Leiche aus dem Wald geben, damit Sie weiterarbeiten können.«

»Oh, gut.« Wenigstens ersparte ihm das, heute Morgen den Bericht lesen zu müssen. »Und was ist nun rausgekommen?«

»Der Mann ist in der Tat ermordet worden.«

»Wie?«

»Ich habe Anzeichen eines Erstickungstodes, unter anderem Einblutungen in den Augen, gefunden. Der Mann wurde erstickt. Wahrscheinlich mit einem Kissen oder einem anderen ähnlichen Gegenstand. Ich schicke den Kollegen von der Spusi ein paar Fasern aus dem Mund- und Nasenbereich, vielleicht gibt es Übereinstimmungen.«

»Sie meinen, der Mann wurde in seinem Bett umgebracht?«

»Sieht ganz so aus. Zwar gibt es ein paar Abschürfungen und Blutergüsse, aber das sind meiner Ansicht nach sogenannte Widerlagerverletzungen, die durch den Transport der Leiche entstanden sind. Den genauen Bericht sende ich Ihnen zu.«

»Gut, danke!«

Auch wenn bereits der Verdacht bestanden hatte, nun stand es fest. Gustav Nissen war ermordet worden. Und aller Wahrscheinlichkeit nach in seinem Bett im Pflegeheim.

Haie rümpfte die Nase. Das Frühstück war so gar nicht nach seinem Geschmack. Warmer Haferbrei und Dörrobst.

»Gibt es denn kein Brot?«, hatte er die Schwester

erstaunt gefragt, als sie ihm das Tablett ans Bett gebracht hatte.

»Auf der Liste steht, dass Sie Schonkost bekommen sollen«, hatte sie lediglich erwidert und war gleich darauf verschwunden.

Neidisch blickte Haie auf das Tablett seines Bettnachbarn. »Dat hem di mit mi ok versöcht«, entgegnete der, »aber nich mit mi. Heff mi bi'n Doktor beschwert. Ik bün doch nich to dick.«

Zu dick fühlte Haie sich auch nicht. Gut, er hatte in den letzten Wochen das eine oder andere Kilo zugelegt, aber war das nicht normal, wenn man älter wurde? Der Körper verwertete die Kalorien halt nicht mehr so gut wie früher. Außerdem hatte er zum Geburtstag ein E-Bike geschenkt bekommen und wahrscheinlich den Motor öfter angeschmissen als nötig. Doch das normale Fahrradfahren hatte ihm immer mehr Mühe bereitet – und nun war das sowieso erst einmal vorbei. Es würde sicherlich eine Zeit dauern, bis er in die Pedale treten konnte.

»Hast du jemanden, der sich zu Hause um dich kümmern kann?«

Haie nickte. »Ich wohne bei meinem Freund und seinem Sohn.«

»Wat is mit der Mutter?« Diskretion kannte Bernhard Lornsen scheinbar nicht.

»Die lebt leider nicht mehr.«

»Ach, sach bloß, dat is die, die vor Jahren bei dem Attentat ums Leben kommen is.«

Haie schluckte. »Ja.« Er dachte nicht gerne an die Umstände von Marlenes Tod. Lieber erinnerte er sich an die schönen Tage mit der Freundin.

Die Schwester kam erneut ins Zimmer und unterbrach

das Gespräch der beiden. »Na, keinen Appetit?«, fragte sie Haie, als sie sein unberührtes Frühstück mitnahm.

»Herr Ketelsen braucht was Anständiges«, mischte sich der Bettnachbar ein. »Von Haferschleim kommt der nicht auf die Beine.«

Unweigerlich musste Haie grinsen. Doch die Krankenschwester zeigte sich unbeeindruckt. »Verordnet ist verordnet«, kommentierte sie den Haferschleim in einem Ton, der unmissverständlich deutlich machte, dass Widerworte keine Chance bei ihr hatten.

»Vielleicht kann dir dein Freund was mitbringen«, schlug Bernhard Lornsen vor, als sie alleine waren und Haie nach seinen Keksen griff. »Du hast ja Glück, um dich kümmert sich einer. Seit meine Frau im Heim ist, bin ich ganz auf mich gestellt. Und vorher musste ich mehr ihr helfen, als dass sie sich um mich kümmern konnte.«

»Is sicherlich nicht leicht.«

»Na, man gewöhnt sich dran.«

Haie nickte. Nach der Scheidung war auch er auf sich alleine gestellt gewesen und kannte das Gefühl zu gut.

»Was meintest du gestern, als du sagtest, die sterben da im Heim wie die Fliegen?«, wechselte er schnell das Thema, da er an die Zeit nicht erinnert werden wollte.

»Na ja«, Bernhard Lornsen setzte sich in seinem Bett aufrecht. »Seit Mia da liegt – und das ist noch nicht so lange – sind fünf Leutchen abgekratzt, soviel ich weiß. Die haben einen enormen Durchlauf.«

»Ist das viel?« Haie kannte sich mit Pflegeheimen nicht aus, aber schließlich lagen da alte und kranke Leute. War es da nicht selbstverständlich, dass die verstarben?

»Na hör mal. Innerhalb von drei Monaten fünf Todesfälle? Das finde ich reichlich. Und ich bin nicht der Einzige, der das denkt.«

Auf dem Weg nach Niebüll hielt Tom bei der Bank. Er musste einen Lastschriftwiderruf machen, das ging leider nicht online. Normalerweise erledigte er seine Bankgeschäfte immer im Internet. Das war für ihn bequemer, als an die eher bescheidenen Öffnungszeiten der kleinen Bankfiliale im Dorf gebunden zu sein. Oder aber Haie kümmerte sich darum – zumindest um die Dinge des täglichen Zusammenlebens und deren Rechnungen. Nun aber hatte Tom den Handyanbieter gewechselt, und der alte hatte wohl versehentlich erneut abgebucht. Die Dame von der Hotline, in deren Warteschleife er beinahe den ganzen Morgen verbracht hatte, um eine Auskunft zu erhalten, hatte lediglich pampig bemerkt, er solle das Geld zurückholen, dann würde man sich notfalls bei ihm melden. Und genau das hatte er vor – und zwar sofort. Keinen Cent sollte dieser Laden mehr von ihm bekommen.

Er parkte auf dem kleinen Vorplatz und stieg aus. Immer noch geladen, stapfte er mit energischen Schritten auf den Eingang zu.

In der Kundenhalle stand eine Warteschlange. Tom stöhnte. Auch das noch. Wahrscheinlich alles Leute, die nicht mit dem Geldautomaten umgehen konnten. Oder was wollten die sonst von der Mitarbeiterin? Wohl kaum alle wie er eine Lastschrift widerrufen, oder?

Er stellte sich hinter einer Frau an, die sich angeregt mit einem Mann mit Prinz-Heinrich-Mütze unterhielt. »Jo, und dann hem die den Gustav da an de lütten See im Wald gefunden.« Tom wollte nicht lauschen, bekam aber unweigerlich das Gespräch mit. Die Bank bot keinerlei

Diskretion. Selbst von ganz hinten konnte man hören, wie der vorderste Kunde mit der Bankangestellten um einen Vorschuss auf sein Gehalt verhandelte.

»Na, und wie is he denn dahin kommen?« Der Mann mit der Mütze schaute fragend zu seiner Gesprächspartnerin, die allerdings lediglich mit den Schultern zuckte.

»Ich hab eh gehört, dass es in der letzten Zeit mehr Todesfälle als gewöhnlich im Heim gab.«

»Echt?«

Tom musste schmunzeln. Sicherlich hatte die Dame das Gerücht von Helene aus dem Sparmarkt.

»Was gibt's da zu grinsen?«, kommentierte der ältere Kunde Toms Reaktion. »Das ist doch nicht lustig. Vielleicht arbeiten die da nicht fleißig genug. Man hat öfter gehört, dass in Pflegeheimen katastrophale Zustände herrschen. Dekubitus kann durchaus zum Tod führen. Gerade, wenn die älteren Leute keine Abwehrkräfte mehr haben.«

»Aber solche Einrichtungen werden doch überprüft«, bemerkte Tom, der vor Kurzem als Berater eine Kette eines Krankenhausbetreibers betreut hatte.

»Ach watt«, winkte die Frau ab und folgte dem Mann einen Schritt näher an den Kassenschalter, da die Vorschussdiskussion erfolglos für den Kunden beendet worden war. »Dat kenn ick von meiner Schwägerin. Diese Kommissionen haben gar nicht viel Zeit zum Prüfen, und dann werden die oftmals von der Heimleitung aufgehalten oder einfach zum Kaffeetrinken verdonnert.«

»Ja, aber den Angehörigen der Heimbewohner fällt so etwas doch auf, oder?« Tom war sich sicher, dass man mutwillige Vernachlässigung mit so vielen Todesfolgen nicht unter den Teppich kehren konnte. Das würde doch auffallen, oder?

»Wieso sind die Leute denn im Heim? Meist doch, weil sie keinen haben, der sich um sie kümmert.«

»Oder kümmern will!«, fuhr nun der Mützenmann dazwischen, bevor er sich dem Schalter zuwandte. Die letzten Kundenfragen hatten schnell geklärt werden können, und der Mann war nun an der Reihe.

Tom musste unweigerlich schlucken. Sahen die Leute das wirklich so? Dass die Angehörigen sich nicht um die kranken und alten Leute kümmern wollten? War es bei ihm ähnlich? War seine Arbeit nur ein Vorwand, um Haie nicht den Hintern abputzen zu müssen? Und was würde passieren, wenn der Freund eines Tages tatsächlich zum Pflegefall werden würde, also ohne Aussicht auf Besserung? Haie und Tom hatten nie darüber gesprochen. Es fiel ihm ja jetzt schon schwer, dem Freund klarzumachen, dass er nicht nach Hause konnte. Er musste schließlich den Unterhalt für ihre Familie erwirtschaften. Da konnte er sich nicht wochenlang um die Pflege kümmern.

Ganz in Gedanken versunken, fuhr er schließlich auf, als er seinen Namen hörte. Die Bankangestellte lächelte ihn freundlich an, während er an den Schalter trat. »Herr Meissner, Sie habe ich aber lange nicht gesehen. Geht es Ihnen gut?«

Er war überrascht, dass die Frau sich überhaupt an seinen Namen erinnerte, so selten wie er in der letzten Zeit hier gewesen war.

»Ja, eigentlich schon.«

Die Bankangestellte legte den Kopf schief, so als erwartete sie, dass er weitersprach. Der leicht bohrende Blick, aus dem aber anders als bei Helene wirkliche Anteilnahme an seiner Person sprach, ließ ihm das Blut in die Wangen schießen.

»Ich wollte …«, er kramte aus seiner Hosentasche einen Zettel mit den Daten der Lastschrift hervor, »die Lastschrift vom 03.03. widerrufen.«

Sie lächelte und bat ihn um seine Kundenkarte. »Wo ist denn Herr Ketelsen? Der kommt doch sonst immer am Donnerstag Geld abheben?«

Haie war auch einer jener Kunden, die den Geldautomat mieden. Einmal in der Woche versorgte er sich am Schalter mit Bargeld – ein Fehlen fiel der aufmerksamen Angestellten natürlich auf.

»Der liegt im Krankenhaus.«

»Was?« Sie hielt in der Bewegung inne und schaute auf ihn.

»Ein Unfall. Er ist die Treppe heruntergestürzt.«

»Ach nein. Schlimm?«

»Wie man's nimmt. Er wird wieder«, beeilte sich Tom zu sagen, denn langsam war es ihm unangenehm, wie die anderen Leute zuvor, über die er sich geärgert hatte, den Verkehr aufzuhalten.

Doch die Bankangestellte störte das anscheinend nicht – das hatte sie mit Helene gemeinsam.

»Na, diese Woche scheint wirklich der Wurm drin zu sein.«

10. KAPITEL

Thamsen betrat den kleinen Besprechungsraum, in dem die anderen Mitarbeiter auf ihn warteten. Er hatte mit den Kollegen der Spurensicherung gesprochen und die Husumer Beamten informiert, die Ansgar nun per Videoschaltung in das Meeting integriert hatte. Lorenz Meisters Bild flimmerte Dirk von der Videoleinwand entgegen.

»Die bisherigen Ermittlungen in Fall Gustav Nissen haben ergeben, dass wir es mit einem Kapitalverbrechen zu tun haben«, leitete Thamsen die Sitzung ein und verteilte währenddessen Auszüge aus dem Obduktionsbericht.

»Dr. Becker hat eindeutig einen Erstickungstod bestätigt.«

»Und der Mann kann nicht zufällig im Schlaf selbst ...?«, mischte sich der Kriminalbeamte aus Husum ein. Wie immer hatten die feinen Herren in Husum viel zu tun, wie Lorenz Meister Thamsen bei seinem Anruf mitgeteilt hatte, und wollten daher den Fall möglichst auf das Niebüller Team abwälzen.

»Selbst wenn, wie soll der anschließend in den Wald gekommen sein?«, fiel Dirk verärgert dazwischen. Das war mal wieder typisch, aber diesmal würde er nicht sämtliche Arbeit übernehmen.

»Es wäre also gut, wenn die Kripo ...«

»Gibt es konkrete Hinweise?« Der Beamte aus Husum wollte Gründe, die sein Erscheinen in Niebüll rechtfertigten.

»Der Sohn hat sich gestern seltsam verhalten«, kam Ansgar Rolfs seinem Chef zur Hilfe. »Ich könnte mir vorstellen, dass der etwas damit zu tun haben könnte.«

»Inwiefern?«, fragte Dirk, der überrascht war, dass sein Mitarbeiter ihn nicht über den Verdacht informiert hatte.

»Soweit ich verstanden habe, hatte Gustav Nissen durchaus Geld. Ob er reich war, kann ich nicht sagen, ich habe deswegen seine Finanzdaten angefordert.« Rolfs räusperte sich. »Auf jeden Fall hat Olaf Nissen die ganze Zeit betont, dass sein Vater sein Erbe in dem Heim verprassen würde. Vielleicht ist das sein Motiv?«

»Geld? Gut möglich«, nickte Meister auf der Leinwand. »Haben Sie ihn nach einem Alibi gefragt?« Scheinbar witterte der Beamte die Chance einer schnellen Aufklärung.

»Habe ich«, antwortete Rolfs, »aber seine Frau und er geben sich gegenseitig ein Alibi für den Zeitraum.«

»Na«, entfuhr es Dirk, der auf derlei Aussagen wenig gab.

»Ein weiterer Ansatz ist das Pflegeheim«, übernahm er die Leitung über die Besprechung. »Wir kennen ja die Fälle, in denen Personal solcher Einrichtungen Sterbehilfe leistet.«

»War das Opfer krank?«, wunderte sich der Kripobeamte.

Thamsen wusste nicht, wie er seinen Verdacht begründen sollte, dass in dem Heim etwas nicht mit rechten Dingen zuging. Jedenfalls konnte er nicht sein schlechtes Bauchgefühl als Grund dafür nennen. Da würden die anderen ihn auslachen. Auch die Diebstähle würde er zunächst für sich behalten, beschloss er plötzlich, und die Sache mit dem Undercover-Einsatz von Haie auch – zumindest erst einmal, denn wenn es wirklich Beweise gab, würde er diesmal die Lorbeeren einheimsen.

»Vielleicht sollten wir den Bericht der Spurensicherung abwarten. Die haben den Fundort der Leiche und das Zimmer von Gustav Nissen untersucht. Wenn es etwas gab, wird uns das vielleicht zum Täter führen.«

Er stand auf. »Und du denkst an die Mobilfunkdaten?«, richtete er sich dabei an Rolfs. »Eventuell bringt es uns weiter, wenn wir wissen, wer alles in der Nacht in der Funkzelle eingeloggt war.« Ansgar nickte.

»Ich habe jetzt einen Termin, entschuldigt mich bitte.«

Mit diesen Worten verließ Thamsen das Besprechungszimmer.

Wo Dirk nur blieb? Tom stand vorm Eingang des Krankenhauses und hielt nach dem befreundeten Kommissar Ausschau. Eigentlich war Thamsen stets pünktlich, es sei denn, er wurde aufgehalten.

Ob sie im Heim etwas herausgefunden hatten? Vielleicht hatte man den Täter schon gefasst? Wie aber sollte er dann Haie den Heimaufenthalt schmackhaft machen? Er schluckte. Es fiel ihm wirklich nicht leicht, aber er musste Anfang nächster Woche zu dieser Konferenz nach Berlin. Da führte kein Weg dran vorbei. Sonst konnte er den neuen Auftrag knicken. Es würde schon schwer genug sein, Niklas unterzubringen. Er hatte am Morgen bei der Mutter eines Freundes angerufen, die zwar beteuert hatte, dass sie gerne helfen würde, sich aber mit zwei Jungs überfordert fühlte. »Wenn es ein Nachmittag wäre, aber drei Tage. Tut mir leid. Das kriege ich nicht hin«, hatte Brigitte Karstensen geantwortet und aufgelegt.

Er hatte ihren Namen von der Liste gestrichen und die weitere Suche nach einer Unterbringung für Niklas auf den Nachmittag verlegt. Zunächst einmal musste eh die

Sache mit Haie geklärt sein, ansonsten konnte er sowieso nicht nach Berlin fahren.

Endlich sah er Dirk die Auffahrt hinaufeilen und hob seine Hand, um auf sich aufmerksam zu machen. Hinter dem Freund streckte sich plötzlich ein weiterer Arm in die Höhe, und Tom erkannte Elke, Haies Exfrau. Das hatte ihnen gerade noch gefehlt. Sie wollten doch in Ruhe mit Haie über seinen Einsatz im Heim reden. Da passte es gar nicht, wenn Elke zu Besuch kam. Woher die überhaupt davon wusste? Das konnte ihr doch nur Helene erzählt haben, ärgerte er sich und begrüßte den Freund, der ihn nun erreicht hatte.

»Hallo, Dirk, alles klar?« Der Kommissar wirkte angespannt, wahrscheinlich viel Stress, denn der Leichenfund brachte eine Menge Arbeit mit sich. Und dann die Situation zu Hause. Tom hatte seit einigen Wochen den Eindruck, dass Dirk sich mit der schwangeren Dörte überfordert fühlte und sich nicht so recht auf das Baby freute. Er hatte ihn zwar nicht darauf angesprochen, aber die eine oder andere Bemerkung hatte diese Vermutung bei Tom geweckt.

»Na ja, wie man's nimmt«, lächelte Dirk ihn an. »Der Tote aus dem Legerader Wald ist ermordet worden. Du weißt ja, was das für die Polizei bedeutet.«

Tom nickte. Das wusste er zu gut. Zusammen mit Haie hatte er Thamsen in dem einen oder anderen Mordfall unterstützt. Und alleine durch Marlenes Tod wusste er, wie aufwendig und langwierig Ermittlungen waren.

Ihm ließ der Gedanke an einen Mord einen Schauer über den Rücken laufen. Schon wieder ein Gewaltverbrechen in der näheren Umgebung? Wie sicher war man in Nordfriesland eigentlich?

Er zuckte zusammen, als er eine Hand auf seiner Schulter spürte. Elke hatte den Eingang erreicht und begrüßte ihn. Ein inniges Verhältnis verband die beiden nicht. Elke war die Ex seines Freundes, nicht mehr und nicht weniger.

»Das ist ja furchtbar mit Haies Unfall. Wie geht es ihm?« Tom glaubte, einen leichten Vorwurf in der Stimme mitschwingen zu hören, doch Haie hätte nicht gewollt, dass er Elke über den Sturz informierte. Zwar redeten die beiden mittlerweile wieder miteinander, aber Haie hatte durch die Scheidung einen Schlussstrich unter die Ehe gezogen und Elke aus seinem Leben ausgeschlossen. Sie waren kein Paar mehr und das aus gutem Grund. Sie aber machte sich Sorgen um ihn, das war ihr deutlich anzusehen. Sie liebte Haie immer noch, doch was ging Tom das an?

»Es geht ihm gut«, antwortete er. »Aber wir müssen mit ihm jetzt ein paar Dinge besprechen. Vertraulich.« Sie nickte, anscheinend weil sie nicht verstand, dass sie nicht zu dem Gesprächskreis gehören würde.

»Tom und ich«, klärte Dirk daher auf.

»Ach so?«, entfuhr es Elke, doch gegenüber der Polizei wagte sie nicht, Widerworte einzulegen.

»Ja, wie lange dauert es? Dann radle ich vielleicht schnell meine ehemalige Nachbarin besuchen. Die liegt im Pflegeheim.«

»Tu das!«, bestätigte Tom und ließ Elke einfach stehen.

»Mann, wir sollten Haie aber warnen, dass sie im Anmarsch ist«, bemerkte Dirk, als sie die Treppen zu Haies Station hinaufstiegen. »Die ist echt wie eine Klette. Also, wenn ich mir vorstelle, Iris würde ständig bei mir auftauchen. Trotz der Kinder haben wir uns zum Glück nicht so oft gesehen. Da hätte ich so gar keine Lust drauf.«

»Haie auch nicht, aber es gibt halt Frauen, denen man

es mehr als deutlich sagen muss.« Unweigerlich musste er an eine seiner Exfreundinnen denken. Monika. Er hatte sie etwas unschön abserviert, nachdem er Marlene kennengelernt hatte. Sie hatte ihn jedoch verfolgt, und letztendlich hatten nur deutliche Worte geholfen, bis sie verstand, dass er nichts mehr von ihr wollte.

»Trotz allem habe ich das Gefühl, er fühlt sich ihr gegenüber immer noch verantwortlich. Alleine dass er ihr damals das Haus überlassen hat. Er hat ein zu gutes Herz. Aber das ist Haies Angelegenheit.«

Sie hatten Haies Krankenzimmer erreicht und klopften kurz, bevor sie eintraten. Haie las in einer Zeitschrift und knusperte an einem Keks. Sein Bettnachbar war nicht da. Wahrscheinlich zu einer Untersuchung. Äußerst günstig für ihr Vorhaben.

»Na, alter Kumpel, wie geht's?« Dirk zog seine Jacke aus und einen Stuhl an Haies Bett, während Tom ein paar Bücher und eine Tafel Schokolade auf den Nachttisch legte, die Haie sogleich gierig beäugte.

»Ich habe Hunger. Die haben mich auf Diät gesetzt«, maulte er und griff zur Schokolade. »Lange bleibe ich hier nicht«, kündigte er an, während er ein großes Stück von der Tafel abbrach.

»Was sagt der Arzt?«

»Hat sich noch nicht blicken lassen.« Haie war Kassenpatient und hatte daher wahrscheinlich nicht erste Priorität, zumal er versorgt schien. Aber der Umstand, dass der Freund kaum Geld brachte, wenn er hier rumlag, machte Tom bewusst, dass man ihn nicht länger als nötig hierbehalten würde.

»Genau darüber wollte ich mit dir sprechen«, leitete er das Gesprächsthema in die richtige Richtung.

»Jetzt?« Haie runzelte leicht die Stirn. »Kann das nicht warten?« Er war neugierig, was Thamsen über den aktuellen Leichenfund zu berichten hatte. Zumal es ohnehin sonderbar war, warum er Zeit für einen Krankenbesuch hatte. Erfahrungsgemäß wusste Haie, dass es nach solch einem Vorfall immer turbulent auf der Dienststelle zuging.

»Habt ihr etwas herausgefunden?«, wandte er sich daher an den Kommissar.

Thamsen nickte. »Und genau deshalb bin ich hier.«

»Aha?«

»Irgendetwas scheint in dem Pflegeheim nicht zu stimmen.«

»Hat mein Bettnachbar auch gesagt, dass die da sterben wie die Fliegen.« Haie deutete mit einer Kopfbewegung auf das leere Nachbarbett.

»Ja, und Gustav Nissen ist höchstwahrscheinlich umgebracht worden.«

»Mord?«, entfuhr es Haie. Er spielte gerne Hilfssheriff, und oftmals hatten Tom und Dirk geäußert, dass er wahrscheinlich besser Detektiv oder sogar Polizist hätte werden sollen, aber dennoch erschrak er jedes Mal, wenn er von einem Verbrechen in seiner näheren Umgebung erfuhr. Die Gegend schien so friedlich, da rechnete niemand mit Mord und Totschlag. Dennoch gab es mehr Verbrechen, als ihnen lieb waren, und als manch ein Außenstehender, der oberflächlich betrachtet nur einen friedlichen idyllischen Landstrich sah, vermuten würde.

»Sieht ganz so aus«, antwortete Thamsen, und Haie schluckte.

»Das heißt, an den Äußerungen von Bernhard ist was dran?« Er deutete zu dem Nachbarbett.

»Könnte sein. Auf jeden Fall herrscht eine schlechte Stimmung. Da stimmt was nicht.«

Haie versuchte, sich in seinem Bett gerader aufzusetzen. Seine Wangen fingen an zu glühen, und Tom wusste, wie in dem Kopf des Freundes die Ermittlungsmaschinerie in die Gänge kam. Nicht lange, und sie lief auf Hochtouren. Aber wenn in dem Heim wirklich etwas nicht stimmte, war es dann eine gute Idee, Haie dort einzuquartieren? Nachher stieß ihm irgendetwas zu.

Doch Haie war schon derart in seinem Element und nicht mehr zu bremsen. »Vielleicht könnte ich ein paar Tage ermitteln: undercover sozusagen?«

Thamsen grinste.

Elke hatte den beiden Männern hinterhergeschaut, sich dann aber auf den Weg des in der Nähe gelegenen Pflegeheims gemacht. Es ärgerte sie zwar, dass die beiden sie nicht zu Haie gelassen hatten, aber sie würden nicht ewig bleiben. Heute war ihr freier Tag, da konnte sie später ins Krankenhaus gehen. Immerhin war das ein triftiger Grund, Haie zu besuchen. Er hatte sich in der letzten Zeit rargemacht. Klar, sie waren getrennt, aber konnten sie nicht trotzdem befreundet sein? Wenngleich Elke insgeheim hoffte, dass sie sich eines Tages wieder näherkommen würden. Sie war sich dessen nicht bewusst oder wollte es sich nicht eingestehen, aber ihr Verhalten war unmissverständlich.

Schnell hatte sie das Pflegeheim erreicht, schloss ihr Fahrrad an eine dafür vorgesehene Metallkonstruktion und betrat das Foyer. Sie grüßte ein paar ältere Bewohner, die in einer Sitzgruppe im Eingangsbereich zusammensaßen. Hiltrud, ihre ehemalige Nachbarin, war nicht unter den Leuten, obwohl sie oft hier anzutreffen war. Elke besuchte die einstige Dorfbewohnerin regelmäßig, die keine Angehörigen in der näheren Umgebung hatte. Die Kinder waren nach Süddeutschland gezogen und hatten die Mutter, als sie älter wurde und nicht mehr alleine zurechtkam, nicht zu sich nehmen wollen. Hiltrud behauptete zwar, dass sie das Angebot abgelehnt hätte, schließlich verpflanze man keinen alten Baum mehr, aber Elke wusste, dass es anders war. Sie hatte Mitleid mit der alten Frau und besuchte sie daher regelmäßig, wahrscheinlich auch, weil sie fürchtete, selbst eines Tages so zu enden.

Das Zimmer von Hiltrud lag im hinteren Trakt, und Elke kam am Speisesaal vorbei, in dem für das Mittagessen eingedeckt wurde.

»Hallo, wo ist denn Frau Köster heute?«, fragte sie eine der Mitarbeiterinnen, die Besteck verteilte.

»Ich glaube, die ist krank. Jedenfalls habe ich sie noch nicht gesehen«, sagte das junge Mädchen mit einem emotionslosen Gesichtsausdruck, ohne in der Bewegung anzuhalten.

Elke nickte und lief weiter den Flur entlang, bog am Ende links ab und ging bis zum Zimmer der Freundin. Zaghaft klopfte sie. Vielleicht ging es Hiltrud nicht gut und sie schlief? Leise öffnete Elke die Tür und warf einen Blick in den Raum. Hiltruds Bett war leer.

»Das ist keine schlechte Idee«, lobte Thamsen Haie, als sei es dessen Einfall gewesen, sich in dem Heim einzuquartieren. Tom war auf der einen Seite froh, löste das doch sein Pflegeproblem, gleichzeitig sorgte er sich aber um den Freund.

»Das ist aber nicht ganz ungefährlich, oder?«

»Ach, ich komm klar.« Haies Wangen glühten mittlerweile. »Zur Not kann ich mich mit meinem Gipsarm verteidigen.« Er versuchte, das verletzte Körperteil anzuheben, was ihm sichtlich schwerfiel.

Tom schluckte, aber Dirk lächelte Haie zu. Er machte sich weniger Sorgen um den Freund, der sich stets zu helfen wusste. Auch wenn man ihm in der letzten Zeit anmerkte, dass er älter wurde, war er für seine nun 70 Jahre erstaunlich gut beieinander, befand er.

»Dann wird Tom alles für einen Kurzzeitpflegeplatz klarmachen.« Es war eher eine Frage an Tom als eine Feststellung. Zumal Dirk wusste, dass das Heim scharf auf einen neuen Bewohner war.

»Ja gut«, nickte Haie und schob sich ein Stück Schokolade in den Mund. »Aber nicht, dass die mich auf Diät setzen.«

Elke atmete erleichtert aus, als sie eine der Pflegerinnen mit Hiltrud um die Ecke biegen sah. Zwar saß die ehemalige Nachbarin im Rollstuhl, aber sie lebte. Nach den Gerüchten, die im Dorf und in Niebüll in der letzten Zeit kursierten, hatte sie beim Anblick des leeren Zimmers das Schlimmste befürchtet. Elke glaubte zwar nicht, dass alles stimmte, was die Leute sich so erzählten, aber auch ihr war aufgefallen, dass die Zahl der Sterbeanzeigen in der Zeitung gestiegen war. Nicht nur Leute aus dem Pflegeheim, auch sonst starben momentan anscheinend viele Ältere in der Umgebung.

Egal, schalt Elke sich, schob die Gedanken zur Seite und begrüßte Hiltrud, die allerdings reichlich blass um die Nase wirkte.

»Sie musste zum Arzt, hatte Atembeschwerden. Angeblich hat sie in der letzten Nacht keine Luft bekommen.«

»Geht es dir besser?« Die ältere Frau nickte kaum merklich.

Elke half, sie ins Bett zu befördern, deckte sie zu und strich leicht über Hiltruds faltige Hand.

»Hattest du so etwas schon einmal?«

»Nein«, hauchte Hiltrud geradezu, die sich anscheinend noch nicht von der nächtlichen Atemnot erholt hatte.

»Ich habe richtig Panik bekommen, und alles war so dunkel.«

»Hast du denn nicht geklingelt?«

»Nee, konnte ich nicht.«

»Wieso nicht?«

Hiltrud schüttelte den Kopf leicht. Elke sah, wie ihr Tränen in den Augen standen. Wahrscheinlich die Angst, es ginge mit ihr zu Ende. Und vielleicht war dem auch so.

»Jetzt ruh dich erst einmal aus, dann sieht die Welt wieder anders aus.«

11. KAPITEL

Die Welt in der Dienststelle sah genauso angespannt wie vorher aus, als Thamsen nach dem Besuch bei Haie in sein Büro zurückkehrte.

»Die Husumer haben mehrere Male angerufen«, empfing ihn Ansgar Rolfs und verdrehte bei der Auskunft die Augen. Auch sein Mitarbeiter konnte die Beamten aus der Kreisstadt nicht sonderlich gut leiden, obwohl Thamsen ab und an den Eindruck hatte, als würde Ansgar gerne zur Kripo wechseln. Seine Karrierechancen waren in Niebüll ziemlich begrenzt. Thamsen war noch nicht alt. Sein Posten würde nicht so schnell zur Verfügung stehen – jedenfalls ging er momentan davon aus. Im öffentlichen Dienst musste man beinahe goldene Löffel klauen, um gefeuert zu werden, und das sah Dirk bei sich weniger. Was er aber sah, war ein junger, motivierter und ungebundener Mitarbeiter. Was hielt Rolfs also? Vielleicht hatte er heimlich einen Versetzungsantrag gestellt? Thamsen hielt große Stücke auf Rolfs, wie käme er ohne ihn klar? Er seufzte und erkundigte sich, ob es sonst etwas Neues gab.

»Ich habe die Kontodaten von Gustav Nissen bekommen. Der war wirklich nicht arm. Hat zu Lebzeiten ein ordentliches Sümmchen angehäuft, aber das Pflegeheim, da hatte sein Sohn recht, ließ sein Vermögen schneller schmelzen, als man annehmen möchte.«

»Wieso, was kostet denn solch ein Platz?«

»Knapp 2.000 Euro«, gab Rolfs zur Auskunft.

»Was?« Thamsen schluckte. Er hatte sich noch nie Gedanken über die Kosten im Alter gemacht. Seine Mutter war zum Glück recht rüstig. Außerdem hatte sein Vater gut vorgesorgt. Durch seinen Geiz hatte er seiner Frau ein Vermögen hinterlassen, mit dem sie ihren Lebensabend gut bestreiten konnte. Hatte Dirk jedenfalls gedacht, aber wenn er die Kosten hörte, kamen ihm leise Zweifel. Zumal seine Mutter einen Teil des Geldes bereits für Reisen ausgegeben hatte, die sie zu Lebzeiten seines Vaters nie unternehmen durfte.

»Aber es gibt etwas Interessantes auf dem letzten Auszug.«

»Was?«, fragte Thamsen in Gedanken.

»Gustav Nissen bekam jeden Monat Taschengeld ausgezahlt, denn außer der Abbuchung vom Heim gibt es keine Lastschriften. Aber letzte Woche, da wurde eine größere Summe abgebucht.«

»Von wem?«

»Keine Ahnung. Nissen hatte wohl einen Scheck ausgestellt. Das kann man dann nicht nachvollziehen.«

»Hat der Sohn eine Kontovollmacht?«

»Nee, zu dem Konto hat niemand Zugang.«

»Auch nicht das Heim?«, wunderte sich Thamsen. Wer hatte finanzielle Angelegenheiten für Gustav Nissen geregelt? Oder gab es da nichts mehr zu regeln? Aber wofür hatte er dann einen Scheck ausgestellt?

»Vielleicht war der für Olaf Nissen. Hast du ihn gefragt?«

»Noch nicht.«

»Dann übernehme ich das«, beschloss Thamsen und saß keine Viertelstunde später in seinem Dienstwagen und fuhr Richtung Leck. Den Sohn hatte er sich sowieso näher anschauen wollen, nachdem Ansgar Rolfs erzählt hatte, der wäre seltsam.

Viel hatten sie bisher in dem Fall nicht ermitteln können, und seine Motivation war in der letzten Zeit gehemmt, obwohl er sonst für die Ermittlungsarbeiten bei Mordfällen stets gebrannt hatte. Wann hatte das aufgehört? Nach Marlenes Tod? Da hatte er jedenfalls deutlich zu spüren bekommen, dass er gegenüber den Verbrechern so gut wie machtlos war. Er seufzte. Oder lag es daran, dass in diesem Fall das Opfer alt und gebrechlich war und sein Leben sowieso demnächst ausgehaucht hätte?

Er stoppte den Wagen vor der genannten Adresse und starrte durch die Windschutzscheibe auf das kleine Reihenhaus. Sah aus seiner Sicht relativ normal aus, aber was war heutzutage schon normal? Er selbst vermutlich auch nicht.

Dirk zog den Zündschlüssel ab und stieg aus. Er hatte das Gefühl beobachtet zu werden, doch da war niemand, als er sich umblickte. Weder bewegten sich Gardinen hinter den Fenstern der umliegenden Häuser noch waren Leute zu sehen. Es war eher seltsam still, was aber an der Mittagszeit liegen konnte.

Mit diesem seltsamen Empfinden im Nacken trat er vor die Tür und klingelte. Alles blieb ruhig. Er drückte den Knopf erneut, diesmal deutlich länger, doch auch das brachte keine Veränderung, obwohl die plärrende Türglocke klar und deutlich zu hören war. Wieder blickte Thamsen sich um, etwas unschlüssig, was er nun tun sollte. Ein letztes Mal betätigte er die Klingel, ging dann aber zu seinem Wagen zurück. Als er gerade auf den Bürgersteig trat, bog eine Frau mit Hund und einem kleinen Jungen an der Hand um die Ecke. Vor dem Bauch trug sie in einen Tragegurt einen Säugling. Unweigerlich musste Dirk an Dörte denken, schob das Bild seiner schwangeren Freundin jedoch schnell zur Seite.

Er konnte sich nicht erklären, woher er instinktiv wusste, dass dies Frau Nissen war.

»Frau Nissen?«, fragte er trotzdem.

»Ja?« Sie blickte ihn erstaunt an.

»Ich komme wegen des Todes Ihres Schwiegervaters. Mein Beileid.« Er hielt ihr die Hand entgegen, die sie zwar nahm, dabei aber misstrauisch beäugte.

»Entschuldigung. Ich habe mich gar nicht vorgestellt. Mein Name ist Dirk Thamsen, Polizei Niebüll.«

»Mein Mann ist nicht da«, entgegnete sie sofort und wollte weitergehen.

»Das macht nichts. Sie können mir bestimmt auch weiterhelfen.«

Sie blickte ihn immer noch misstrauisch an, nickte dann aber. »Kommen Sie.«

Er folgte ihr zum Haus, wo sie umständlich die Tür aufschloss. Der Hund und der Junge rannten sofort ins Haus, während Frau Nissen den Säugling aus dem Tragegurt befreite. Thamsen nahm ihr das Kind ab, als sie sich anschließend selbst aus der Babytrage schälte. Augenblicklich fing das Kleine an zu weinen, doch Dirk hatte kein Problem damit, es zu beruhigen.

»Sie haben Kinder, stimmt's?« Frau Nissen lächelte ihn an. Er nickte.

In der Küche sah es beinahe so aus wie bei ihm zu Hause. Ein großer Tisch, auf dem das Frühstücksgeschirr stand, dazwischen Spielzeug und diverse andere Sachen, die augenscheinlich nicht dort hingehörten.

Sonja Nissen entschuldigte sich nicht, sondern bot ihm an, Platz zu nehmen. Ähnlich wie Dörte schien auch sie das Chaos um sie herum gar nicht wahrzunehmen. Ansonsten war einem doch solch eine Unordnung peinlich, oder? Er setzte sich an den Küchentisch. Das Baby war inzwischen eingeschlafen.

»Also«, begann Dirk, »ich ermittle in dem Mordfall Ihres Schwiegervaters.«

»Mord?« Sonja Nissen schaute ihn mit großen Augen an.

»Ja, davon gehen wir aus. Oder können Sie sich vorstellen, wie Ihr Schwiegervater in den Wald gekommen ist?«

Sie schüttelte stumm den Kopf.

»Sehen Sie, wir auch nicht. Außerdem hat eine Obduktion ergeben, dass er erstickt wurde. Vermutlich mit einem Kissen.«

Die Frau starrte ihn weiterhin sprachlos von der Spüle aus an. Sie war blass und wirkte zerbrechlich. Um die Augen zeichneten sich dunkle Ringe ab. Wahrscheinlich hielten die Kinder sie ständig in Bewegung, auch nachts. Thamsen stöhnte innerlich, als ihm bewusst wurde, was ihm bevorstand.

»Hatte Ihr Schwiegervater Feinde? Jemand, mit dem er nicht zurechtkam?«

»Ich weiß nicht. Aber ...« Sie stockte.

»Was?«

»Na ja ich kann mir kein Urteil erlauben, aber in dem Heim ...«

»Ja?«

»Die sind da so merkwürdig.«

»Wer?«

»Alle.«

Haie machte bereits Pläne, wie er was im Pflegeheim auskundschaften wollte. Er hatte Tom quasi rausgeworfen, damit der den freien Platz gleich für ihn reservieren ging. Der Freund war beinahe ein wenig beleidigt gewesen, denn er hatte gedacht, dass es Haie schwerer fallen würde, sich von ihnen zu trennen, wenn auch nur für eine gewisse Zeit.

»Das ist wichtig für Dirk«, hatte er jedoch erklärt. »Da kann ihm ja sonst auch niemand anderes bei helfen.«

Er hatte sich einen Block geschnappt und bereits erste Fragen notiert, die er mit Thamsen würde durchgehen müssen, als die Tür geöffnet wurde und Elke ihren Kopf ins Zimmer steckte.

Haie fiel beinahe der Stift aus der Hand. Mit ihrem Besuch hatte er nicht gerechnet, obwohl klar war, dass sie diese unverbindlich erscheinende Chance ergreifen würde. Hier konnte er ihr schließlich nicht entkommen. Haie fühlte sich augenblicklich ausgeliefert wie ein in die Enge getriebenes Tier. Trotzdem versuchte er zu lächeln.

»Ach, doch richtig.« Elke betrat strahlend den Raum, als sie ihn erblickt hatte. Vor dem Bett blieb sie unschlüssig stehen, anscheinend wusste sie nicht so recht, wie sie ihn begrüßen sollte. Schließlich war seine Hand in Gips.

Sie entschied sich für ein leichtes Drücken der heilen Schulter und zog dann ein paar Zeitschriften und eine Schachtel Pralinen aus ihrer Tasche.

»Hier.« Sie reichte ihm beides, und Haie bedankte sich artig, während ihm beim Anblick der Süßigkeiten das Wasser im Mund zusammenlief.

»Ich war gerade in der Gegend und dachte, ich schaue mal bei dir vorbei.«

»Wirklich?« Haie bezweifelte, dass Elke rein zufällig in der Nähe war, schwieg aber dazu. Was brachte es, sie damit zu konfrontieren?

»Ich habe Hiltrud im Pflegeheim besucht.«

»Ach, die ist jetzt auch da? Wie geht es ihr?«

Elke zuckte mit den Schultern und zog sich einen Stuhl ans Bett. »Is ja nicht unbedingt schön in solch einer Einrichtung.«

»Nicht?«

»Naja, da so zu liegen mit lauter alten Leuten.«

»Wir sind auch alt«, stellte Haie klar.
»Ja, schon.« Sie blickte ihn an. »Aber du weißt, was ich meine. Die sind krank, verwirrt. Am schlimmsten sind die Alzheimer Patienten dran. Der Willi ist auch da. Edith konnte das ja nicht mehr.«

»Ach so?« Haie hatte den Eindruck, er würde das gesamte Dorf im Heim wiedertreffen, und fragte sich plötzlich, was wohl aus ihm und Elke geworden wäre, wenn sie zusammen geblieben wären. Hätte Elke ihn auch ins Heim abgeschoben, nur wenn er hin und wieder einmal etwas vergessen hätte?

»Ja, ja, nachdem er beinahe das Haus abgefackelt hat, musste sie ihn ins Heim geben. Ist viel zu gefährlich. Der weiß ja gar nicht mehr, was er tut.« Elke schüttelte den Kopf.

»Das ist traurig.«

»Schon, aber wer weiß, was auf uns zukommt. Wenn man in dem Heim ist, sieht man das geballt.«

Haie schluckte.

Er beschloss, ihr nicht zu sagen, dass er dorthin gehen würde, und wechselte schnell das Thema. »Was macht dein Job?«

»Och, momentan ist es ruhig im Hotel, da nehme ich ein paar Überstunden, ehe die Saison wieder losgeht.«

Er nickte.

»Aber nun erzähl doch mal, wie ist denn das passiert?« Sie deutete auf seine Verbände. »Helene hat erzählt, du hattest einen Unfall?«

War klar, dass Elke davon aus dem Sparmarkt wusste.

»Ach, bin gestolpert und die Treppe runtergefallen.«

»Die ist bei euch aber auch steil.«

»Nee, war meine Schuld. Hätte Licht anmachen sollen,

dann hätte ich die Spiele gesehen, über die ich gestürzt bin.«

Sie nickte und begutachtete die eingegipsten Körperteile. Haie war es unangenehm, als ihr Blick über ihn hinweg wanderte. Er spürte, wie ihm das Blut in die Wangen schoss, und suchte krampfhaft nach einem Gesprächsthema.

»Und sonst? Gibt es etwas Neues im Dorf?«

»Na, solange bist du ja noch nicht weg, und aus der Welt bist du auch nicht. Sicherlich hast du mitbekommen, dass Gustav Nissen tot im Legerader Wald gefunden worden ist?«

»Schon.«

»Wie der da wohl hingekommen ist? Der war nicht mehr besonders fit.«

Haie vermutete, dass man im Dorf über den Mord nicht Bescheid wusste. Hatte sich wohl noch nicht rumgesprochen, und so wie er Thamsen verstanden hatte, waren die Ergebnisse erst am Morgen aus der Rechtsmedizin geschickt worden. Er schwieg deshalb dazu.

»Ich habe gehört, dass die Bewohner recht häufig sterben.«

»Hm, habe ich auch gehört.«

»Von Helene?«

»Sie hat ein paar Andeutungen gemacht. Aber momentan stehen viele Anzeigen in der Zeitung, und neulich ist Ruth, weißt du, die Frau vom Heinz, gestorben.«

»Ja, aber die war doch steinalt, oder?« Haie wollte nicht den Teufel an die Wand malen. Ihm behagte die Vorstellung so gar nicht, dass in dem Heim systematisch Leute umgebracht wurden. Und wenn doch, von wem?

Dirk hatte zwar gesagt, die Heimleitung mache einen

gierigen Eindruck auf ihn, und Tom hatte das bestätigt, aber die brachten doch keine Bewohner um, oder?

»Die war topfit. Jedenfalls, als ich sie das letzte Mal gesehen habe«, erklärte Elke. »Und der Heinz war mehr als überrascht.«

»Woran ist sie denn gestorben?«

»Angeblich Herzversagen.«

12. KAPITEL

Tom zögerte zwar einen kurzen Moment, ehe er an die Bürotür klopfte, aber er musste sich beeilen. Niklas kam bald von der Schule heim, da wollte er zu Hause sein.

Er straffte die Schultern, als er ein »Herein« hörte, und stieß die Tür auf. Frau Nölting empfing ihn mit einem Blendax-Lächeln und bot ihm an, Platz zu nehmen.

»Haben Sie es sich überlegt? Ich wusste, dass Sie sich für uns entscheiden.«

Am liebsten wäre Tom geflüchtet, aber das ging nicht. Haie war Feuer und Flamme für seine Mission. Er nickte und erklärte, er sei gekommen, um die Formalitäten zu erledigen.

»Ja, wann wird Herr Ketelsen denn entlassen?«
»Wahrscheinlich in zwei, drei Tagen.« Sie nickte. »Gut, dann passt das. Bis dahin wird das Zimmer von Herrn Nissen wohl freigegeben und ausgeräumt sein.«
Tom schluckte.
»Was ist denn mit Herrn Nissen?«, fragte er, obwohl er die Antwort kannte.
Frau Nölting überging seine Frage einfach mit einer Gegenfrage. »Haben Sie Herrn Ketelsens Papiere dabei? Krankenkassenkarte und so weiter? Es sollte ja zunächst ein Kurzzeitpflegeplatz sein. Dabei bleibt es?«
»Ja, ja«, entgegnete er schnell und reichte ihr die Unterlagen. Nicht, dass sie Haie bis zu seinem Lebensende einbuchtete.
Sie setzte sich die Brille, die an einer goldfarbenen Kette um ihren Hals baumelte, auf und studierte die Blätter.
Tom blickte sich um. Das Büro war hübsch eingerichtet. Der Blick durch das Fenster ging in den Garten, der wie aus dem Bilderbuch wirkte. Die ersten Osterglocken und Krokusse blühten, der Rasen war akkurat gestutzt. Seltsamerweise befand sich keiner der Bewohner draußen, obwohl freundliches Wetter war. Doch ehe er weiter nachdenken konnte, stand Frau Nölting plötzlich auf. »Wir kümmern uns um alles. Ich melde mich.« Sie reichte ihm die Hand mit einem Lächeln, das wie ins Gesicht gemeißelt wirkte.
Tom hüpfte von seinem Stuhl, starrte kurz auf die gereichte Hand, ehe er sie ergriff und schüttelte. Dann rannte er geradezu aus dem Büro.
Im Gang holte er tief Luft, bereute aber sogleich, die abgestandene Luft, die von Desinfektionsmittel und Urin geschwängert war, derart tief eingesogen zu haben. Wahrscheinlich würde er den Geruch den ganzen Tag in der Nase

haben. Schnell eilte er den Gang hinunter, bog rechts ab und stieß unvermittelt mit einem älteren Mann mit Rollator zusammen, der ihm sein Gefährt direkt in die Beine rammte.

»Weg da!«, schrie der Alte ihn an, als sei er auf der Flucht. Leicht irritiert trat Tom zur Seite und beobachtete, wie der Mann an ihm vorbeihechtete. Kurz darauf kam eine Pflegerin hinterher. »Bleiben Sie stehen, Herr Sönnichsen. Sie haben keine Windel um. Ich mache Sie nicht sauber, wenn Sie einpullern.«

Sie wedelte mit einer pampersartigen Einlage herum.

Oh Gott, dachte Tom und lief schnell weiter. Das waren alles Dinge, mit denen er sich nicht näher beschäftigen wollte. Schon gar nicht, wenn er daran dachte, dass Haie hier einziehen sollte. Hoffentlich wusste der Freund, was er tat.

Dirk war von der Befragung aus Leck zurück in die Dienststelle gefahren. Frau Nissen hatte keine Ahnung gehabt, wofür ihr Schwiegervater die größere Summe von dem Konto abgehoben hatte. »Wir haben kein Geld von ihm bekommen.«

Ohnehin hatte Dirk den Eindruck gewonnen, die junge Frau hatte kein gutes Verhältnis zum Vater ihres Mannes, wenn sie überhaupt ein Verhältnis zu ihm gehabt hatte. Aber konnte man es ihr verübeln? Sie hatte immerhin drei kleine Kinder zu versorgen, da blieb kaum Zeit für etwas anderes. Er stöhnte diesmal laut bei dem Gedanken, dass bei ihm demnächst wieder schlaflose Nächte auf dem Programm standen. Dabei brauchte er seinen Schlaf, fühlte sich zu alt für ein Baby. Nur hatte er sich nicht getraut, Dörte das offen zu sagen. Zu groß war seine Angst, sie könne in Depressionen verfallen oder schlimmer, ihn verlassen. Denn trotz alledem liebte er sie und Lotta. Auch wenn es ihm in letzter Zeit mehr als schwergefallen war, den beiden das zu zeigen.

In der Dienststelle wartete jede Menge Schreibkram auf ihn. Zwar brauchte er selbst meist keine Berichte zu tippen, aber lesen und abzeichnen musste er sie trotzdem.

Und der Mord war nicht der einzige Fall – wenngleich der dringlichste.

»Die Husumer haben mehrmals angerufen.«

»Schon wieder?« Dirk blickte Ansgar an, der ihm einen Bericht über einen Enkeltrickbetrüger auf den Tisch legte.

Rolfs verstand nicht genau, was Thamsen damit meinte, und bezog die Frage auf die Husumer Kripo.

»Naja, die brauchen Ergebnisse, haben eine Pressemitteilung rausgegeben.«

»Was? Ohne mit mir abzusprechen?«

Er ließ seinen Blick über den Bericht wandern.

»Hierüber sollte die Zeitung berichten. Ist das nicht bereits der dritte Fall?« Er schaute zu Ansgar auf.

»Ja, und wieder hat der Täter 5.000 Euro erbeutet.«

»5.000 Euro?« Thamsen kratzte sich am Kopf. »Ist das nicht genau die Summe, die von Gustav Nissens Konto abgehoben worden ist?«

Elke war nach einer gefühlten Ewigkeit gegangen, und Haie hatte sich erschöpft in die Kissen fallen lassen. Wirklich Zeit zum Schlafen fand sich jedoch nicht, denn schon bald hatte es Mittagessen gegeben – wenn auch für Haie nur eine blasse Suppe ohne Einlage. Gleich nach dem Essen hatte sein Bettnachbar Besuch bekommen. »Hett jem all hört?«, hatte der Bruder von Bernhard Lornsen gefragt, »Gustav Nissen schall umbrökt worn sin.«

Haie schluckte, während Bernhard Lornsen große Augen machte. »Echt? Aber wer bringt denn wehrlose alte Menschen um?«

»Na, du weißt doch selbst, dass in dem Heim ständig jemand stirbt«, erinnerte ihn sein Bruder an die Zustände im Pflegeheim. »Vielleicht gibt es einen Todesengel, der sich als Erlöser aufspielt.«

Haie runzelte die Stirn, und Bernhard Lornsen berichtete daraufhin von einem Fall in Bremen, der erst kürzlich durch die Medien gegangen war.

»Habe ich gar nichts von gehört«, murmelte Haie.

»Ja, zum Glück haben sie den gekriegt. Geht ja nicht an, dass jemand Sterbehilfe auf eigene Faust leistet. Ist schließlich verboten!«, ereiferte sich der Besucher.

Haie kratzte sich am Kopf. War es möglich, dass im Pflegeheim illegal Sterbehilfe angeboten wurde? Vielleicht hatten sich Gustav Nissen und andere Heimbewohner den Freitod erkauft? Immerhin war solch ein Dahinvegetieren sicherlich nicht schön, weshalb einem wohl schon der Gedanke kommen konnte, dass es besser war, tot zu sein. Sein Herz schlug plötzlich schneller. War das der Schlüssel zur Aufklärung? Das Motiv des Mordes? Und vielleicht waren auch die anderen Todesfälle im Heim einem Todesengel zuzuschreiben? Er wurde mit einem Mal ganz kribbelig und wollte unbedingt Thamsen anrufen, aber sein Zimmergenosse hinderte ihn daran, ungestört zu telefonieren. Und aufstehen und Dirk aus der Eingangshalle anrufen konnte er auch nicht. Was sollte er tun? Er öffnete die Schublade des kleinen Nachttisches. Tom hatte sein Handy mitgebracht. Weil er nicht gewusst hatte, wie lange es dauern würde, bis das Telefon an Haies Bett freigeschaltet sein würde.

Haie nahm das Mobiltelefon und schaltete es an. Normalerweise telefonierte er nur mit dem Handy, aber er wusste, dass man auch Nachrichten senden konnte. Niklas konnte das allerdings viel besser als er. Der Junge wurde mit derlei Technik groß, ging ganz selbstverständlich damit um. Anders als Haie, der Mühe hatte, die Buchstaben auf dem kleinen Display überhaupt zu lesen. Mit zusammengekniffenen Augen tippte er:

Muss mit dir reden. Dringend wegen Mord. Haie.

Thamsens Handy vibrierte einmal kurz auf dem Tisch, während er die Husumer Kollegen zurückrief.

»Nein, wir stecken mittendrin in den Ermittlungen. Und können nichts sagen. Die Familie haben wir befragt und auch mit der Pflegeleitung gesprochen.«

»Und mit dem restlichen Personal?«

»So weit sind wir noch nicht. Ich habe nur begrenzt Ressourcen, und es gibt noch andere Arbeit, die erledigt werden muss«, blaffte Dirk ins Telefon. Wieder einmal war er es mehr als leid, die Drecksarbeit für die Kripo machen zu müssen. Warum kamen sie nicht selbst her und sprachen mit dem Personal im Heim?

Er nahm sein Handy und öffnete die Nachricht. Sofort schmunzelte er. Es musste dringend sein, wenn Haie solche Nachrichten schrieb. Was er wohl herausgefunden hatte? Er sah den Freund bereits im Rollstuhl durch die Flure des Pflegeheims flitzen und die Leute befragen.

»Dirk?«, hörte er plötzlich Lorenz Meisters Stimme.

»Ja, ja, ich kümmere mich«, gab er sich geschlagen, nur um die Nervensäge loszuwerden.

Er legte auf und rief Haie an. Seltsamerweise ging der nicht ans Telefon.

»Ich muss ins Krankenhaus«, gab er Ansgar Rolfs

Bescheid.« Und anschließend fahre ich ins Heim. Hältst du hier die Stellung?«

»Klar, Chef. Habe gerade die Mobilfunkdaten bekommen.«

»Und?«

»Sieht nach viel Arbeit aus, aber Martin hilft mir später, die Daten auszuwerten. Was ist mit den Husumern?«

Thamsen verdrehte als Antwort lediglich die Augen.

Haie lag – wie sollte es anders sein – in seinem Bett, als Dirk das Zimmer betrat. »Na, was gibt's denn so …?« Haie unterbrach ihn mit einem energischen Kopfschütteln. »Hilf mir mal«, forderte er Dirk auf und machte Anstalten, sich aus dem Bett zu schwingen.

»Darfst du denn aufstehen?« Dirks Blick glitt fragend über die Gipsverbände, während Haie nur mit den Schultern zuckte und auf einen Rollstuhl wies, der hinter dem kleinen Tisch am Fenster stand.

Thamsen hatte große Mühe, den schweren unbeweglichen Körper in den Rollstuhl zu wuchten, und konnte dabei keine Vorsicht walten lassen, was sich augenblicklich in Haies schmerzverzerrtem Gesicht bemerkbar machte.

»Mann, das wäre kein Job für mich«, keuchte Dirk, als er den Freund aus dem Zimmer schob. Er lenkte den Stuhl zum Ende des Flurs, wo sich eine kleine Sitzecke befand. Glücklicherweise saß dort niemand, und sie waren endlich ungestört.

»Also, was gibt es so Dringendes?«, keuchte Dirk außer Atem. Haie blickte sich nochmals um, ehe er im Flüsterton von seiner Vermutung berichtete.

»Du meinst ein Todesengel?« Thamsen schaute ihn mit großen Augen an. Sofort setzten sich in seinem Kopf mehrere Szenarien in Gange. Sollte das Geld, das von Gustav Nissens Konto abgehoben worden war, für eine Sterbehilfe gewesen sein? War Haie tatsächlich auf einer heißen Spur? Möglich wäre es, überlegte Thamsen.

»Das würde erklären, warum im Heim mehr Leute als gewöhnlich sterben«, versuchte Haie seine These zu untermauern.

»Ist das tatsächlich so?«

»Man spricht jedenfalls darüber. Elke hat mir von einer Nachbarin erzählt, die erst kürzlich verstorben ist, obwohl die angeblich fit für ihr Alter war.«

»Wie hieß die?« Thamsen zückte sein Merkbuch. Er wollte die Finanzdaten der Verstorbenen überprüfen. Wenn die Frau auch eine größere Summe vor ihrem Tod von ihrem Konto abgehoben hatte, war das in der Tat eine heiße Spur.

»Ruth Detleffsen.«

»Gut«, bemerkte Thamsen, während er den Namen notierte. »Ich checke das. Vielleicht gibt es tatsächlich Parallelen.« Er blickte Hai lächelnd an. »Dann bräuchtest du gar nicht ins Heim.«

»Na warte mal ab«, bremste Haie Dirk, »schließlich wissen wir nicht, wer dahintersteckt.«

Mit den neuen Ansätzen im Gepäck machte Dirk sich gleich auf den Weg ins Pflegeheim.

»Ach, Herr Kommissar, gut, dass Sie da sind. Wann wird denn das Zimmer von Herrn Nissen freigegeben?«, begrüßte ihn Frau Nölting mit einem aufgesetzten Lächeln.

»Dazu kann ich keine Angaben machen.«

Augenblicklich zog die Heimleiterin einen Schmollmund. Thamsen musste sich beherrschen, sein Gesicht nicht zu einer angewiderten Fratze zu verziehen. Dachte sie wirklich, sie könne ihn mit ihren wulstigen Lippen reizen?

»Ich muss mit dem Personal sprechen.«

»Jetzt?« Frau Nölting schaute demonstrativ auf die Uhr. »Es ist bald Zeit fürs Abendessen, und anschließend müssen die Bewohner fürs Bett fertiggemacht werden.«

»Dann ordnen Sie bitte für morgen eine Besprechung an und sorgen dafür, dass alle Mitarbeiter um zehn Uhr hier sind.«

»Muss das sein? Das gilt doch dann bestimmt als Arbeitszeit, oder?«

»Wieso?«

»Na, dann müssen wir Überstunden ausgleichen.« Sie verdrehte die Augen.

»Deklarieren Sie es, wie Sie wollen, aber ich möchte morgen mit allen Leuten, die hier arbeiten, sprechen.«

13. KAPITEL

Im Hause Thamsen herrschte nach wie vor schlechte Stimmung. Er freute sich, Anne zu sehen, die ansonsten momentan die meiste Zeit bei ihrem Freund verbrachte.

Die Laune seiner Tochter war jedoch nicht die beste, da sie hatte kommen müssen, weil Dörte ihr unmissverständlich klargemacht hatte, dass sie sich um ihre kleine Schwester zu kümmern hatte.

»Wo ist Dörte?«

»Im Wohnzimmer. Liegt auf dem Sofa«, gab Anne genervt Auskunft.

Dirk gab Dörte zur Begrüßung einen Kuss, den sie jedoch nicht erwiderte. »Das Kind liegt auf einem Nerv. Ich kann mich kaum bewegen, und der Arzt sagt, ich muss mich schonen«, erklärte sie stöhnend.

Er verstand schon, dass sie unterschwellig seine Hilfe einforderte, nickte aber lediglich und ging zurück in die Küche, wo Anne mit Lotta Nudeln kochte.

»Willst du auch etwas essen?«, fragte sie ihn. Sie war so selbstständig geworden, so groß, und er war stolz auf sie, als sie ihm einen Teller Nudeln mit einer köstlich riechenden Soße servierte.

»Sag mal, Anne, könntest du morgen …«

»Auf keinen Fall, Papa. Ich muss für Klausuren lernen, da habe ich keine Zeit, mich um Lotta zu kümmern.«

Er nickte, verstand er seine Tochter doch nur zu gut. Das war ein Problem zwischen ihm und Dörte. Er musste das klären.

»Wie läuft es denn so?«

»Bald sind die Abschlussprüfungen, da habe ich Bammel vor.«

Lotta schaute ihre Schwester mit großen Augen an.

Dirk musste schmunzeln und erklärte der Kleinen, dass Anne Angst vor den Prüfungen hatte. »Sie muss gute Noten schreiben, sonst bekommt sie keinen Studienplatz.«

»Ich will nicht studieren«, fiel Anne dazwischen.

Dirk wandte sich um. »Nicht?« Er hatte angenommen, dass Anne ähnlich wie ihr Bruder Timo nach dem Abitur studieren wollte. Klar hatte er hin und her überlegt, wie er ein weiteres Studium finanzieren sollte. Sein Gehalt war nicht gerade hoch – zumal Familienzuwachs anstand. »Was willst du dann machen?«

»Ich weiß nicht, aber Bock, weiter zu lernen, habe ich nicht.«

Thamsen hob seine rechte Augenbraue. Sie ist doch wohl nicht etwa schwanger, schoss es ihm sofort durch den Kopf, und sein Blick wanderte unweigerlich über ihren Bauch. Anne lächelte. »Keine Angst, Dad, solch einen Wahnsinn wie ihr tue ich mir ganz bestimmt nicht an.«

»Was ist es dann?«

»Ach, ich glaube, ich will erst einmal etwas vom Leben haben, bevor ich mich in irgendeiner Tretmühle einspannen lasse. Vielleicht gehe ich ins Ausland.«

»Als Au-Pair?«

»Warum nicht?«

Anne hatte recht, befand Thamsen. Sie war jung, ungebunden, wenn man mal von ihrem Freund absah, mit dem es ihr aber anscheinend nicht sonderlich ernst war, wenn sie darüber nachdachte, für einige Zeit ins Ausland zu gehen. Warum also sollte sie nicht zunächst einmal die Welt erkunden? Er hatte sich das immer gewünscht, doch was war von seinen Träumen geblieben? Sein Vater hatte ihm damals unmissverständlich zu verstehen gegeben, dass es dafür keine Zeit gab. »Rumlungern, so weit kommt es noch«, hatte Hans Thamsen damals geschrien, und wie immer hatte Dirk sich nicht getraut zu widersprechen.

»Finde ich eine gute Idee«, lächelte er Anne an. »Aber heute Abend hast du Zeit, oder?«

Sie blickte ihn fragend an. »Ich würde gerne eine Runde laufen gehen.«

»Klar, mach nur.«

Das ließ er sich nicht zweimal sagen. Schnell war er in seinen Laufdress geschlüpft und lief los. Er liebte die Bewegung, dabei konnte er seinen Gedanken freien Lauf lassen, da er sich auf nichts anderes konzentrieren musste als auf das Ein- und Ausatmen.

Seine Gedanken flogen schnell wieder in Richtung des aktuellen Falls. Es war zwar bei Weitem nicht sein erster Mord, und er hatte sich an diese Art von Arbeit gewöhnt, trotzdem nahm ihn solch ein Fall immer wieder emotional mit. Er hatte in seiner ganzen Laufbahn nie verstanden, was einen Menschen dazu brachte, einen anderen zu töten. Das konnte doch niemals der letzte Ausweg sein, den man sah, oder? Aus Erfahrung wusste er, dass beinahe jeder Mensch zu einem Mord fähig war, aber er konnte trotzdem nicht nachvollziehen, warum man aus Geldnot, Eifersucht oder Rache tatsächlich jemanden töten konnte. Da gab es doch eine Hemmschwelle, etwas, was einen vor diesem grausigen Schritt zurückhielt, oder?

Und wie war es in dem aktuellen Fall? Gab es da wirklich jemanden, der als eine Art Todesengel auftrat? Spielte jemand Gott? Oder war es kein Mitleid mit den alten Leuten, sondern die Macht, die man über sie ausüben konnte, oder doch Geldgier? Abrupt blieb Thamsen stehen. Könnte da nicht dieser Enkeltrickbetrug eine Rolle spielen? Schließlich hatten sie in der letzten Zeit vermehrt Anzeigen erhalten. Seufzend drehte er sich um und setzte sich in Bewegung. Er würde wahrscheinlich sowieso keine Antwort darauf finden und wollte Annes Geduld heute nicht überstrapazieren.

14. KAPITEL

Tom hatte neben seinem Koffer für die Konferenz für Niklas ein paar Dinge eingepackt. Gott sei Dank hatte er eine Möglichkeit gefunden, den Jungen in seiner Abwesenheit unterzubringen. Auch wenn die Mutter eines Freundes nicht allzu begeistert geklungen hatte, aber als sie von Haies Unfall hörte, wollte sie vermutlich nicht unhöflich erscheinen. Der ehemalige Hausmeister der Grundschule war bei den meisten Leuten im Dorf beliebt. Gehörte er doch zum Urgestein des Ortes und verkörperte nicht nur für Tom mehr als jeder andere Bewohner die nordfriesische Bevölkerung. Er selbst war nur ein Zugezogener, was ihn der ein oder andere Risumer spüren ließ, wenngleich man nach Marlenes Tod milder gestimmt war. Niklas hingegen galt als Einheimischer. Er war hier geboren und durch die Verbindung mit Haie im Dorf voll und ganz integriert.

Es hatte Tom einige Mühe gekostet, die richtigen Klamotten zusammenzusuchen. In dem Haus herrschte nach zwei Tagen bereits ein Chaos. Haie würden sich die Nackenhaare aufstellen, wenn er das sehen könnte. Bevor er heimkam, musste Tom dringend einen Tag für eine Aufräumaktion einplanen, dachte er. Aber das hatte Zeit. Zunächst würde der Freund in das Pflegeheim einziehen und dann ohnehin nicht eher gehen, bis der Mordfall geklärt war.

»Niklas, wo ist dein Pyjama?« Der Junge hatte sich lediglich um das Einpacken seiner Spielsachen gekümmert. »Keine Ahnung. Vielleicht im Bett?«

»Da habe ich schon geschaut«, stöhnte Tom und kramte im Schrank nach einem frischen Schlafanzug.

Anschließend ging er hinüber in Haies Schlafzimmer und suchte für ihn frische Unterwäsche, Socken und leichte Oberbekleidung zusammen. Es fiel Tom schwer, ihn in das Heim zu geben, aber der Freund war Feuer und Flamme. Sie hatten abends telefoniert, nachdem Tom alles geregelt hatte.

Nichts würde Haie nun davon abhalten, als Undercoverbewohner ins »Olenglück« einzuziehen. Tom musste unweigerlich schmunzeln. Das war wieder typisch. Er würde sich schon durchschlagen – auch wenn sie die Umstände des Todes einiger Bewohner nicht nachvollziehen konnten. Haie war schlau, den würde man nicht so leicht um die Ecke bringen.

Er verfrachtete die Taschen in den Kofferraum seines Autos und rief Niklas, der mit seiner Spielekonsole beladen aus dem Zimmer getrottet kam. »Die willst du wirklich mitnehmen?« Tom runzelte die Stirn, während Niklas bestimmend nickte.

»Die bleibt hier.« Er konnte sich ausmalen, was die freundliche Gastmutter zu der Konsole sagen würde.

»Aber ich habe versprochen, sie mitzubringen.«

»Nichts da«, schubste Tom den mauligen Niklas zurück zum Haus. »Die bleibt hier. Basta.«

Es wurde eine schweigsame Fahrt zum Krankenhaus. Niklas strafte Tom mit Nichtachtung, und als sie Haies Zimmer betraten, platzte die Ungerechtigkeit gleich aus ihm heraus.

»Aber warum darf er denn nicht?«

Haie hielt stets zu dem Jungen, erlaubte ihm beinahe alles, was Tom nicht guthieß. Daher gab es ab und an Streit zwischen ihnen, den Tom jedoch vermeiden wollte.

»Das Thema ist erledigt.« Er stellte die Tasche aufs Bett. »Hier sind deine Sachen. Frau Nölting meldet sich, sobald das Zimmer frei ist.«

»Wann wird das sein?«

»Das hat sie nicht gesagt.«

Thamsen war am Morgen bester Laune. Nachdem er gestern Laufen gewesen war, hatte er sich richtig befreit gefühlt und anschließend mit Anne über ihre Zukunftspläne gesprochen.

Er hatte Dörtes schlechte Laune ignoriert und pfeifend den Tag begonnen. Lotta hatte sich von seiner Fröhlichkeit anstecken lassen und mit ihm auf dem Weg zur KiTa gemeinsam gesungen. Immer noch summend betrat er die Dienststelle, wo Ansgar ihn begrüßte. »Die Spusi hat das Zimmer freigegeben. Die haben jede Menge Fingerabdrücke gesichert und einige Proben ins Labor geschickt. Möglich, dass Gustav Nissen mit seinem eigenen Kissen erstickt wurde.«

»Hm«, Thamsen kratzte sich am Kopf. Sterbehilfe stellte er sich anders vor.

»Gut, heute Morgen ist im Heim eine Befragung aller Mitarbeiter. Du begleitest mich.«

Kaum eine halbe Stunde später betraten die beiden den Eingangsbereich der Pflegeeinrichtung. Es war zwar nicht Rolfs erster Besuch in dem Heim, dennoch zog er sofort die Nase kraus, als ihm die warme, miefige Luft entgegenschlug. Thamsen wusste, was seinem Mitarbeiter in den Sinn kam, und auch ihn bedrückte die Vorstellung, irgendwann selbst in solch einer Einrichtung zu landen.

Ihm war klar, dass es in gewissen Situationen unumgänglich war, schließlich wurden sie immer älter, und die

Kinder konnten sich nicht um die Eltern kümmern. Aber trotzdem fragte er sich, ob es immer diese Massenunterkünfte sein mussten, in die man die alten Leute regelrecht zusammenpferchte. Gab es keine andere Lösung? Was war zum Beispiel mit einem Mehrgenerationenkonzept? Da würde man sich als alter Mensch sicherlich wohler fühlen. Oder nahmen die Leute generell an, man bekäme im Alter eh nichts mehr mit?

Er schüttelte leicht den Kopf, während er mit energischen Schritten zum Büro der Heimleitung ging.

»Ah, Herr Kommissar, wie mir Ihr Kollege aus Kiel mitgeteilt hat, ist das Zimmer freigegeben.« Frau Nölting lächelte ihn an. »Wissen Sie, die Nachfrage ist groß.«

Thamsen nickte und musste innerlich glucksen. Sie würde schon sehen, was für einen Kuckuck er ihr ins Nest gelegt hatte.

»Ja, also, die Mitarbeiter sind bis auf zwei vollzählig.«

»Zwei fehlen?«

»Ja, Frau Nottelmann muss sich um ihre kranke Tochter kümmern, und Herr Mohr war nicht erreichbar. Der arbeitet sowieso nur aushilfsweise für uns.«

»Aha«, überging Thamsen die Bemerkungen, während Ansgar sich die Namen in sein Merkbuch notierte.

»Alle anderen warten im Gemeinschaftsraum. Wollen wir dann?« Sie stand auf, und die beiden folgten ihr in einen Anbau, in dem es interessanterweise nicht nur besser roch, sondern auch freundlicher und heller aussah. Es geht auch anders, dachte Thamsen und war erstaunt, wie viele Leute sich in dem Sozialraum versammelt hatten. Herrschte nicht Pflegekraftmangel? Er zog die Augenbrauen leicht hoch, als er seinen Blick über die Belegschaft schweifen ließ. Das wirkte beinahe, als habe jeder Bewohner seinen privaten Pfleger, obwohl er gar nicht genau wusste, wie viele Menschen in dem Heim wohnten.

»Guten Morgen. Mein Name ist Dirk Thamsen, und das ist mein Kollege Ansgar Rolfs. Wir ermitteln im Mordfall Gustav Nissen.«

Die Mienen der Anwesenden blieben unverändert.

»Wie Sie vermutlich alle bereits erfahren haben, ist der Mann Opfer eines Gewaltverbrechens geworden. Daher werden wir mit jedem Einzelnen von Ihnen sprechen. Für uns ist es wichtig, ob Ihnen in der letzten Zeit etwas aufgefallen ist. Hatte der Mann Besuch? Oder hat Gustav Nissen sich merkwürdig verhalten? Hatte er vielleicht sogar Angst?«

Immer noch zeigten die Mitarbeiter keinerlei Reaktion, was Thamsen äußerst verwunderte. Waren die denn nicht geschockt, dass in ihrem Heim ein Mensch umgebracht worden war?

Während Tom mit Haie über letzte Details sprach, klingelte sein Handy. »Ach Frau Nölting, ja, bitte?«

Haie rückte in seinem Bett auf und bekam plötzlich rote Wangen, als er den Namen der Heimleiterin hörte.

»Ja, gut, ich kläre das mit dem Arzt und melde mich dann.« Tom legte auf.

»Das Zimmer ist frei.« Unweigerlich musste er schlucken.

»Das von Gustav Nissen?«, fragte Haie zögerlich. Plötzlich hatte auch er einen Kloß im Hals und musste sich räuspern.

»Also du weißt, du musst das nicht ...«

Haies Blick wanderte mahnend zum Nachbarbett, wo Bernhard Lornsen so tat, als verfolge er eine Liebesschnulze im Fernsehen.

»Möchtest du mit Dirk reden?«

»Nein, ich bleibe dabei. Außerdem ist alles in die Wege geleitet, und du musst schließlich arbeiten. Ich kann ja nicht alleine bleiben. Sieh mich an.« Er blickte an sich hinunter.

Tom nickte. »Aber sobald es brenzlig wirst, meldest du dich. Du brauchst nicht den Helden zu spielen.«

»Und Frau Schlüter, wann genau haben Sie in das Zimmer von Gustav Nissen geschaut?« Thamsen schaute die aschfahle Frau vor sich, die reichlich Eau de Toilette aufgelegt hatte, fragend an.

Er und Ansgar Rolfs hatten sich für die Befragung des Pflegepersonals aufgeteilt und nahmen jeden einzeln vor. Dirk hatte sich zunächst die Pflegerin, die in der Todesnacht Dienst gehabt hatte, vorgenommen, obwohl er sie bereits zu den Vorkommnissen der Nacht befragt hatte. Aber doppelt hielt besser als einfach, fand Thamsen, und schon oft hatten sich Leute im Verhör verraten, weil sie sich in ihrem eigenen Lügenkonstrukt verstrickten. »Ja, also vielleicht so gegen zwei Uhr. So genau kann ich das nicht sagen, aber das ist meist die Zeit, in der ich eine Runde mache.«

»Und da lag er wirklich in seinem Bett?«

Sie nickte zögerlich.

»Sicher?«

»Hören Sie, ich habe ihn nicht wecken wollen, aber im Schein des Flurlichtes sah es so aus, als läge da jemand im Bett.«

Aha, dachte Dirk, die Frau konnte also nicht hundertprozentig sagen, Herrn Nissen zu der Zeit tatsächlich gesehen zu haben.

»Und sonst, ist Ihnen etwas aufgefallen?«

»Nein, das habe ich doch gesagt. Es war alles wie immer. Auch die Tage zuvor.«

Möglich, dass alles wie immer gewesen war, aber das hing letztendlich von den Umständen ab, die generell im Heim herrschten, überlegte Dirk. Fiel eine fremde Person auf? Kümmerte es das Personal oder waren sie zu sehr mit sich und den alten Leutchen beschäftigt?

Thamsen hustete leicht, der aufdringliche Duft des Parfums – er vermutete 4711 Kölnisch Wasser – kratzte in seinem Hals.

»Haben Sie mitbekommen, dass Herr Nissen einen Scheck ausgestellt hat?«

»Nein.«

»Wer kümmert sich um die finanziellen Belange der Bewohner?«

»Wenn die keinen persönlichen Betreuer oder jemanden aus der Familie haben, Frau Nölting.«

»Und hatte Herr Nissen einen Betreuer?«

»Nein.«

»Und die Familie?«

»Herr Nissen bekam eigentlich nie Besuch. Nur die Schwiegertochter war mal da mit den Enkeln, den Sohn habe ich so gut wie nie gesehen. Obwohl …« Frau Schlüter runzelte die Stirn. »Letzte Woche war der hier.«

»Wieso?«, horchte Dirk auf.

»Woher soll ich das wissen?«

»Du willst wirklich in das Heim?« Sein Bettnachbar blickte Haie mit zusammengekniffenen Augen an.

»Wieso nicht?«

»Na, ick heff di doch vertellt, dass die da reihenweise sterben.«

»Ach, dat ist bestimmt übertrieben.«

Bernhard Lornsen schob demonstrativ die Unterlippe vor. »Wenn du meinst, aber ich habe mich nach einem anderen Platz für meine Frau umgehört. Das ist da nicht gut für sie.«

Beinahe hätte Haie entgegnet, dass Mia Lornsen eh nichts mehr mitbekam, verkniff sich im letzten Augenblick aber die Bemerkung. Es war sicherlich nicht leicht, mit einer dementen Frau klarzukommen. Was, wenn sie einen nicht mehr erkannte? Der Mensch blieb körperlich, dennoch verschwand er Stück für Stück. Grausame Krankheit.

»Is ja nur kurz. Bis ich wieder auf dem Damm bin.«

Wie auf ein Stichwort hin öffnete sich die Zimmertür, und die Visite begann.

»Im Prinzip spricht nichts gegen eine Entlassung«, entgegnete der Oberarzt auf Haies Frage, wann er das Krankenhaus verlassen könne. »Zumal Sie eh in Obhut kommen, wenn ich das richtig verstanden habe.« Der grauhaarige Mann im weißen Kittel blickte ihn über seine randlose Brille an.

Haie nickte. »Ja, ja, das Zimmer ist frei, man wartet auf mich.«

»Gut, dann würde ich sagen, dass Sie morgen umziehen können.« Noch einmal warf der Arzt einen kurzen Blick auf die Krankenakte, dann schwebte er quasi weiter.

Hastig wählte Haie Dirks Nummer, doch in der Dienststelle meldete sich nur ein Mitarbeiter, der ihm mitteilte, dass Thamsen unterwegs sei. Auf dem Handy erreichte Haie aber nur die Mailbox. Enttäuscht legte er auf.

Thamsen spürte das Vibrieren in seiner Tasche, doch er hatte momentan keine Zeit, ans Telefon zu gehen. Mit energischen Schritten näherte er sich dem Hauseingang der Nissens in Leck.

»Warum haben Sie mir nicht gesagt, dass Sie Ihren Vater letzte Woche besucht haben?«, überfiel er Olaf Nissen geradezu, als dieser die Tür öffnete.

»Moin erst mal«, antwortete der und stemmte dabei die Hände in die Hüften. Er war gut einen Kopf größer als Thamsen und durchaus muskulöser, aber Dirk ließ sich nicht so leicht einschüchtern.

»Haben Sie Geld von Ihrem Vater bekommen?«

»Geld? Nein, wieso?«

Die Überraschung, die sich auf dem Gesicht seines Gegenübers abzeichnete, schien echt, dennoch traute Dirk dem Mann nicht.

»Was wollten Sie von Ihrem Vater?«

»Ich? Gar nichts! Er hatte mich gebeten, zu ihm zu kommen.«

»Und was hat er gewollt?«

Olaf Nissen zuckte mit den Schultern. »So recht verstanden habe ich den Alten nicht. Hat lauter wirres Zeug geredet. Ich glaube, der wurde tüddelig.«

»Was für wirres Zeug?« Thamsen sog die Luft ein. Hatte der Mann mit seinem Sohn über die Vorgänge im Heim sprechen wollen? Vielleicht ging dort, wie Dirk vermutete, wirklich nicht alles mit rechten Dingen zu?

»Ich weiß nicht mehr, das war wirklich wirr. Habe nicht recht verstanden, was er wollte.«

»Was hat er denn gesagt? Hatte er Angst?«

»Angst?« Olaf Nissen grinste. »Mein Alter Angst? Kann ich mir nicht vorstellen. Der war zeit seines Lebens knallhart. Habe mich echt gewundert, dass der so panisch wirkte, aber der drehte halt langsam durch.«

»Ist Ihre Frau da?«

»Wieso?«

»Na, die hat Ihren Vater doch auch besucht.«

»Was?« Diese Tatsache schien ihn zu erstaunen, und Thamsen fragte sich, warum. Hatte Frau Nissen den Schwiegervater um Geld gebeten? »Ist sie nun da?«, wollte er deshalb wissen, doch Olaf Nissen schüttelte seinen Kopf.

»Nee, sie ist mit den Kindern unterwegs.«

15. KAPITEL

»Hast du das der Polizei gemeldet?« Helene ignorierte die anderen Kunden in der Warteschlange vor der Kasse und konzentrierte sich auf die alte Dame vor ihr.

»Ach watt, datt war bestimmt ein Dummer-Jungen-Streich«, winkte die Frau ab, während sie in ihrem Einkaufskorb nach der Geldbörse kramte.

»Das würde ich nicht auf die leichte Schulter nehmen. Auch wenn du dich nicht hast veräppeln lassen, es gibt genügend Leute, die das tun. Hast du nicht in der Zeitung gelesen, dass die wieder unterwegs sind?«

Eine andere Kundin in der Schlange räusperte sich laut.

Helene hob den Kopf. »Enkeltrickbetrüger, schon davon gehört?« Ein Murmeln machte sich unter den Wartenden breit. »Mein Vater ist mal darauf reingefallen«, löste sich plötzlich eine Stimme aus der Menge. »Sie müssen das anzeigen. Das sind ganz miese Leute. Alte Leutchen um ihr Geld bringen.«

»Siehste, Meta. Du musst die Polizei anrufen.«

»Und was soll die machen?« Die ältere Frau schaute fragend in die Runde, ehe sich ihr Blick auf die Kundin mit dem betrogenen Vater heftete. »Oder hat man bei Ihrem Vater die Täter gefasst?«

»Nein.«

Meta Sievers nickte. »Außerdem haben die momentan ganz andere Sorgen. Die suchen nach dem Mörder von Gustav Nissen.«

»Um den ist's nicht schad«, dröhnte plötzlich eine Männerstimme von weiter hinter aus der Schlange.

Unvermittelt schnellten die Köpfe der Anwesenden herum. »Wieso?«, wollte Helene wissen. »Meinst, weil der nicht überall mitgemacht hat, bei euren Vereinen?«

»Ach, der hielt sich für was Besseres. Seit der diese Schauspielerin damals geheiratet hat.«

»Das war eine Hübsche. Und Geld hatte die auch«, bemerkte Helene, die wie immer bestens über alles Bescheid wusste.

»Ja, aber seitdem hat der alle anderen von oben herab behandelt, selbst seinen Sohn aus erster Ehe. Würde mich nicht wundern, wenn dem die Sicherungen durchgebrannt sind.«

»Willst du damit sagen, Olaf hat seinen …« Helene kniff die Augen zusammen.

»Weiß man's?«, konterte der Mann aus der Warteschlange.

»Haie, was gibt es?« Thamsen war auf dem Rückweg in die Dienststelle, als er den Freund zurückrief.

»Morgen werde ich entlassen und kann ins Heim.«

»Ach ja, hm, da sollten wir vorher ein paar Dinge absprechen.« Er blickte auf die Uhr am Armaturenbrett. Es war spät, und er musste noch die Besprechung für morgen vorbereiten.

»Kannst du sprechen?«

»Schlecht.«

»Mist«, entfuhr es Thamsen. Er würde eine Sonderschicht einlegen müssen. »Gut, ich komme ins Krankenhaus.«

Keine Viertelstunde später öffnete er die Tür zu Haies Krankenzimmer. Sein Bettnachbar hatte Besuch von mehreren Bekannten; es war voll und laut im Raum.

Thamsen verfrachtete den Freund kurzerhand in den Rollstuhl, was ihm diesmal leichter fiel, und schob ihn aus dem Zimmer.

»Mann, Krankenhäuser sind echt der blanke Horror«, bemerkte Dirk, als er Haie über den Flur rollte. Er musste an die Zeit denken, als Dörte unter postnatalen Depressionen litt und stationär behandelt worden war. Seitdem hatte sich seine Abneigung gegen Kliniken verstärkt.

»Und ich fürchte, in dem Heim wird es nicht viel besser werden.«

»Ich bin ja nicht zum Vergnügen da«, witzelte Haie, wobei man ihm deutlich ansehen konnte, dass ihm nicht zum Scherzen zumute war.

»Also, es wäre gut, wenn du das Pflegepersonal im Auge behältst, besonders Frau Nölting, die Heimleiterin. Die erscheint mir nicht ganz koscher, ist sehr profitorientiert.«

»Was ja nicht unbedingt schlecht sein muss.«

»Ja, aber wenn diese Gier auf dem Rücken von Menschen ausgelebt wird, ist das ganz und gar nicht in Ordnung.«

Haie nickte. »Und dann achte auf deine Wertgegenstände. Angeblich wird im Heim geklaut. Laut Pflegepersonal sind das die Bewohner untereinander, aber ich bezweifle das.«

»Habt ihr rausgefunden, was mit dem Geld von Gustav Nissen passiert ist?«

»Nein. Der Sohn streitet jedenfalls ab, Geld von seinem Vater bekommen zu haben. Ich habe für morgen einen Termin bei der Bank ausgemacht. Mal sehen, ob es Videoaufzeichnungen gibt oder sich jemand an die Abhebung erinnert.«

»Ah, gute Idee«, kommentierte Haie wie ein Partner den Ansatz.

»Olaf Nissen hat ausgesagt, dass sein Vater angeblich langsam den Verstand verlor. Da könntest du nachforschen. Nicht alle Bewohner sind ja plemplem. Unterhalte dich mit ihnen, frage, wie sie ihn wahrgenommen haben. Ich habe eher den Eindruck, der hatte Angst vor etwas.«

»Wie kommst du darauf?«

»Na, wieso hat er seinen Sohn zu sich gebeten?«

»Hm.« Haie kratzte sich am Ohr. »Weil er gewusst hat, dass er sterben würde?«

Ansgar tippte die letzten Zeilen der heutigen Vernehmungsberichte in den Computer. Bei den Befragungen war nicht wirklich etwas herausgekommen, sie traten auf der Stelle, obwohl mittlerweile feststand, dass der Mann in seinem Bett mit dem eigenen Kopfkissen erstickt worden war. Die Fusseln in den Atemwegen des Toten gehörten eindeutig zu dem Bettzeug aus seinem Zimmer. Das hatte die Spusi bestätigt.

Ansonsten hatten sie nicht viele Hinweise, denn der Fundort der Leiche hatte außer ein paar Fuß- und Reifenspuren, die aufgrund des sumpfigen Bodens kaum verwendbar waren, nichts hergegeben. Und die zahlreichen Fingerabdrücke, die sie im Zimmer des Toten gesichert hatten, konnten momentan nicht zugeordnet werden. Völlig verständlich, denn neben Gustav Nissen selbst und dem Täter hatten sich in dem Raum mehrere Mitarbeiter des Pflegeheims und vermutlich auch andere Bewohner aufgehalten.

Und auch die Auswertung der Mobilfunkdaten war bisher ernüchternd gewesen. Zwar waren einige Handys in dem Zeitraum eingeloggt gewesen, aber bisher hatten sie unter den Teilnehmern keinen ausfindig gemacht, der in einer Beziehung zu dem Opfer gestanden hatte, jedenfalls nicht auf den ersten Blick. Außerdem betrug die Reichweite der Funkzelle mehrere Kilometer, sodass sie den Fundort der Leiche ohnehin nicht genau einkreisen konnten. Und dann gab es das Problem mit den Prepaidnummern, bei denen keine Daten über den Handybesitzer gespeichert waren. Zusätzlich blieb die Möglichkeit, dass der Mörder sein Telefon ausgeschaltet hatte. Daher konnten sie mit der Auswertung momentan wenig anfangen – vielleicht zu einem späteren Zeitpunkt, wenn es einen Anfangsverdacht gab, der bisher jedoch nicht in Sicht war.

Rolfs fragte sich, warum der Täter den Mann überhaupt in den Legerader Wald gebracht hatte. Das war doch ein Kraftakt, den Mann aus dem Bett in den Wagen und dann durch das sumpfige Gelände zu schieben. Außerdem bestand die Gefahr, bei dem Transport der Leiche entdeckt zu werden. Wieso hatte er ihn nicht in seinem Bett gelassen, wo man ihn am nächsten Morgen gefunden hätte? Höchstwahrscheinlich wäre man davon ausgegangen, Gustav Nissen sei in der Nacht friedlich eingeschlafen. Wollte der Täter etwa auf sich aufmerksam machen? Hatte er bewusst vor, mit ihnen ein Spielchen zu spielen?

Rolfs nahm sich die Unterlagen des Heims vor. Er hatte darum gebeten, eine Auflistung der Sterbefälle des letzten Jahres zu bekommen. Es waren mehr, als er gedacht hatte, aber ehrlich gesagt, hatte er keine Ahnung, wie hoch die Sterberate normalerweise in einer Pflegeeinrichtung war.

Er startete seinen Internetbrowser und gab ein paar Schlagwörter in die Suchmaschine ein. Doch wirklich valide Zahlen konnte er keine finden, nur Auswertungen über Demenzkranke, die laut einer Studie zu Hause länger lebten als im Pflegeheim. Er schluckte.

Generell machte sich niemand gerne Gedanken über das Alter, aber was, wenn er einmal pflegebedürftig werden sollte? Da brauchte man noch nicht einmal alt werden. Immer mehr junge Leute bekamen heutzutage einen Schlaganfall oder Herzinfarkt, hatte er neulich gelesen, und auch sein Beruf barg gewisse Risiken. Was, wenn er im Einsatz schwer verletzt und danach ein Pflegefall wurde? Er hatte noch nicht mal eine Partnerin, obwohl er schon länger auf der Suche war. Aber es war nicht so einfach, eine passende Frau zu finden, schon gar nicht hier auf dem Land. Er seufzte und scrollte weiter in den Suchergebnissen, fand aber lediglich Beiträge darüber, dass Heimbewohner nach einem Umzug ins Heim im ersten Jahr eine höhere Sterberate aufwiesen, was aber nicht unbedingt etwas über die Zahlen in seiner Auflistung aussagte.

Ansgar tippte ›Todesengel‹ auf der Tastatur und fand mehrere Einträge. Er war sich unsicher, ob dieser Hintergrund zu ihrem Fall passte. Wem aus der Belegschaft, die sie heute befragt hatten, traute er zu, die Bewohner ins Jenseits zu befördern? Wer könnte sich dazu berufen fühlen? Gut, aufgrund seiner Erfahrung wusste er, dass man einem Mörder meistens nicht ansah, wozu er fähig war, dennoch glaubte er, ein gewisses Gespür entwickelt zu haben, das ihm bei der heutigen Befragung zumindest ein ungutes Bauchgefühl beschert hätte. Es gab auffällige Verhaltensmuster, über die er sicherlich gestolpert wäre, oder?

Er seufzte, löschte das Licht und schaltete den Computer aus. Für heute war Feierabend.

16. KAPITEL

Haie war vor dem offiziellen Wecken wach und wartete ungeduldig auf die Schwester.

»Erst kommt der Arzt zu Ihnen, ehe sie verlegt werden können. Werden Sie abgeholt?«

Haie schüttelte den Kopf. Thamsen konnte ihn nicht in das Heim bringen, ansonsten würde seine Tarnung zu schnell auffliegen, und Tom war bereits gestern Abend Richtung Berlin zu seinem Kongress aufgebrochen.

»Ich rufe mir ein Taxi.«

Die Schwester blickte auf seine Verbände und gluckste. »Na, das muss dann wohl ein Lastentaxi sein.«

Haie grummelte, wenngleich er der Frau recht geben musste. So sperrig, wie er momentan aufgrund der Gipsverbände war, würde er kaum in ein normales Auto hineinkommen, geschweige denn hinaus.

»Ich kann nach einem Krankentransport für Sie nachfragen«, versuchte die Schwester, ihn versöhnlich zu stimmen, als sie das Zimmer verließ.

Die Zeit bis zur Visite verging wie in Zeitlupe. Der Zeiger seiner Uhr bewegte sich überhaupt nicht voran, obwohl er bereits nach dem Frühstück quasi auf gepackten Koffern saß. Bernhard Lornsen, der wesentlich beweglicher als Haie und seit einigen Tagen auf den Beinen war, hatte ihm beim Packen seiner Sachen geholfen.

»Hast du dir dat wirklich gut überlegt?«, hatte sein Bettnachbar ihn dabei mehrmals gefragt, und Haie hatte stets genickt.

Endlich öffnete sich die Tür, und die Götter in Weiß schwebten herein. Viel gab es nicht zu besprechen, und so bekam Haie einen Umschlag in die Hand gedrückt, während man ihm alles Gute wünschte.

Anschließend ging alles ganz schnell. Ein junger Kerl vom Transportteam, das die Schwester organisiert hatte, verfrachtete ihn in einen Rollstuhl und karrte ihn zum Eingang, wo ein entsprechendes Fahrzeug wartete. Weit war der Weg nicht, und ehe Haie es sich versah, wurde er in die Empfangshalle des Heims »Olenglück« geschoben und der ersten Pflegerin, die ihnen begegnete, übergeben.

»Willkommen, Herr Ketelsen. Ich bin Doreen Nottelmann und zeige Ihnen Ihr Zimmer.« Sie lächelte ihn an und schob los.

Er versuchte, sich den Weg einzuprägen, aber die Flure wirkten alle ähnlich, und er war plötzlich schrecklich müde. Gesichter anderer Bewohner zogen an ihm vorbei, und als sie nach mehreren Ecken und Kurven stehen blieben, hatte er den Überblick total verloren. Neben der Tür hing das Schild mit Gustav Nissens Namen. Haie musste unweigerlich schlucken, was der Pflegerin nicht verborgen blieb. »Das tauscht der Hausmeister später aus.« Sie öffnete die Tür und gab dem Rollstuhl einen Schubs, sodass er hineinrollte.

»Ist das wirklich das Zimmer, in dem …«

Doreen Nottelmann nickte stumm und machte sich daran, seine Sachen in einen Schrank zu packen. »Na, viel haben Sie ja nicht dabei«, kommentierte sie den Inhalt seiner Reisetasche.

»Ich bleibe nur vorübergehend.«

Sie lächelte wissend, und Haie bekam augenblicklich Bauchschmerzen. Er half Thamsen gerne, aber wohl fühlte er sich hier nicht. »So, wollen Sie etwas ausruhen? Mittagessen haben Sie leider verpasst, aber zum Kaffeetrinken holt Sie jemand ab.«

Sie half ihm, sich ins Bett zu legen, dann war sie verschwunden. Haie starrte an die Decke. Es war ein seltsames Gefühl, in dem Bett zu liegen, in dem vor wenigen Tagen ein Mann ermordet worden war. Er fröstelte unweigerlich. Was sollte er nun tun? Gerade mobil war er nicht, und wenn man ihn so isolierte, konnte er ohnehin wenig erforschen. Sein Blick wanderte durch das Zimmer, das äußerst steril wirkte. Er schloss die Augen, aber an Schlaf war nicht zu denken. Vom Flur aus hörte er Stimmen, die näher kamen und sich dann entfernten.

Zur Besprechung waren die Husumer heute persönlich erschienen. Thamsen hatte sich die Augen gerieben, als sie plötzlich im Versammlungsraum aufgetaucht waren.

Wie gewöhnlich erwarteten sie Ermittlungserfolge, die er ihnen jedoch nicht präsentieren konnte.

»Wir haben die Heimmitarbeiter befragt, aber dabei ist nichts Auffälliges rausgekommen. Der Sohn scheint nicht ganz koscher, aber direkte Hinweise oder gar Beweise haben wir nicht, dass er etwas damit zu tun hat. Ich habe heute einen Termin in der Bank, um herauszufinden, wer den Scheck eingelöst hat.«

Die beiden Beamten nickten.

»Könnte der Tod doch etwas mit diesen Enkeltrickbetrügern zu tun haben? Wir haben in letzter Zeit vermehrt Anzeigen in der Gegend.«

»Die Pflegerinnen haben ausgesagt, dass Gustav Nissen außer von der Familie keinen Besuch bekommen hat. Der Sohn könnte zwar ein Motiv haben, aber wie gesagt, da haben wir keine Spuren«, wiederholte Thamsen.

»Wie sieht es mit dem Spusibericht aus?«

»Nichts, was uns weiterbringt«, gab Ansgar Rolfs Auskunft.

»Wie wollt ihr weiter vorgehen?«

Thamsen spürte, wie sich langsam, aber sicher sein Hals verengte. Er schluckte und musste beinahe würgen. Wer war hier eigentlich von der Mordkommission? Sie oder die beiden Anzugträger vor ihnen? Immer sollte sein Team die Arbeit machen, und die Kripo verbuchte das später als ihren Erfolg. Wie ihn das ankotzte. Gut, sie waren zwar angehalten, den Beamten zuzuarbeiten, und natürlich hatte er ein Interesse, seine Gegend sicher zu halten und Mörder zu fassen. Generell war er der Meinung, wenn man die Täter nicht verfolgte, kam das irgendwann wie ein Bumerang zurück. Der Tod seiner Freundin Marlene war das beste Beispiel. Damals hatte er die Ermittlungen gegen eine Gruppe Neonazis schleifen lassen, und das hatte sich bitter gerächt. Aber wieso musste er stets alles alleine machen?

»Tja, so wirkliche Ansätze haben wir nicht.«

»Wollt ihr die Presse um Mithilfe bitten?«

»Löst das nicht eine Panik aus? Zumindest unter den alten Leutchen?«, fragte Rolfs. Sie hatten vor Kurzem einen Fall bearbeitet, bei dem die Bevölkerung in Angst und Schrecken verfallen war, was ihre Arbeit nicht erleichtert hatte.

»Und wenn ihr euch im Heim umhört? Bei den Bewohnern und deren Angehörigen?«

»Das machen wir schon«, versuchte Thamsen, die Frage schnell abzuwiegeln und erhob sich abrupt. Auf keinen Fall durften die Kriminaler von Haies Undercovereinsatz erfahren.

Tom hatte den ersten Teil des Kongresstages hinter sich gebracht. Das Thema der ersten Vorträge war nicht besonders spannend gewesen, daher waren seine Gedanken abgeschweift. Was Haie wohl machte? Wie es Niklas ging? Kamen die beiden klar? In der Pause rief er Haie an. Da sich an dem Krankenhausanschluss niemand meldete, wählte er die Handynummer. Es dauerte eine Weile, dann aber hörte er Haie in den Hörer pusten.

»Bist du schon im Heim?«

»Ja, und ehrlich gesagt, ist es echt gruselig.«

»Inwiefern?« Tom wunderte sich, wie offen Haie das aussprach. Sonst überlagerte sein Sheriffinstinkt alle anderen Gefühle, blendete Gefahren sogar aus.

»Na, ich liege in dem Bett, in dem Gustav Nissen umgebracht worden ist.«

Unweigerlich lief Tom ein Schauer über den Rücken. Das war wirklich Grauen erregend. Zumal man Angst haben musste, dass der Täter erneut zuschlug.

»Also, wenn du abbrechen willst …?«

»Nein, nein, ich halte das hier aus«, beeilte Haie sich zu antworten. Er war ein erwachsener Mann, schalt er sich, und verhielt sich doch wie Niklas, der oftmals Angst vor Monstern in seinem Zimmer hatte, die sich angeblich unter seinem Bett versteckten.

»Gut, aber wenn was ist …«

Tom hörte plötzlich ein Rascheln, dann entgegnete Haie, dass er zum Kaffeetrinken müsse. Das klang schon mehr nach Haie, grinste Tom und wünschte ihm alles Gute. »Ich melde mich.«

Haie legte das Handy zur Seite.

»Sie wissen, dass Handys hier nicht gerne gesehen sind?« Der Pfleger, der Haie abholen wollte, schaute ihn mahnend an.

»Warum nicht?« Haie zog beide Augenbrauen in die Höhe. Er war doch schließlich nicht im Gefängnis. Obwohl es ihm ein wenig so vorkam.

»Ich muss Sie warnen, denn hier wird geklaut. Außerdem sollen Sie Ihre Ruhe haben. Besser Sie geben das Handy mir.« Der Heimmitarbeiter streckte seine Hand nach dem Telefon aus, doch Haie schüttelte den Kopf. Er brauchte das Mobiltelefon. Wie sonst sollte er mit Thamsen kommunizieren?

»Ruhe?«

Der Pfleger nickte lediglich und hielt ihm immer noch die ausgestreckte Hand entgegen.

Ich bin doch noch nicht tot, dachte Haie, verkniff sich die Bemerkung aber und fragte stattdessen nach den Diebstählen.

»Sie sind ja geistig gut beieinander, aber wir haben auch andere Fälle«, warnte der Mann ihn, dessen Namen Christian Mohr Haie von einem kleinen Schild über der Brusttasche des weißen Kittels ablesen konnte. »Da weiß manch einer halt nicht mehr, was er tut.«

»Dann tauchen die Sachen aber bestimmt wieder auf, oder?«

»Nicht immer. Also?« Der Angestellte schaute ihn erwartungsvoll an, aber Haie schüttelte den Kopf. »Ich passe schon auf.«

Christian Mohr griff unter seine Arme und wuchtete ihn mit wenig Feingefühl in den Rollstuhl. Haie presste den Mund zusammen und schwieg, während Christian Mohr ihn in den Speisesaal schob, in dem etwa 60 Leute an den Tischen saßen, Kaffee schlürften und bröckeligen Kuchen aßen. Haie nickte in die Runde, entdeckte das eine oder andere bekannte Gesicht, was augenblicklich seine Laune hob. Vielleicht war es doch nicht so schlimm.

Der Pfleger schob ihn an einen der Tische und verschwand wortlos. Die Mitbewohner an diesem Platz hatten die Köpfe tief über die Tassen und Teller gebeugt und beachteten Haie nicht weiter.

»Moin«, grüßte er in die Runde, bekam aber keine Antwort.

»Ich wohne auch hier«, versuchte er trotzdem, ein Gespräch in Gang zu bringen, doch seine Tischnachbarn äugten nur auf sein Stück Kuchen, das eine andere Pflegekraft ihm auf einem Teller brachte.

Erst jetzt bemerkte Haie, wie sein Magen knurrte. Seit dem Frühstück hatte er nichts gegessen, und das war aufgrund der verordneten Diät nicht üppig ausgefallen. Schnell griff er nach dem Stück Sandtorte und biss ein großes Stück ab.

Der Kuchen war staubtrocken. Er war froh, dass eine Tasse Kaffee zum Herunterspülen bereitstand. Na, toll, dachte er, nun bin nicht mehr auf Diät, dafür schmeckt das Essen nicht. Und auch die braune Plörre hatte vermutlich die Kaffeebohnen nur aus der Ferne gesehen. Was machen die mit dem Geld, das die für die Pflegeplätze bekommen? Tom hatte gemeint, eine Unterbringung im Heim sei nicht gerade billig. In Haies Fall übernahm die Krankenkasse einen großen Teil, da er nur eine Kurzzeitpflege benötigte. Aber die meisten anderen in dem Heim waren wohl für den Rest ihres Lebens einquartiert und zahlten sicherlich eine Menge Geld.

Schweigend aß er seinen Kuchen und versuchte anschließend, selbstständig mit dem Rollstuhl den Speisesaal zu verlassen. Er wollte sich umschauen, und es klappte besser als gedacht, wenn das Vorankommen auch mühselig war und Haie bald die Arme schmerzten, besonders der verletzte, den er eigentlich nicht bewegen sollte.

Das Heim war rollstuhlgerecht angelegt, sodass er sich für seine Verhältnisse relativ frei bewegen konnte. Zu Hause hätte er Probleme bekommen, stellte er fest, als er auf die Sitzgruppe im Eingangsbereich zusteuerte, in der er eine ehemalige Dorfbewohnerin entdeckt hatte.

»Moin, Luise«, begrüßte er die ältere adrette Dame.

»Haie?« Sie blickte ihn fragend an. »Was machst du denn hier?«

»Kleiner Unfall«, grinste er. »Brauche eine Kurzzeitpflege.« Sie nickte stumm, und ihm wurde bewusst, welch ein Glück er hatte. Immerhin blieb ihm die Perspektive, wieder rauszukommen. Anderen nicht.

»Seit wann wohnst du hier? Habe gar nicht mitgekriegt, dass du aus dem Dorf weg bist.«

»Ach«, seufzte Luise Krämer und strich über ihren karierten Faltenrock. »Seit Anfang des Jahres. Ich wollte das meinen Kindern nicht länger zumuten.«

»Zumuten?« Haie blickte auf die Frau, die in seinen Augen rüstig wirkte, auf jeden Fall im Gegensatz zu ihm in seiner momentanen Lage.

»Naja«, druckste sie herum und sammelte dabei einen imaginären Fussel von ihrem Pullover. »Manchmal löppt halt nicht allns mehr so, wie es schall. Man wird ein bisschen tüddelig. Außerdem hat man es hier bequem, hat allns, was man braucht, und um nichts braucht man sich zu kümmern.«

Haie legte die Stirn in Falten. Also, bequem war was anderes. In dem Heim war es doch nicht gemütlich. Alleine das Essen. »Olenglück« war als Name für diese Einrichtung in seinen Augen der wahre Hohn. Doch er bohrte in diese Richtung nicht weiter nach, wollte Luise nicht noch mehr frustrieren. Außerdem war er nicht zu seinem Vergnügen ins Heim gezogen. Er hatte schließlich einen Auftrag.

»Aber viele, habe ich gehört, halten das hier nicht lange aus.«

»Wie meinst du das?« Sie schaute auf.

»Na, etliche Leute sind in der letzten Zeit gestorben.

Heff ik hört«, betonte Haie und hob dabei seinen gesunden Arm leicht abwehrend an.

»Wirklich? Wer denn?«

Haie konnte sich kaum vorstellen, dass man nicht mitbekam, wenn ein Bewohner verstarb. Das sprach sich selbst bis nach Risum rum.

»Na Gustav, Gustav Nissen beispielsweise.«

»Gustav wer?« Luise Krämer wackelte leicht mit dem Kopf und versuchte, ihn zu fixieren. Plötzlich bemerkte Haie die Leere in dem Blick der Frau. Oje, stellte er überrascht fest, seine Ermittlungen würden schwerer werden, als er gedacht hatte.

17. KAPITEL

Thamsen verließ die Dienststelle früher als gewöhnlich, da er den Termin bei der Bank hatte. Von Haie hatte er bisher nichts gehört, aber das wunderte ihn nicht; denn schließlich wollte der Freund sich nur melden, wenn er etwas herausgefunden hatte. Da er jedoch heute erst in das Heim gezogen war, erwartete Dirk von ihm keinerlei Neuigkeiten.

Die Husumer hatten darauf bestanden, die Bevölkerung wegen des Enkeltrickbetrugs zu warnen, und wollten sogar eine landesweite Aufklärungskampagne ins Leben rufen. Damit hatte Thamsen weniger zu tun, aber er befürchtete, dass die Arbeit in der näheren Umgebung an seinem Team hängenblieb, da die Leute sich wahrscheinlich auf der Niebüller Dienststelle melden würden.

Er fuhr in die Hauptstraße und parkte in der Nähe des Bankgebäudes. Draußen war es regnerisch, und er fröstelte, als er die wenigen Schritte zur Bank hinüberging, wo ihn jedoch gleich im Eingangsbereich warme Luftschwaden entgegenschlugen. Unweigerlich atmete er tief und musste gleich darauf husten, weil die trockene Heizungsluft seine Atemwege reizte. Leicht hüstelnd blickte er sich in der Schalterhalle um, in der wenig Kundenverkehr herrschte, wandte sich dann einem freien Serviceschalter zu. Der Angestellte, Thamsen schätze ihn um die 30, blickte ihn leicht genervt über den Rand seiner Brille an. »Bitte?«

»Ich habe einen Termin bei Herrn Hansen.«

»Ihr Name?«

»Dirk Thamsen, Polizei Niebüll.«

»Ah ja, und worum geht es?« Die Neugierde des jungen Mannes schien geweckt. Jedenfalls wirkte er plötzlich sehr interessiert. Thamsen lächelte den Bankangestellten an.

»Herr Hansen weiß Bescheid.«

»Ich bin sein Stellvertreter.«

Das änderte für Thamsen nichts. Er wollte seine Ermittlungen schließlich nicht an die große Glocke hängen. Er wusste nur zu gut, wie schnell sich in Niebüll und Umgebung alles herumsprach.

Daher ging er auf die Bemerkung gar nicht ein. »Wo finde ich Herrn Hansen?«

Der Banker kniff die Augen leicht zusammen, dann aber wies er auf eine Tür, die sich leicht rechts hinter ihm befand. Thamsen nickte.

Als er klopfte und drinnen ein »Herein« ertönte, stieß er die Tür auf. Der Filialleiter sprang geradezu auf, als er Dirk sah, und kam mit ausgestreckter Hand auf ihn zugestürmt.

»Kommissar Thamsen, guten Tag, möchten Sie einen Kaffee?«, überschlug er sich dabei vor Freundlichkeit.

»Gerne«, nickte Dirk. Als Kunden hatte man ihn schon lange nicht mehr so behandelt.

Er blickte sich um, während Herr Hansen aus dem Vorzimmer einen Kaffee organisierte. Der Raum war geschmackvoll eingerichtet. Teure Holzmöbel und ein Gemälde an der Wand, von dem Dirk annahm, dass es nicht billig gewesen war. Den Banken konnte es nicht schlecht gehen, hatten die Krise augenscheinlich besser überstanden als manche Privatperson. Doch er konnte nicht jammern, ihm ging es finanziell gut, wenngleich sie sich nun mit einem weiteren Kind einschränken würden müssen.

Herr Hansen kam mit einer klappernden Kaffeetasse in der Hand zurück. »Nun, Kommissar Thamsen, was genau kann ich für Sie tun?«, fragte er, nachdem sie sich gesetzt hatten. »Sie sagten, es ginge um den Fall von Gustav Nissen.«

»Ja«, nickte Dirk und nahm einen Schluck Kaffee, der verdammt heiß war. »Es geht um diese Scheckeinlösung.« Er zog aus seiner Jackentasche den Ausdruck der Kontodaten, die sie übermittelt bekommen hatten. Herr Hansen griff nach seiner Brille, hielt dann inne. »Ist Herr Nissen ermordet worden?«

»Ja.«

»Ich habe davon in der Zeitung gelesen. Furchtbar. Wer kann einem alten, hilflosen Mann so etwas antun?« Der Filialleiter guckte ihn unsicher an.

»Das kann ich Ihnen nicht sagen. Noch nicht, aber diese Bargeldabhebung könnte uns weiterhelfen.« Thamsen deutete mit einem Kopfnicken auf den Ausdruck.

»Herr Nissen selbst ist nicht hier gewesen. Der kommt schon seit seinem Schlaganfall nicht mehr, vielleicht sein Sohn?« Wieder blickte er auf Dirk.

»Der sagt Nein, deswegen bin ich hier. Sie notieren sicherlich, an wen Schecks ausgezahlt werden, oder?«

»Bei einer Barauszahlung nicht. Das ist ja kein Orderscheck. Wir überprüfen nur die Unterschrift des Ausstellers.«

»Wie?«

»Anhand einer eingescannten Unterschriftenprobe.«

»Hm«, Thamsen fuhr sich mit der Hand übers Kinn. »Aber eine Videoüberwachung haben Sie sicherlich. Ich habe Kameras im Schalterraum gesehen.«

»Tja, nun ja, also ehrlich gesagt ...« Herr Hansen rutschte auf seinem Lederstuhl hin und her. »Mit den Kameras werden nur die Automaten überwacht. Die anderen können im Notfall, also bei einem Überfall, manuell ausgelöst werden.«

Das gibt es doch gar nicht, dachte Dirk. Es wurden 5.000 Euro vom Konto eines Kunden abgehoben, und die Bank konnte noch nicht einmal sagen, wer das gewesen war? So hatte er sich das nicht vorgestellt. Das öffnete geradezu Tür und Tor für Verbrecher.

»Haben Sie Fälle von Enkeltrickbetrügern?« Vielleicht gab es doch einen Zusammenhang, überlegte Dirk.

Herr Hansen setzte sich gerade in seinem Stuhl auf.

»Nein, nicht dass uns bekannt wäre, aber unsere Kunden werden von uns aufgeklärt. Wie kommen Sie darauf?«

»Es bleibt die Frage, wieso Herr Nissen plötzlich so viel Geld von seinem Konto abgehoben beziehungsweise einen Scheck über diese Summe ausgestellt hat.«

»Vielleicht wollte er sich etwas kaufen?«

Nur wenige Augenblicke später verließ Thamsen mit einem Kopfschütteln das Bankgebäude. Seine Nachforschungen hatten nichts, rein gar nichts gebracht. Frustriert kickte er einen Pappbecher, der auf dem Weg lag, zur Seite. Mist. Warum kümmerten sich die Menschen heutzutage so wenig umeinander?

Sofort meldete sich sein schlechtes Gewissen, denn er musste an Dörte denken und daran, dass er momentan selbst nicht besonders aufmerksam war. Zwar glaubte er, seine Gründe dafür zu haben, aber er wusste, wie sehr er sie verletzte. Kurzentschlossen drehte er auf seinem Weg zum Auto um und ging die Hauptstraße hinunter bis zur Parfümerie. Er würde Dörte mit ihrem Lieblingsduft überraschen, einfach so, beschloss er und betrat den Laden.

Am Tresen vor ihm stand eine äußerst aufgetakelte Dame mit Pelzmantel und riesiger getönter Brille.

»Ich suche das neue Parfüm von Karl Lädscherfield«, näselte sie der Verkäuferin entgegen. Thamsen entfuhr ein Lachgrunzer. Was war die Welt heute nur verrückt.

Traute Frerichs hatte es sich auf ihrem Sofa bequem gemacht und den Fernseher eingeschaltet. Gleich begann ihre Lieblingssendung, die sie in den letzten drei Jahren nicht ein einziges Mal verpasst hatte. Die Figuren aus der Serie waren für sie mittlerweile gute Freunde geworden –

ja man konnte beinahe sagen, es war so etwas wie eine Familie, mit der sie jeden Tag am späten Nachmittag verabredet war und auf deren Wiedersehen Traute sich bereits morgens beim Aufstehen freute.

Sie angelte nach ihrem Strickzeug in dem Weidenkorb neben der Couch, da erklang die vertraute Titelmelodie. Traute Frerichs lächelte automatisch, als sie die liebgewonnen Gesichter im Vorspann über den Bildschirm flimmern sah.

Sie rückte sich auf dem Sofa zurecht und verfolgte gebannt das Geschehen im Fernsehen.

Mitten in der ersten Szene schrillte plötzlich das Telefon. Traute hörte es zunächst gar nicht, konnte dann aber das Läuten nicht mehr ignorieren.

Wer rief sie um diese Zeit an? Jeder, der Traute kannte, wusste über ihre Seriensucht Bescheid und würde sich nicht trauen, sie um diese Zeit zu stören. Da musste es schon um Leben oder Tod gehen – wobei man im Todesfall mit einem Anruf das Ende der Sendung abwarten konnte, befand Traute. Vielleicht war es wegen einer dieser Wettbewerbe, an denen sie teilgenommen hatte? Hatte sie gewonnen? Mit dem Blick auf dem Bildschirm griff sie zum Telefonhörer.

»Bei Mittmann mach ich Mitt, Mann«, meldete sie sich in der Hoffnung, der Radiosender, bei dem sie bei einer Ausschreibung mitgemacht hatte und bei dessen Anruf man sich mit diesem Mottospruch melden musste, sei der Störenfried.

Der Anrufer schien allerdings nicht der Moderator der Show zu sein. Jedenfalls blieb es kurz still, obwohl jemand dran war, was sie an einem lauten Atmen deutlich hören konnte. Das war doch wohl kein obszöner Anruf, oder?

Sie überlegte aufzulegen, da hörte sie ein Räuspern und jemand sagte: »Tante Trautchen?«

Tante Trautchen? So nannte sie niemand, soweit sie sich erinnerte. Oder?

»Ja?«, entgegnete sie trotzdem zögerlich.

»Ach gut, ich dachte schon, ich hätte mich verwählt.«

Traute wusste immer noch nicht, wer mit ihr sprach, und der Anrufer verriet es ihr auch nicht.

»Dann rate doch mal, wer hier ist.«

War das vielleicht doch ein Wettbewerb, bei dem sie mitgemacht hatte? Musste sie eine bestimmte Antwort geben? Angestrengt suchte sie in ihren grauen Gehirnwindungen nach einer Erklärung, doch da war nichts.

»Ich weiß nicht.«

»Och, ein wenig anstrengen musst dich schon«, klang es nun enttäuscht aus dem Hörer.

Langsam dämmerte es Traute Frerichs, dass dies einer dieser Anrufe sein könnte, von dem man neulich im Supermarkt gesprochen hatte. Tausend Gedanken schossen ihr durch den Kopf. Sollte sie auflegen? Oder was war zu tun?

Ihr Blick wanderte zur Mattscheibe, dort fuhr bei ihrer Fernsehfamilie gerade ein Polizeiwagen vorbei.

»Tante Trautchen?«, tönte es währenddessen aus dem Hörer. »Nun?«

»Ja, ich weiß nicht. Vielleicht der Andreas?«, entgegnete sie leicht zögernd.

Der Anrufer versuchte, seine Stimme beleidigt klingen zu lassen. »Wie bist du denn darauf so schnell gekommen?«

»Na hör mal, ich kenne doch deine Stimme.« In ihr hatte sich der Wille gefestigt, den Verbrecher selbst an der Nase herumzuführen. Schließlich gab es in ihrer Familie keinen Andreas. Ein weiterer Beweis, dass dies ein betrügerischer Anruf war.

»Wie geht es dir denn, Jungchen?«, fragte sie.

»Ach, Tantchen, eigentlich sehr gut.«

»Eigentlich?« Sie konnte sich denken, worauf das Gespräch hinauslief, seltsam nur, dass der Anrufer keine Zeit verschwendete, um auf das Thema zu kommen. In der Reportage, die sie neulich im Fernsehen gesehen hatte, hieß es, die Betrüger würden zunächst versuchen, eine angenehme Gesprächsatmosphäre zu schaffen. Glaubte er etwa, ein dahingehauchtes Tantchen reichte schon aus? Unweigerlich schüttelte sie den Kopf, hatte allerdings keine Zeit, den Gedanken weiter zu verfolgen, da ihr Anrufer nun eine wahre Leidensarie trällerte.

»Und zu guter Letzt hat mir mein Arbeitgeber gekündigt, und nun weiß ich gar nicht, wie ich die Rate für das Haus bezahlen soll. Wie soll ich das Sina und der kleinen Lilith erklären? Das bringt sie um.«

Der junge Mann klang tatsächlich sehr überzeugend. Traute musste sogar schlucken und sich daran erinnern, dass sie keinen Neffen mit dem Namen Andreas hatte. Schon gar keinen, der verheiratet war, ein kleines Mädchen und ein Haus in Hamburg hatte.

»Hm, das ist schwierig«, stimmte sie zu. »Was sagt denn die Bank? Hast du da mal vorgesprochen? Die werden ja wohl Verständnis für deine Lage haben, oder? Du bist ja gut ausgebildet, und als Ingenieur findest du bestimmt schnell einen neuen Job.« Sie grinste, da sie tatsächlich neulich gelesen hatte, dass in dem Bereich händeringend Leute gesucht wurden. Doch ihr Gesprächspartner war auch nicht auf den Kopf gefallen. »Ja, aber seit ich den Bandscheibenvorfall hatte …«, er machte eine Pause.

»Bandscheibenvorfall? Davon weiß ich ja gar nichts.«
»Ich habe es nicht an die große Glocke gehängt«, rettete er sich aus der Situation. »Aber es war klar, bei dem Job mit dem stundenlangen Sitzen musste es ja kommen. Ich war teilweise sogar fast gelähmt.«
»Tatsächlich?«
Traute hörte ein Rascheln. Scheinbar nickte der Anrufer. Sie blickte zum Fernseher, wo bereits die Werbepause lief. Das Telefonat zog sich hin. Eigentlich hatte sie gedacht, der Mann würde schnell um Geld bitten, aber nun ließ er darauf warten. Was, wenn es doch kein Betrüger war? Vielleicht hatte der Mann sich verwählt? Oder sie hatte vergessen, dass sie einen Neffen hatte? Sie kratzte sich am Ohr. Sie hatte in der letzten Zeit hin und wieder Schwierigkeiten mit ihrem Gedächtnis und vergaß schon mal etwas. Das Waschmittel, das sie dringend kaufen wollte, einen Zahnarzttermin – wobei, den hatte sie nicht ganz unabsichtlich verpasst –, aber als sie neulich ihre Handtasche bei der Bäckerpost hatte liegen lassen, hatte sie schon angefangen, an sich zu zweifeln. Zwar hatte die Angestellte aus Lindholm sie darüber informiert und beruhigt, das könne ja mal vorkommen, aber es kam eben in der letzten Zeit gehäuft vor, dass ausgerechnet ihr solche Dinge passierten.
Aber nein, sie hatte keinen Neffen mit dem Namen Andreas. Sie hatte ja noch nicht mal Geschwister.
»Tantchen?«
»Ja?«
»Es ist mir peinlich, aber …«
Also doch. Der Anrufer war ein Betrüger.
»Was denn, Jungchen?«, forderte sie den Mann auf. Ihr Herz raste plötzlich und pochte bis zum Hals. Angestrengt lauschte sie in den Hörer.

»Ja, also, naja mit der Bank habe ich ja gesprochen, die geben mir nichts mehr.« Pause.

»Daher dachte ich, dass du eventuell …?«

Sie schluckte. Da war sie, die Frage, vor der alle älteren Leutchen stets gewarnt wurden. Und der Typ machte seine Sache gut. Das musste man ihm lassen. Er tat ihr tatsächlich beinahe leid.

»Ja, aber ich habe nur eine kleine Rente.«

»Aber du lebst ja sparsam, ich dachte, du hast vielleicht etwas auf der Bank?«

Eigentlich konnte sie nun das Gespräch schnell beenden und sagen, sie habe selber kaum etwas zum Leben, aber Traute hatte Gefallen an dem Spiel gefunden. »Ja, schon, aber das ist ja mein absoluter Notgroschen.«

»Hm, ich bin in Not.«

Das bezweifelte sie zwar, pflichtete ihm jedoch bei. »Stimmt. Wie viel brauchst du denn?«

»Naja, so 5.000 Euro würden erst mal reichen, aber besser wären 10.000 Euro.«

Sie schluckte erneut. Das war eine Menge. Zumindest bei ihrer kleinen Rente. Sie hatte nie viel verdient, dafür aber hart arbeiten müssen. Ihr Erspartes war ihr daher heilig. So leicht würde der Betrüger nicht an ihr Geld kommen. Sie wollte ihm unbedingt das Handwerk legen. Alte Leute um ihr sauer Erspartes bringen. Das ging gar nicht.

»Ja, also 5.000 könnte ich dir vielleicht geben.«

Sie hörte, wie der Anrufer aufatmete. »Ach, das wäre so nett von dir, du bist das beste Tantchen auf der Welt«, jubelte er, sodass es einem schwerfallen würde zurückzurudern. Ganz schön gewieft der Kerl, dachte Traute.

»Wann brauchst du das Geld denn?«

»So schnell wie möglich.«

»Ja, also ich muss natürlich erst zur Bank, aber vielleicht morgen Nachmittag? Komm doch auf einen Kaffee vorbei.«
»Oh, morgen ist schlecht. Aber ich brauche das Geld natürlich schnell. Kann ich einen Kumpel schicken?«
»Einen Kumpel?«
»Ja, ich vertraue ihm. Ein sehr netter Freund von mir. Ich muss morgen zu mehreren Untersuchungen wegen der Bandscheibe.«
»Ach so. Ja, dann. Okay.«

Das Abendessen schmeckte Haie unwesentlich besser als der Nachmittagskaffee, aber der Hunger trieb's rein. Leider war Tom nicht da, um ihn mit Keksen zu versorgen, und Thamsen würde ihn nicht besuchen, da ansonsten seine Tarnung auffliegen würde. Etliche Leute wussten zwar sicherlich von der Freundschaft zwischen Haie und dem Kommissar, aber bisher schien das nicht thematisiert worden zu sein, und sie wollten das auf keinen Fall forcieren. Er musste also eine andere Möglichkeit finden, um an Süßkram zu gelangen.

Momentan gab es etliches zu entdecken, da würde sich eventuell eine Schokoladenquelle finden. Er hatte das eine oder andere bekannte Gesicht getroffen und bereits erste Erkundigungen eingezogen. Da er in dem Zimmer von Gustav Nissen wohnte, kam das Gespräch meist sehr schnell auf das Thema, aber interessanterweise schien das Ableben einiger Bewohner in der letzten Zeit nicht als besonders auffällig empfunden zu werden. Jedenfalls war das der Eindruck, den Haie gewonnen hatte, wenngleich der Tod Gustav Nissens einigen Bewohnern Sorgen bereitete.

»Das muss man sich mal vorstellen, dass nachts jemand reinkommt und einen umbringt«, hatte Momme Lewsen bemerkt, der bereits etliche Jahre im Heim lebte. Als seine Frau starb, war er alleine nicht klargekommen, was nicht an der körperlichen Verfassung lag, sondern vielmehr, dass Momme Lewsen von Kind an zur Unselbständigkeit erzogen worden war. »De kann sich noch nich einmal alleen een Kaffee koken«, hatte Haie Helene des Öfteren lästern hören.

»Hm, wer sagt denn, dass es ein Fremder war, der Gustav umgebracht hat?«

»Glaubst du etwa, einer von uns?« Momme hatte ihn mit großen Augen angeschaut, dabei aber den Kopf geschüttelt.

»Na, aber vielleicht vom Personal?«, hatte Haie geflüstert.

Daraufhin hatte Momme geschwiegen und überlegt, dabei den Kopf hin und her gewiegt, aber letztendlich nichts dazu gesagt.

Ohnehin hatte Haie den Eindruck, als herrsche im Heim eine seltsame Stimmung, was natürlich an dem Mord liegen konnte, aber er glaubte, dass das nicht alles war. Irgendetwas stimmte nicht.

»So, Herr Ketelsen. Schlafenszeit.« Doreen Nottelmann schnappte seinen Rollstuhl und schob ihn zu seinem Zimmer. Haie war es nicht gewohnt, von anderen diktiert zu bekommen, wann er was zu tun hatte, schon gar nicht, wann er müde zu sein hatte, aber er machte gute Miene zum bösen Spiel.

Als die Frau aber anfing, ihm seine Sachen auszuziehen, streikte er.

»Ja, Herr Ketelsen, wenn Sie glauben, Sie bekommen das alleine hin. Bitteschön.« Die junge Pflegerin stand mit den Händen in den Hüften vor ihm und grinste. Haie musste sich eingestehen, dass er mit dem gebrochenen Arm und dem Bein mehr als eingeschränkt war, nicht einmal die Jogginghose konnte er alleine ausziehen. Wie peinlich, aber es half nichts. Er musste sich wohl oder übel von der Frau helfen lassen. Im Krankenhaus hatte er zumindest einen Pfleger gehabt, da waren ihm solche Situationen nicht ganz so unangenehm gewesen.

Schlimm, wie schnell man seine Würde verlieren konnte, musste Haie feststellen. Zumal die Pflegerin aus seiner Sicht nicht besonders taktvoll in der Situation agierte. Um den peinlichen Moment zu überbrücken, versuchte er ein Gespräch anzufangen.

»Meinen Sie denn, ich bin hier sicher?«

»Sicher?« Doreen Nottelmann blickte auf, während sie ihm die Socke am gesunden Fuß auszog.

»Naja, mein Vorgänger ist ja ...« Haie stockte, doch die junge Frau fuhr in ihrer Tätigkeit fort. Ihr blieb eh kaum Zeit pro Bewohner, da konnte sie nicht trödeln. Dafür bezahlte man sie nicht.

»Ach, das glaube ich nicht, dass so etwas noch einmal passiert.«

»Warum nicht, wenn ein Irrer herumläuft und alte Leute erstickt?«

»Ich glaube, das hatte etwas mit Gustav Nissen selbst zu tun«, versuchte sie, ihn zu beruhigen.

»Tatsächlich?« Doreen nickte. »Ja, vielleicht hatte jemand eine Rechnung mit ihm offen.« »Rechnung?« Haie schaute die Pflegerin an, während sie ihn ins Bett drehte und zudeckte. Wusste die junge Frau mehr über die Umstände des Todes von Gustav Nissen?

»Machen Sie sich keine Sorgen, das wird einen Grund gehabt haben. Fernsehen?« Sie reichte ihm die Fernbedienung und lächelte, während sie das Zimmer verließ.

18. KAPITEL

Thamsen drehte sich im Bett herum und kuschelte sich an Dörte. Langsam streichelte er mit seiner Hand über ihren Bauch.

Sie hatten sich gestern ausgesöhnt, das Parfüm hatte das Eis gebrochen, und er hatte versprochen, sich mehr um sie und die Familie zu kümmern. Als er allerdings zu dieser frühen Stunde das Handy klingeln hörte, wusste er, wie schwer es werden würde, sein Versprechen einzuhalten. Eilig hüpfte er aus dem Bett und hechtete in den Flur, wo sein Handy auf der Kommode lag.

»Thamsen?«

Es war Haie.

»Du, ich glaube, es ist heute Nacht etwas passiert.«

»Wie kommst du darauf?«

»Die Pflegerin hat gestern gesagt, ab sechs Uhr sei Wecken, aber bisher war keiner hier.«

Dirk schaute auf seine Armbanduhr. Es war gerade 6.30 Uhr. »Vielleicht bist du nicht der Erste auf der Liste. Sei doch froh«, gähnte er ins Telefon. Er jedenfalls wäre dankbar, länger schlafen zu können, aber mit kleinen Kindern kam das ohnehin so gut wie nie vor. Wie auf Kommando hörte er, wie sich Lottas Kinderzimmertür öffnete. Gleich darauf erschien ihr blonder, zerzauster Lockenkopf.

»Ja, aber die rennen auf dem Flur herum. Ich kann das hören. Da muss etwas passiert sein.«

»Warte ab. Ich muss nachher sowieso ins Pflegeheim, da frage ich nach.«

Wirklich beruhigt war Haie zwar nicht, aber Dirk beendete das Gespräch, als Lotta sich an sein Bein klammerte. Er nahm sie auf den Arm. Sofort schlang sie ihre Ärmchen um seinen Hals, und er drückte sie an sich. Sie roch gut, und er sog den Geruch tief ein.

»So«, sagte er dann. »Wollen wir beide Frühstück machen?«

Sie nickte, wobei ihre blonden Locken auf und ab hüpften.

Etwa eine Stunde später lieferte er Lotta im Kindergarten ab und fuhr in die Dienststelle.

»Chef?« Ansgar Rolfs steckte seinen Kopf in die Gemeinschaftsküche, als Dirk sich einen Kaffee holte.

»Ja?«

»Wir haben gestern Abend einen seltsamen Anruf bekommen. Geht um einen Enkeltrickbetrüger.«

Thamsen verzog das Gesicht. Wie erwartet, blieb bei dieser Aktion der Husumer die Arbeit an ihm und seinem Team hängen. Na toll.

»Ist die Kampagne schon angelaufen? Wir haben doch erst gestern darüber gesprochen.«

»Das ist es ja«, bemerkte Rolfs. »Die ältere Dame ist auf Zack. Hat den Betrug scheinbar von sich aus bemerkt und dem Betrüger eine Falle gestellt.«

»Das ist ja ...« Thamsen musste grinsen. »Und eventuell hat der Mann sogar mit dem Mord an Gustav Nissen zu tun«, bemerkte Rolfs. »Denn wie im Fall Nissen hat der Betrüger 5.000 Euro von Frau Frerichs gefordert.«

»Ja, aber wir sollten uns nicht zu viele Hoffnungen machen. Schließlich tricksen derlei Verbrecher hauptsächlich alleinstehende ältere Leute aus. In einem Heim wäre es doch viel zu riskant, entdeckt zu werden, oder was meinst du?«, versuchte Thamsen, die Euphorie seines Mitarbeiters zu drosseln.

»Es sei denn, der Betrüger arbeitet dort.«

Haie hatte nicht ruhig daliegen können und war in seinem Bett hin und her gerutscht. Nun saß er jedoch nicht wie erhofft aufrecht auf der Kante, sondern lag eher quer über der Matratze wie ein Käfer auf dem Rücken. Die ungewohnte Anstrengung hatte ihn Kraft gekostet, und aufsetzen konnte er sich nicht. Wo waren nur seine Bauchmuskeln geblieben? Als junger Mann hatte er doch locker 50 Rumpfbeugen geschafft. Und nun gelang es ihm nicht einmal, sich im Bett aufzurichten. Das Alter war mehr als gemein.

Zum Glück steckte endlich Monika Jensen den Kopf in die Tür. »Oh, Sie sind schon wach.« Sie rannte geradezu durch den Raum und zog die Gardinen auf.

»Na, es hieß, um sechs Uhr sei Wecken. Außerdem musste ich dringend.«

Für solch einen Notfall hatte man ihm eine Urinflasche ans Bett gestellt. Haie hätte es gerne vermieden hineinzumachen, und wenn man pünktlich erschienen wäre, wäre das auch kein Problem gewesen. Nun aber hatte er doch in die Flasche pinkeln müssen, und das Zimmer war mittlerweile ganz von dem Uringeruch erfüllt.

»Wir hatten heute Morgen einen Notfall.«

»Notfall?«, hakte Haie sofort nach, als die Pflegerin ihn in die Senkrechte wuchtete und anschließend begann, seinen Pyjama aufzuknöpfen.

»Na, Notfall ist nicht richtig. Frau Lornsen ist leider heute Nacht entschlafen.«

Wieder eine Tote im Heim, fuhr es Haie wie ein Hammer durch den Kopf, der augenblicklich alle Alarmglocken in Gang setzte. Und diesmal die Frau seines Bettnachbarn aus dem Krankenhaus? Sollte Bernhard Lornsen mit seinen Vermutungen recht behalten?

»War sie krank?«

»Ja, schon länger haben wir mit ihrem Ableben gerechnet. Für sie war es wahrlich eine Erlösung.«

Monika Jensen holte den Waschwagen aus dem Flur und begann, Haie mit einem kalten, feuchten Lappen abzuseifen. Ihm war diese Behandlung mehr als unangenehm, aber er musste zugeben, dass er nicht in der Lage war, sich selbst zu versorgen. Die Aufstehaktion, die in Käferstellung ihr Ende fand, hatte ihm das mehr als deutlich gezeigt.

»Ja und woran ist sie gestorben?« Bernhard Lornsen hatte erzählt, seine Frau sei dement.

»Herzversagen, sagt der Hausarzt.«

Na, da hatte der Mediziner es sich vermutlich leicht und wahrscheinlich nicht einmal die Mühe gemacht, die Frau näher zu untersuchen, wenn sie bereits länger krank war, dachte Haie. Er hatte mal gehört, dass die wenigsten Ärzte, die einen Totenschein ausfüllten, die Leiche genauer untersuchten. Im Grunde genommen war ein Allgemeinmediziner auch gar nicht ausgebildet, eine Leiche auf Fremdeinwirkungen zu untersuchen. Daher gingen Rechtsmediziner davon aus, dass viele Mordfälle schlichtweg unerkannt blieben.

Vielleicht auch in diesem Fall, überlegte Haie. Doch was konnte er tun? Wahrscheinlich war die Leiche abtransportiert, und er selbst war nicht in der Lage, Anzeichen einer unnatürlichen Todesursache zu erkennen.

»So, nun geht es erst einmal zum Frühstück.« Monika Jensen hievte ihn in den Rollstuhl und schob los. Ihm blieb gar keine Zeit, Dirk erneut anzurufen, aber der hatte ohnehin gemeint, er würde später ins Heim kommen. Er musste nur versuchen, ihn abzufangen.

Traute Frerichs war mehr als aufgeregt. Sie saß in einem Plüschsessel, der zur Sofagarnitur gehörte, und knetete ihre Hände ineinander, während Thamsen und Rolfs ihr auf der Couch gegenübersaßen. »Wir werden uns bei Ihnen verstecken, und Sie müssen es schaffen, den Betrüger in die Wohnung zu locken.«

Die ältere Frau nickte mit geröteten Wangen. Dabei erinnerte sie Dirk an Haie. Apropos Haie, ins Heim musste er auch noch. Aber zunächst wollten sie Traute Frerichs instruieren und später bei der Geldübergabe den Täter dingfest machen. Um 15 Uhr hatte der angebliche Neffe den vermeintlichen Freund angekündigt.

»Versuchen Sie, ihn auf eine Tasse Kaffee einzuladen, oder notfalls soll er reinkommen, da sie das Geld im Schrank haben oder so. Lassen Sie sich etwas einfallen.« Auf den Kopf gefallen war Traute Frerichs schließlich nicht, was sich alleine darin zeigte, wie sie auf den Anrufer reagiert hatte. Gar nicht so schlecht, wenn sie zumindest in diesem Bereich den Husumern erste Ergebnisse präsentieren konnten, ohne dass deren Kampagne überhaupt angelaufen war. Die brauchte man in Niebüll und Umgebung augenscheinlich nicht, denn hier waren die Leute auf Zack – zumindest einige.

»Gut, wir sind gegen 14 Uhr hier.«

»Meinen Sie nicht, er beobachtet das Haus?« Traute Frerichs blickte ihn unsicher an.

»Das wäre möglich, aber glauben Sie denn, er hat Verdacht geschöpft? Wenn dem so wäre, kommt er vermutlich gar nicht. Wir können nur hoffen und warten.«

Die Stimmung beim Frühstück war nicht anders als zur Kaffeezeit oder beim Abendbrot. Haie fragte sich, ob die Leute überhaupt registrierten, wenn ein Mitbewohner verstarb. Immerhin waren nicht alle dement, aber vielleicht ergriff einen eine Art Gleichgültigkeit, wenn man längere Zeit im Heim lebte. Genießen konnte man sein Leben doch nicht mehr, oder?

Ihm graute bei dem Gedanken daran, dass auch er in solch einer Einrichtung landen könnte. Schließlich konnte er von Tom oder Niklas nicht erwarten, dass sie seine Pflege übernahmen. Und da er sonst niemanden hatte, was sollte er tun, wenn er nicht mehr alleine zurechtkam? Man sah es ja jetzt schon. Was, wenn keine Aussicht auf Besserung bestand? Oder er womöglich ähnlich tüddelig wie einige der Heimbewohner wurde. Was dann?

Es musste grausam sein, wenn man seine Erinnerungen, seine Persönlichkeit verlor. Er nahm sich vor, wenn er zu Hause war, mit Tom über diese Thematik zu sprechen. Vielleicht gab es ja Alternativen.

Nach dem Frühstück rollte er in die Sitzecke im Eingangsbereich, wo wie immer der Fernseher lief. Doch Haie interessierte sich nicht für das Geschehen auf der Mattscheibe, er behielt den Eingang im Blick, wollte Thamsen nicht verpassen.

19. KAPITEL

Elke Ketelsen klopfte an die Tür vom Krankenzimmer, doch drinnen blieb es ruhig. Sie öffnete die Tür einen Spalt und lugte hinein. Geschockt wich sie zurück. Haies Bett war leer und abgedeckt. Bereit für einen neuen Patienten, doch wo war Haie? Er war ja wohl kaum genesen? Oder?

Etwas zögernd trat sie ein. Bernhard Lornsen lag in seinem Bett und starrte an die Decke, nahm keine Notiz von ihr. »Entschuldigung?« Er klimperte mit den Lidern. Tot war er also nicht. Sie räusperte sich laut. »Hallo?«

Endlich drehte der Mann seinen Kopf zu ihr. Er hatte Tränen in den Augen.

»Ich möchte nicht stören, aber wo ist denn mein Exmann?« Sie deutete mit dem Kopf auf das leere Bett.

»Weg«, lautete die Antwort.

»Weg?«

»Ja, ins Heim des Todes.«

»Was?« Elke runzelte die Stirn, doch Lornsen nickte. »Entschuldigen Sie, aber meine Frau …«, seine Stimme versagte.

»Was ist mit ihr?«

»Gestorben, im Heim.«

»Und Haie ist in dieses Heim?« Die Sorge um den Exmann ließ sie ihre guten Manieren vergessen, und als Bernhard Lornsen ihre Frage bejahte, beeilte sie sich, aus dem Zimmer zu kommen.

»Und Sie glauben, wir schützen unsere Bewohner nicht vor solchen Betrügern? Das würden wir mitbekommen, wenn einer ausgenommen wird wie eine Weihnachtsgans. Darauf können Sie Gift nehmen«, fauchte Frau Nölting Thamsen über ihren Schreibtisch hinweg an. Und verstärkte dadurch seinen Eindruck, einen Drachen vor sich zu haben. Es war mehr als ersichtlich, dass sie diese Unterstellung ungeheuerlich fand.

»Na, bei Gustav Nissen haben Sie nicht mitbekommen, dass der einen Scheck über 5.000 Euro ausgestellt hat, oder?«

»Der war ja auch klar im Kopf. Hatte lediglich körperliche Probleme, da übernehmen wir ohnehin diese Angelegenheiten nicht, obwohl wir es ihm angeboten haben.«

»Und bei wie vielen Bewohner kümmern Sie sich um die finanziellen Dinge?«

»Ich schätze, bei circa 70 Prozent. Um das genau zu sagen, müsste ich nachschauen.« Sie blickte ihn provokant an, doch Dirk winkte ab. Die genaue Zahl half ihm nicht weiter.

»Ist das üblich in Ihrer Branche?«

Frau Nölting zuckte mit den Schultern. »Wir sehen das als eine Art Dienstleistung.«

Tolle Dienstleistung, dachte Thamsen. Sich um das Geld anderer Leute kümmern und hier und da vermutlich etwas abzwacken. Was geschah eigentlich mit dem Vermögen eines Bewohners, wenn es keine Angehörigen gab? Das ging an den Staat, oder?

Aber die Heimleiterin hatte zumindest einen guten Überblick, bei wem etwas zu holen war und bei wem nicht. Und wer sagte denn, dass nicht auch der eine oder andere Mitarbeiter einen Blick in die Unterlagen warf? Egal, ob es um Betrug oder die Zahlung für eine Sterbehilfe ging, aus den Auszügen war ersichtlich, bei wem es sich lohnte – in beiden Fällen.

Aber im aktuellen Fall war das laut Aussage Frau Nöltings nicht relevant, denn Gustav Nissen hatte den Scheck selbst ausgestellt. Zumindest stimmte die Unterschrift überein, und er hatte eines seiner Formulare verwendet. Fraglich blieb, ob er gezwungen worden war, den Scheck auszustellen. Oder aber doch nach einer Sterbehilfe verlangt hatte?

»Und Sie sind sich sicher, dass Gustav Nissen keinen weiteren Besuch in der letzten Zeit hatte?«

»Ganz ausschließen kann ich das natürlich nicht, aber wenn vom Pflegepersonal niemand etwas gesehen hat ...«

Komisch, irgendwie musste der unterschriebene Scheck das Heim verlassen haben. Ob doch der Sohn etwas damit zu tun hatte?

Ansonsten blieben nur die Mitarbeiter des Heims. Diesen Gedanken behielt er lieber für sich, denn er wollte den fauchenden Drachen nicht noch mehr zum Dampfen bringen.

»Gut, dann höre ich mich beim Personal um.« Thamsen stand auf.

Die Heimleiterin verzog sauer die Miene zu einem Lächeln. »Tun Sie das.«

»Haie!« Er fuhr herum und sah seine Exfrau durch die Eingangstür auf den Sitzbereich zustürmen.

Auch das noch. Das passte ihm so gar nicht. Hatte er Dirk doch vor wenigen Minuten das Heim betreten sehen und wartete nun darauf, dass er mit ihm sprechen konnte. Der neue Todesfall machte ihn mehr als nervös. Ausgerechnet die Frau von Bernhard Lornsen. Als wenn der es vorausgesehen hätte. Das konnte kein Zufall sein.

Elke steuerte schnurstracks auf ihn zu, blieb dann abrupt stehen. Verlegen schaute sie sich um, doch die anderen Bewohner hatten sich wieder dem Fernseher zugewandt.

»Was machst du hier?«

»Na, schau mich an. So komme ich wohl kaum alleine klar.« Auf keinen Fall wollte er ihr von seinem Undercovereinsatz erzählen.

Elke stemmte die Hände in die Hüften. »Und was macht Tom?«

»Arbeiten.«

»Und wo ist Niklas?«

»Bei einem Freund.«

»Ihr hättet ja auch mich ...« Demonstrativ schob sie ihre Unterlippe vor.

»Aber du musst doch auch arbeiten.«

Elke hatte zwar nur einen Teilzeitjob, aber der kam Haie in dieser Situation als Ausrede gerade recht. Nie und nimmer hätte er Elke gefragt, ob sie sich um ihn kümmern würde. Unweigerlich musste er an die peinliche Waschaktion am Morgen denken.

»Außerdem ist es nur vorübergehend. Woher weißt du eigentlich, dass ich hier bin?«

Haie tippte auf Helene. Bestimmt hatte sich bis zu ihr längst herumgesprochen, dass er ins »Olenglück« verlegt worden war. Elke erzählte jedoch von ihrem vorangegangenen Besuch im Krankenhaus und von Bernhard Lornsen. »Dessen Frau ist übrigens verstorben.«

»Ich weiß«, entgegnete Haie und blickte über Elkes Schulter hinweg den Gang entlang. Wo Dirk nur blieb? Er musste dringend mit ihm über die Tote sprechen. Was, wenn auch sie ermordet worden war? War es dann nicht eine Frage der Zeit, bis der nächste Bewohner an der Reihe war?

Thamsen hatte sich im Aufenthaltsraum einen Kaffee einschenken lassen und unterhielt sich mit einem der Pfleger. »Also mir ist nichts aufgefallen. Da müsste ja dann eine fremde Person aufgetaucht sein, wenn der Sohn den Scheck nicht erhalten hat.« Christian Mohr rührte in seiner Kaffeetasse. Für einen Mann trug er erstaunlich viele Ringe, stellte Thamsen fest, aber er hatte, was das anging, eine altmodische Vorstellung, trug nicht einmal den Freundschaftsring, den Dörte ihm zu ihrem ersten Jahrestag geschenkt hatte. »Der stört mich bei der Arbeit«, hatte er ihr erklärt, als er den Ring in ihr Schmuckdöschen im Badezimmer gelegt hatte.

»Kontrollieren Sie nicht die Besucher, die reinkommen?«

»Die meisten kennen wir, und wie gesagt, ansonsten wäre ein total Fremder auf jeden Fall aufgefallen.«

Thamsen fuhr sich übers Kinn. Bedeutete das, der Täter war ein Bekannter, jemand, der Tag für Tag ein und aus ging? Zum Beispiel ein Angestellter? Dirks Blick wanderte zu Herrn Mohr, der nach wie vor in seiner Tasse rührte. Wie konnte er das herausfinden? Da würde er wohl Haie drauf ansetzen müssen. Er stand auf, bedankte sich für den Kaffee und ging den Gang entlang. Als er Elke bei Haie sitzen saß, stoppte er kurz.

Auch das noch. So würde er nicht unbemerkt mit Haie sprechen können. Dass diese Frau aber auch nicht aufgab. Ganz im Gegenteil, in der letzten Zeit hatte er den Eindruck, als wanze sie sich an Haie ran. Der Freund musste ihr unmissverständlich klarmachen, dass er nichts mehr von ihr wollte, sonst würde er Elke nie loswerden.

Allerdings war er selbst nicht unbedingt ein Held, wenn es um das Vermitteln schlechter Nachrichten ging. Er verdrückte sich nur zu gern, wenn es um unangenehme Gespräche ging. Da sollte er sich mit Ratschlägen besser zurückhalten. Er wartete eine Weile, doch Elke schien es nicht eilig zu haben. Sie hatte sich in einem Sessel neben Haie niedergelassen und redete ununterbrochen auf ihn ein. Was es wohl so Wichtiges zu erzählen gab? Er stöhnte und schaute auf seine Uhr. Hm, beinahe Mittag. Die Zeit drängte, denn in spätestens zwei Stunden mussten sie bei Frau Frerichs sein. Er beschloss, in die Dienststelle zu gehen und den Freund später anzurufen.

Rolfs hatte bereits Mittag gegessen und spülte sein Geschirr, als Dirk in die Gemeinschaftsküche trat. »Und was Neues im Heim?«

Thamsen schüttelte den Kopf. »Angeblich ist dort alles in bester Ordnung.«

»Das kann ja nicht sein, wenn ein Bewohner ermordet wird«, entfuhr es Ansgar.

»Und hier?«

»Auch nichts. Die Spusi versucht, die Spuren vom Wagen und die Fußabdrücke mit einem Fabrikat abzugleichen, aber das gestaltet sich schwierig, da die Profile durch den aufgeweichten Boden schlecht sind. Und sonst haben wir ja nichts.«

»Was könnte uns weiterhelfen?«, murmelte Thamsen, während er den Kühlschrank öffnete und nach etwas Essbarem suchte.

»Vielleicht haben wir Glück und der Enkeltrickbetrüger von Frau Frerichs ist derselbe, der von Gustav Nissen 5.000 Euro ergaunert hat.«

»Das wäre toll, aber wir dürfen uns nicht so sehr darauf fixieren. Das können unterschiedliche Fälle sein. Ich habe eher den Eindruck, der Täter ist im Heim zu finden.«

»Hat dein Bekannter etwas rausgefunden?«

Dirk hob die Schultern. »Hatte noch keine Gelegenheit, unbemerkt mit ihm zu sprechen. Aber als Pfleger kommt man an die Leute einfacher ran als am Telefon. Das Personal baut eine persönliche Beziehung zu den älteren Leuten auf, wer weiß, was einer Gustav Nissen erzählt hat.«

»Und du meinst, einer Pflegeperson hätte Gustav Nissen eher Geld gegeben als seinem Sohn?«

»Schon, oder hattest du das Gefühl, Olaf und Gustav Nissen hatten eine enge Vater-Sohn-Beziehung?«

»Nee, meiner Ansicht nach hatten die gar keine Beziehung.«

»Siehst du, und vielleicht hat Gustav Nissen sich gedacht, bevor sein missratener Sohn seine Kohle erbt, gibt er sie lieber jemandem, den er mag.«

»Aber wenn der Sohn dahintergekommen ist, hat der vermutlich doch etwas mit dem Mord zu tun. Immerhin war der erst neulich im Heim. Und ein berauschendes Alibi hat er auch nicht.«

Außerdem war Geldgier immer ein gutes Motiv, befand Thamsen. »Haben wir von dem Sohn die Finanzdaten?«

»Schon, aber da ist nichts Auffälliges. Nicht reich, aber auch keine übermäßigen Schulden.«

»Hm, gut, ich rufe meinen Bekannten an, dann machen wir uns auf den Weg.«

Er wählte die Handynummer von Haie, doch da meldete sich keiner. Wahrscheinlich ließ Elke sich nicht abwimmeln, dachte Dirk und legte seufzend auf.

Elke war zwar gegangen, als die Bewohner zu Tisch gingen, aber anschließend war Haie derart erschöpft gewesen, dass er auf sein Bett gesunken und eingeschlafen war. Das Handyläuten hatte er nicht gehört, so tief war er eingeschlummert – und das, obwohl er sonst nie einen Mittagsschlaf machte.

Nun aber weckte ihn ein Geräusch. Schlaftrunken öffnete er die Augen und brauchte einen Moment, ehe er begriff, wo er sich befand. Er hörte ein Klacken, woraufhin er den Kopf in die Richtung, aus der das Geräusch kam, wandte. Eine Person im weißen Kittel stand vor seinem geöffneten Schrank.

»Hallo?«, krächzte er mit belegter Stimme. Die Pflegerin fuhr herum.

»Oh, Sie sind wach?«, fragte Doreen Nottelmann und sah ihn dabei mit weit aufgerissenen Augen an.

»Ja?« Er musterte sie von oben bis unten.

»Ich wollte, ähm ...« Anscheinend suchte sie nach einer Ausrede. »Sie sind ja direkt aus dem Krankenhaus zu uns gekommen, und ich wollte Ihre Sachen kontrollieren, ob es was zum Waschen gibt.«

»Zum Waschen?«

»Na klar, das müssen wir, und da morgen Waschtag ist ...« Sie lächelte verschmitzt.

Das klang zwar plausibel, aber wirklich glauben tat Haie ihr nicht.

»Warum haben Sie mich nicht einfach gefragt?«

»Weil Sie doch schliefen.«

»Und wenn Sie mich geweckt hätten?«

»Hören Sie«, wurde sie plötzlich energisch, »ich wollte nur nett sein, aber bitte, das nächste Mal poltere ich gerne rein.« Sie knallte die Schranktür zu und funkelte ihn an.

Da man ohnehin keine Privatsphäre zu haben schien, war das für Haie keine Drohung. Doch er ließ die Sache auf sich beruhen, wollte nicht zu sehr auffallen, aber Dirk würde er die Angelegenheit erzählen. Mal sehen, was der davon hielt.

»Soll ich Ihnen in den Rollstuhl helfen?« Haie nickte.

Als die Pflegerin aus dem Raum war, nahm er sein Handy aus der Schublade und rollerte damit aus dem Heim hinaus. Er brauchte dringend frische Luft. Etwas abseits versuchte er, Dirk zu erreichen, aber da meldete sich nur die Mailbox.

20. KAPITEL

Traute Frerichs wirkte nervös; Thamsen befürchtete, durch ihr Verhalten würde die ganze Sache auffliegen. Das sah quasi ein Blinder mit 'nem Krückstock, dass die etwas im

Schilde führte. Daher versuchte er, beruhigend auf die Frau einzureden.

»Wir sind gleich nebenan. Es kann gar nichts passieren.«
Traute Frerichs hatte den Kaffeetisch gedeckt und sogar einen Kuchen besorgt. Alles stand bereit, sie brauchten nur zu warten.

Pünktlich um drei klingelte es an der Tür. Frau Frerichs wischte sich die feuchten Handflächen an ihrem Karorock ab und trippelte los, während Thamsen und Rolfs in die Abstellkammer gegenüber vom Wohnzimmer verschwanden, wo sie zusammengepfercht standen und dem Geschehen im Flur lauschten.

Die Stimme des Mannes kam Dirk nicht bekannt vor, und auch Rolfs schüttelte sofort nach Beginn des Wortwechsels den Kopf. Allerdings klang der Besucher nicht nervös, im Gegensatz zu Frau Frerichs. Es war ihnen sofort klar, der Kerl machte das nicht zum ersten Mal. Doch Frau Frerichs schien sich schnell zu fangen. Ziemlich bestimmt sprach sie ihre Einladung zu Kaffee und Kuchen aus, sodass der Besucher sich nicht traute, Nein zu sagen. Lediglich, dass er wenig Zeit habe, merkte er an. Sie hörten Schritte über den Flur näher kommen, dann bogen die beiden ins Wohnzimmer ab. Frau Frerichs kündigte an, den Kaffee aus der Küche zu holen. Dirk versuchte sich, so gut es ging, zu bücken und einen Blick durch das Schlüsselloch zu werfen. Er sah den Mann vor der Anrichte stehen und sich neugierig umblicken. Dirk hatte den Typen noch nie gesehen. Jedenfalls nicht bewusst.

Traute Frerichs kam mit der Kaffeekanne in der Hand zurück und bot dem Besucher an, Platz zu nehmen. »Und, woher kennen Sie Andreas?«, fragte sie, während sie einschenkte. Mittlerweile hatte die alte Dame sich gut im Griff.

»Von der Uni.«

»Ach ja, haben Sie auch Ingenieur studiert?«

Man hörte nichts, da der Mann anscheinend nickte, dafür zog der Kaffeeduft in die Kammer. Das roch nach einem sehr guten Kaffee, solch einem, den seine Mutter stets für ihn aufbrühte. Thamsen atmete tief durch die Nase ein.

Sie hörten das Klimpern der Teelöffel beim Umrühren, dann räusperte sich der Kerl. »Schön haben Sie es hier.«

»Ach ja, ich kann nicht klagen.« Es entwickelte sich ein belangloses Gespräch über das Wetter, die Umgebung und dass früher scheinbar alles besser war. Gekonnt ging der Mann auf Traute Frerichs ein.

Thamsens Gedanken schweiften für einen Moment zu seiner Mutter. Früher alles besser? Das traf auf seine Familie nicht zu. Klar, war er heute auch nicht mit allem zufrieden, aber als sein Vater noch lebte, war es seiner Mutter in seinen Augen definitiv schlechter ergangen. Hans Thamsen war ein wahrer Tyrann gewesen und seine Mutter nach dessen Tod geradezu aufgelebt.

Zwar reiste sie nicht mehr so viel und so weit wie in den ersten Jahren als Witwe, aber sie ließ es sich gut gehen. Sie konnte es sich leisten, denn sein Vater war ein Geizhals gewesen, was sich heute für Magda Thamsen auszahlte. Er sollte mit ihr auch über diese Betrüger sprechen. Nicht, dass er glaubte, seine Mutter könne darauf reinfallen – da war Magda Thamsen ähnlich auf Zack wie Frau Frerichs –, aber sicher war sicher.

Draußen wurde es lauter. Der Mann war aufgestanden und deutete an, gehen zu müssen.

»Ja, also ...« Traute Frerichs stand ebenfalls auf und drehte sich um. Der Mann folgte ihrem Blick und kapierte sofort. Schnell nahm er seine Jacke, die er über den Stuhl gehängt hatte, und versuchte, zum Ausgang zu fliehen. Doch Thamsen war schneller. Ehe der Betrüger an der Abstellkammer vorbei war, stieß er die Tür auf, und der Kerl prallte mit voller Wucht gegen das Holz, taumelte zurück und stürzte rücklings.

Etwas benommen blickte der am Boden liegende Mann ihn an, während Ansgar sich hinunterbeugte, die Handschellen zuschnappen ließ und den Festgenommenen über seine Rechte aufklärte.

Langsam, aber sicher wurde Haie nervös. Er hatte mehrmals versucht, Thamsen zu erreichen, aber da meldete sich stets nur die Mailbox. In seiner Verzweiflung rief er Tom an.

»Haie? Was gibt's?«

Haie berichtete von dem weiteren Todesfall.

»Hat Bernhard Lornsen wohl doch recht gehabt, was?«, murmelte Tom. Er verspürte ein seltsames Gefühl in der Magengegend, dessen Druck sich verstärkte, als Haie von dem seltsamen Zwischenfall in seinem Zimmer erzählte.

»Hast du Dirk angerufen?«

»Den erreiche ich nicht.«

»Gut, lass das Handy an, ich versuche es auch. Wenn dein Einsatz zu heikel wird, holen wir dich raus.« Tom machte sich ernsthaft Sorgen, zumal Haie sich in seinem Zustand kaum wehren konnte.

Das war Haie natürlich bewusst, trotzdem war er neugierig wie Bolle, und da er sich alleine nicht wohlfühlte in seinem Zimmer, rollte er wieder in die Sitzecke im Eingangsbereich. Der Platz schien sein Stammplatz zu werden. Hier bekam er am meisten mit, hatte er festgestellt, zum Beispiel, wer das Heim betrat und es verließ.

In diesem Moment gab es einen Schichtwechsel. Zum Abendessen kam der Spätdienst. Haie sah zwei Pflegerinnen in den Eingang eilen. Viel Personal gab es ohnehin nicht für die Bewohner, obwohl das zunächst anders auf ihn gewirkt hatte. Aber im Prinzip war er mehr oder weniger sich selbst überlassen, hatte er den Eindruck.

Plötzlich erblickte er Jutta Schlüter, die anscheinend Schwierigkeiten hatte, geradeaus zu gehen. Haie rieb sich die Augen. Kam es ihm nur so vor, dass die Frau torkelte? Nein, sie war sichtlich alkoholisiert. Doch ehe er reagieren konnte, kam eine Kollegin dazu. »Reiß dich zusammen«, zischte sie die Schlüter an und zog sie mit sich fort.

Haie konnte sich vorstellen, dass der Pflegeberuf kein leichter Job war. Da bekam man viel Leid und Elend zu Gesicht. Es würde ihn nicht wundern, wenn mehrere Angestellte versuchten, mit Alkohol oder Tabletten gegen den psychischen Druck anzuarbeiten. Er hatte im Fernsehen eine Dokumentation über Alkohol- und Tablettenmissbrauch in diesen Branchen gesehen. Selbst Ärzte waren davon betroffen. Dennoch war dies eine Beobachtung, über die er mit Dirk auf jeden Fall sprechen sollte. Er schielte auf sein Handy, aber da tat sich nach wie vor nichts.

»So, und Sie sind sich sicher, dass Sie nur Kaffeetrinken wollten mit Frau Frerichs?«

Thamsen blickte auf den Mann, der nickend vor ihm auf dem Stuhl saß. Der Kerl war gewieft, hatte ohne Anwalt kein Wort sagen wollen, und seit der Advokat dazugekommen war, leugnete er, überhaupt vorgehabt zu haben, Geld von Frau Frerichs zu nehmen.

Stattdessen behauptete er, ehrenamtlich als Seniorenbetreuer tätig zu sein, und hatte hinter vorgehaltener Hand Thamsen zugeflüstert, dass Traute Frerichs an Demenz leide und sich vermutlich irgendetwas zusammengereimt hatte.

Beweise hatte Thamsen leider keine, und die Version, die Mark Lüneburg erzählte, klang nicht weniger plausibel als die von Frau Frerichs, daher musste er den Mann nach einer Weile laufen lassen.

»So ein Mist!« Dirk schlug mit der Faust auf den Schreibtisch, um seinem Ärger Luft zu machen. Rolfs, der gerade das Büro betrat, zog unweigerlich den Kopf ein.

»Jetzt fangen wir von vorne an. Dabei wissen wir ganz genau, dass der Typ ein Enkeltrickbetrüger ist und vielleicht sogar im Heim seine Finger im Spiel hat. Verdammt noch mal!«

»Was ist denn mit deinem Kontakt im Heim?«

»Ja«, schnaubte Thamsen, »den muss ich jetzt anrufen.« Er blickte auf die Uhr. Er hatte Dörte versprochen, Lotta heute ins Bett zu bringen, aber dann musste die Kleine wohl eine Viertelstunde später schlafen gehen.

Er wählte Haies Nummer, der sich schon nach dem ersten Klingeln meldete. »Dirk, endlich!« An der Stimme konnte Thamsen hören, dass etwas nicht stimmte.

Haie erzählte im Flüsterton von dem Todesfall, der Durchsuchung seines Schrankes und der angetrunkenen Mitarbeiterin.

»Ja, das von dem Todesfall habe ich gehört. Aber laut Frau Nölting war die Frau alt und krank, oder?«

»Die Tote ist die Frau von meinem Bettnachbarn im Krankenhaus.«

»Und?«

»Na, der hat doch gesagt, dass die Bewohner im ›Olenglück‹ sterben wie die Fliegen.«

»Aber wenn die Frau alt und krank war? Nicht jeder Todesfall bedeutet automatisch einen Mordfall. Oder hast du Angst, willst du die Aktion lieber abblasen?«

»Nein, nein, ich bleibe.«

In der Nacht tat er kaum ein Auge zu. Er lauschte in die Dunkelheit und nahm jedes Geräusch wahr, bis er schließlich doch eingeschlafen sein musste, denn als er von einem Poltern geweckt wurde und auf die Uhr blickte, war es weit nach drei Uhr.

Er hörte Schritte auf dem Gang, dann Glas zerspringen und laute Stimmen, aber er verstand nicht, was geredet wurde.

»Hallo?«, versuchte er, rufend auf sich aufmerksam zu machen, dann drückte er den Notfallknopf.

»Was ist denn?« Die Pflegerin der Nachtschicht riss forsch die Tür auf. Im schummrigen Licht der Notbeleuchtung im Flur sah er Jutta Schlüter an die Wand gelehnt. Wahrscheinlich war sie es, die den Lärm verursacht hatte, denn sie wirkte völlig abwesend.

»Ist alles in Ordnung?«, erkundigte Haie sich.

»Was soll denn nicht in Ordnung sein? Außer, dass Sie nicht schlafen?« Mit einem Ruck wurde die Tür geschlossen. Angestrengt lauschte Haie in die Dunkelheit, doch es blieb still.

Sein Herz klopfte bis zum Hals, er war sich sicher, dass nicht alles in Ordnung war, und dieses Gefühl sollte sich wenige Stunden später bewahrheiten.

21. KAPITEL

Die Presse hatte nicht nur von dem Mord an Gustav Nissen Wind bekommen und darüber ausführlich berichtet, sondern auch die weiteren Todesfälle, die sich in dem Heim zu häufen schienen, waren von den Journalisten nicht unentdeckt geblieben. Thamsen, der den Frühstückstisch gedeckt hatte und dann die Zeitung hereinholte, sprang die Schlagzeile förmlich an.

›Geht ein Todesengel um?‹

Er schüttelte den Kopf und las die folgenden Zeilen, in denen ausführlich über die aktuellen Todesfälle und die hohe Sterberate in dem Heim »Olenglück« berichtet wurde.

Dass es für einen Todesengel recht ungewöhnlich war, eine Leiche in einem Forststück zu entsorgen, erwähnte der Verfasser des Berichtes zwar mit keinem Wort, dafür schlug er einen Bogen zu einem möglichen finanziellen Motiv und stellte mit seiner These, die Leute hätten für ihr Sterben bezahlt, gleich die Diskussion um aktive Sterbehilfe in den Mittelpunkt seines Berichtes.

Dirk hatte sich bisher wenig mit dem Thema auseinandergesetzt. Wie mit vielen anderen Dingen nicht, die dieser Fall beinhaltete – beispielsweise das Alter und die Pflege. Er war sich bewusst, dass ihn all dies schneller einholen würde, als er es sich vorstellte, und das nicht nur aufgrund der Ermittlungen. Seine Mutter war schließlich in einem kritischen Alter. Unvermittelt beschloss er, sie heute zu besuchen.

Dörte schlurfte in die Küche und strich ihm über das Haar. Sie hielt in der Bewegung inne. »Hier hinten wird dein Schopf ganz schön licht.« Dirk zog ihre Hand weg. Er hatte selbst die leicht durchschimmernde Kopfhaut im Spiegel bemerkt. Noch ließ sich die Stelle durch sorgfältiges Kämmen verstecken, aber lange sicherlich nicht mehr.

Dörte warf einen Blick auf das Zeitungsblatt.

»Euer Fall?«

»Ja, ganz schön haarig«, grinste er sie an.

Wenig später fuhr er in die Dienststelle und trommelte die Mitarbeiter zu einer Besprechung zusammen.

»So, lasst uns die nächsten Schritte planen. Wer macht was?« Er blickte erwartungsvoll in die Runde, wenngleich er wusste, dass ihnen wenig neue Ansätze blieben. Im Prinzip hatten sie in Bezug auf Gustav Nissen bereits das Wesentliche durch: Heim, Familie, Bank.

»Wir müssten die Stellung halten, wegen der Anrufe aus der Enkeltrickbetrügerkampagne«, merkte Martin Liedtke an. Er war neu im Team, doch schnell war Thamsen aufgefallen, dass er sich im Innendienst am wohlsten fühlte.

»Hat sich da etwas ergeben?«

Der junge Kollege schüttelte den Kopf. »Aber die Kampagne ist ja erst angelaufen. Das geht bestimmt bald los mit den Anrufen.«

»Okay«, stimmte Dirk zu. Solange sie keine konkrete Spur hatten, mussten sie jede Möglichkeit in Betracht ziehen und konnten einen betrügerischen Hintergrund im Fall Gustav Nissen nicht ausschließen. Vielleicht war der Mann einem Betrüger aufgesessen – eventuell sogar einem Mitarbeiter aus dem »Olenglück«. Was, wenn Gustav Nissen gedroht hatte, den Betrug auffliegen zu lassen? Hatte er darüber mit seinem Sohn sprechen wollen? Was, wenn die beiden das Geld zurückgefordert hatten? Waren dem Betrüger die Sicherungen durchgebrannt und er hatte Gustav Nissen erstickt? Aber wieso hatte Olaf Nissen darüber nichts ausgesagt? Weil er froh über das Ableben des Vaters war? Hatte er gar selbst …?

»Dirk?« Die anderen in der Runde blickten ihn schweigend an.

»Ja?«

»Ist es okay, wenn ich ins Krankenhaus gehe, um mit Bernhard Lornsen zu sprechen? Der hatte Bedenken in Bezug auf das Heim geäußert – und nun ist seine Frau verstorben. Eventuell hat der konkrete Hinweise oder zumindest Vermutungen?«

»Ja, ist gut«, stimmte Thamsen zu. »Ich spreche mit dem Sohn und der Schwiegertochter. Ich möchte wissen, warum Gustav Nissen seinen Sohn zu einem Gespräch gebeten hat.«

Die anderen nickten zustimmend. »Egal, ob Betrug oder Sterbehilfe. Ich denke, der Schlüssel zur Lösung des Falls ist im Heim zu finden. Haben wir die Daten von dem Mark Lüneburg kontrolliert?«

»Stimmt alles«, gab Rolfs Auskunft. »Der hat, wie es aussieht, tatsächlich nie im Pflegebereich gearbeitet.«

»Was nicht heißt, dass er keine Leute im Heim abgezockt hat«, bemerkte Thamsen.

»Aber da wäre der doch aufgefallen, wenn der rein- und rausspaziert wäre, oder?«

Dirk dachte an das Gespräch mit Christian Mohr, an die anderen Mitarbeiter im Heim und an Haies Beobachtung der angetrunkenen Pflegekraft. »Da wäre ich mir nicht so sicher.«

»Also behalten wir den im Auge?«

Ehe Thamsen Rolfs antworten konnte, unterbrach ein Klopfen an der Tür die Besprechung.

»Hallo?« Eine schmale Brünette steckte ihren Kopf durch den Spalt der geöffneten Tür.

»Ja?«, antworten die Anwesenden im Chor, während alle Blicke auf die Frau gerichtet waren, die daraufhin leicht errötete.

»Ich suche Kommissar Thamsen?«

Dirk schnellte von seinem Platz hoch. »Das bin ich!«

Da er nicht wusste, in welcher Angelegenheit die Besucherin ihn sprechen wollte, führte er sie in sein Büro. Nicht, ohne vorher die Besprechung für beendet zu erklären und seinen Mitarbeitern ein »An die Arbeit« mit auf den Weg zu geben.

»Nehmen Sie Platz. Möchten Sie einen Kaffee?«

»Nein, nein«, lehnte sie schnell ab und setzte sich auf den Stuhl vor seinem Schreibtisch.

»Was kann ich für Sie tun?« Thamsen nahm ebenfalls Platz und betrachtete die scheuen Rehaugen, die ihn zögernd anblickten. »Nun ja, also, es ist so, ich habe diesen Artikel heute in der Zeitung gelesen …«

Thamsen seufzte innerlich. Hätte er sich denken können, dass die Presse die Bevölkerung aufgescheucht hatte.

»Und?«

»Meine Mutter ist vor sechs Monaten verstorben.«

»Mein Beileid«, äußerte er, obwohl er sich unsicher war, ob das nach solch einem Zeitraum angebracht war.

»Danke, aber weshalb ich hier bin: Sie hat auch im ›Olenglück‹ gelebt.«

Oje, dachte Dirk, ob aufgrund des Artikels nun jeder Todesfall verdächtig wird? Nicht, dass die Angehörigen aus jedem Sterbefall einen Mord machten. Dann kam vermutlich mehr Arbeit auf sie zu, als sie verkraften konnten.

Zum Glück hatte er keine Pressekonferenz abgehalten und Infos an die Medienleute gegeben, ansonsten hätte ihn der Drache wohl verklagt, denn der Artikel war mehr als rufschädigend.

»Und?«, fragte er trotzdem vorsichtig nach.

»Ihr Tod kam ganz plötzlich. Es ging ihr gut, sie war rüstig.«

»Warum war sie dann überhaupt im Heim?«

Die junge Brünette strich über ihre Hosenbeine. »Als mein Vater gestorben ist, fühlte sie sich einsam in dem Haus. Ich hatte ihr angeboten, zu uns zu ziehen, doch sie wollte uns nicht zur Last fallen.« Sie lächelte leicht, ehe sie weitersprach.

»Eigentlich hatte ich den Eindruck, dass es ihr in dem Heim gefiel, aber dann rief sie eines Tages an und erzählte seltsame Dinge.«

»Was für Dinge?« Langsam wurde Thamsen hellhörig.

Sie blickte auf. Traurigkeit sprach aus ihrem Blick, und Thamsen hatte Mitleid mit der jungen Frau.

»Zunächst behauptete sie, dass Sachen weggekommen seien. Wertgegenstände. Ihre Uhr, ein paar Ohrringe, dann Geld. Ich sprach mit meinem Mann darüber, der annahm, meine Mutter würde vergesslich werden und hätte die Sachen nur verlegt. Er konnte sich nicht vorstellen, dass in einem Heim geklaut wurde.«

»Warum nicht?«

»Das habe ich ihn auch gefragt, aber Björn hat gemeint, das würde sich rumsprechen.«

»Da hatte er sicherlich recht«, stimmte Thamsen zu, überlegte aber, wer den alten Leuten glauben würde. Vielleicht war ein Heim gerade besonders gut geeignet, um zu stehlen. Der Dieb würde sich immer rausreden können, die Bewohner hätten die Sachen verlegt oder sich gegenseitig beklaut. So wie es das Personal aktuell tat. Plötzlich erschien Haies Beobachtung in einem anderen Licht. Vielleicht hatte die Pflegerin tatsächlich nicht nach Schmutzwäsche, sondern Haies Wertgegenständen gesucht.

Sein Gegenüber räusperte sich. »In den letzten Wochen hatte ich den Eindruck, als habe sie Angst. Björn meinte zwar, es sei nicht unüblich bei Alzheimer oder Demenz, wenn die Patienten sich vor allem und jedem fürchteten, aber trotzdem überlege ich seit ihrem Tod, ob nicht doch etwas anderes dahintersteckte. Erst recht nach dem Artikel in der Zeitung.«

»Hat Ihre Mutter gesagt, wovor sie Angst hatte?«

»Nein«, schüttelte die junge Frau ihren Kopf. »Leider nicht. Aber ein paar Tage später war sie tot. Angeblich Herzversagen, hat der Arzt gesagt, dabei hat sie es nie mit dem Herzen gehabt. Und keinen Bluthochdruck oder irgendetwas.«

»Und Sie haben das geglaubt?«

»Was hätten wir sonst tun sollen?«

22. KAPITEL

Haie wachte auf, als erste Lichtstrahlen durch die Vorhänge fielen. Er war irgendwann eingeschlafen, hatte aber wegen der späten Uhrzeit länger als gewöhnlich geschlafen. Und niemand hatte ihn geweckt. Er drehte den Kopf und erschrak, es war bereits nach neun Uhr. Plötzlich spürte er einen Harndrang und fingerte nach der Urinflasche. Doch da war keine. Mist, er drückte den Notfallknopf, doch es dauerte eine halbe Ewigkeit, bis sich etwas tat. Er konzentrierte sich angestrengt darauf, nicht ins Bett zu machen, als Monika Jensen den Kopf zur Tür hereinsteckte. »Wieso liegen Sie denn noch im Bett?«

»Ich muss mal.«

Schnell war die Frau an seiner Seite, blickte sich suchend um. »Oh«, entfuhr es ihr, dann wuchtete sie Haie aus dem Bett, schob ihn ins Bad und setzte ihn auf die Kloschüssel, wobei sie wahre Kraftakte vollbrachte. Das sind die Helden unserer Gesellschaft, fuhr es Haie durch den Kopf, als er sich endlich erleichtern konnte, und nicht irgendwelche Fußballspieler oder Musikstars.

»Dann kann ich Sie gleich waschen«, entgegnete die Pflegerin mit resoluter Stimme und begann, Haie nackig zu machen.

»Was ist nur los, dass Sie mich vergessen haben? Frühstück ist fast durch.«

»Das stimmt allerdings.«

Wie auf Kommando knurrte sein Magen. »Aber ich organisiere Ihnen etwas, versprochen.«

Mit dem Seifenlappen fuhr sie über sein Gesicht, wusch den Hals und arbeitete sich weiter abwärts. Haie schwieg.

»Tja, in der Nachtschicht ist eine Schwester umgekippt und konnte sich daher nicht um einen Notfall kümmern.«

Sofort erinnerte sich Haie an die alkoholisierte Frau. »Notfall?«

»Ja, Frau Fritsche aus der Fünf litt unter Atemnot und musste beatmet werden. Leider hat sie es nicht geschafft.«

»Was?«, entfuhr es Haie. Monika Jensen schüttelte den Kopf, während sie Haie half, in seine Jogginghose zu schlüpfen. »Ein wenig mithelfen müssen Sie schon«, forderte sie, doch Haie fühlte sich wie gelähmt. Wieder ein Todesfall. Das konnte nicht wahr sein. Hier ging etwas ganz und gar nicht mit rechten Dingen zu.

Die übermäßig vielen Sterbefälle im Pflegeheim machten schnell die Runde. Als Elke an diesem Vormittag im Supermarkt in der Dorfstraße ein paar Besorgungen machte, sprach man an der Kasse über nichts anderes. »Habt ihr gehört, da ist wieder eine tot.«

Elkes Herz setzte aus. »Echt, wer denn?«

»Die Fritsche«, gab Helene beinahe triumphierend Auskunft. Sie genoss es stets, mehr als andere Leute im Dorf zu wissen.

»Aber die war schon alt«, versuchte ein grauhaariger Mann in Schaffellweste, Helene den Wind aus den Segeln zu nehmen.

»Mag sein, aber die war noch rüstig. Hat die Gegend ums Heim mit ihrem Rollator unsicher gemacht, habe ich gehört.« So schnell gab Helene sich nicht geschlagen.

»Na, und gestern ist erst die Frau vom Lornsen gestorben, obwohl die ja krank und datt wahrscheinlich auch besser so war«, lenkte die Kaufmannsfrau ein.

Elke stand wie versteinert vor dem Kassenband. Sie war schockiert, wie man in der Öffentlichkeit über den Tod der Leute sprach, und verfolgte stumm das Gerede.

»Tja da sieht man, auch wenn man Geld hat, wird man deshalb nicht unbedingt älter«, ereiferte sich Helene nun.

»Was hat das denn damit zu tun?« Der Mann in der Weste blickte mit zusammengekniffenen Augen auf die Kassiererin.

»So ein Heim muss man sich leisten können.«

»Und eine Sterbehilfe auch«, dröhnte es plötzlich von weiter hinten aus der Schlange. Natürlich hatten die Leute Zeitung gelesen.

»Ihr meint wirklich, da geht jemand rum im ›Olenglück‹ und bietet Sterbehilfe an?« Elke fasste sich langsam.

Helene kommentierte diesen Verdacht mit einem Schulterzucken. »Wieso nicht? Ist bestimmt nicht schön, alt zu werden. Da ist man vielleicht froh, wenn einem ein Todesengel begegnet.«

Dirk hatte sich während des Gespräches ein paar Notizen gemacht und sich anschließend auf den Weg zum Pflegeheim gemacht. Nicht nur, um Nachforschungen anzustellen. Er machte sich Sorgen um den Freund und wollte wissen, ob es Haie gut ging.

Als er das Heim betrat, spürte er sofort, dass etwas anders war als bei seinen letzten Besuchen. Es war seltsam ruhig, kaum Bewohner zu sehen. Der Fernseher in der Sitzecke lief zwar, aber die Plätze davor waren nicht besetzt.

Er schlenderte den Flur entlang und stellte fest, dass man als Fremder ganz entgegen der Aussage von Christian Mohr sehr wohl ungesehen ein- und ausgehen konnte. Der Mörder von Gustav Nissen musste also nicht zwangsläufig jemand aus dem Heim sein, obwohl die Vermutung nahelag.

Er kam am Essensraum vorbei und sah Haie alleine an einem der Tische sitzen. »Na, schmeckt's?«, fragte er mit einem Blick auf das trockene Stück Graubrot mit Marmelade, als er neben ihn trat.

»Ha, ha«, entgegnete Haie, und Thamsen wurde bewusst, was für ein Opfer sein Freund brachte. Und er hatte sich heute Morgen darüber geärgert, dass Haie durch seinen Unfall als Infoquelle im Dorf ausfiel. Spontan beschloss er, bei seinem nächsten Besuch Haie ein paar Leckereien mitzubringen.

»Bist du wegen der Fritsche da?«

»Fritsche?«

»Ja, es gab wieder eine Tote.«

»Was, wieso weiß ich nichts davon?« Haie zuckte mit den Schultern, blickte sich um, ehe er flüsternd entgegnete: »Heute Nacht gab es einen Vorfall. Ich bin mir sicher, die im Heim haben etwas mit den Sterbefällen zu tun. Die Schlüter war angetrunken und hat randaliert.«

»Und das hast du aus deinem Bett mitbekommen?«

Haie nickte eifrig.

»Gut, ich kümmere mich darum. Du passt aber auf dich auf.« Er klopfte dem Freund auf die Schulter, der nicht wie sonst grinste.

Thamsen ging schnurstracks zum Büro der Heimleitung, klopfte und öffnete die Tür. Drinnen saß die Nölting mit einer Mitarbeiterin. »Oh, Herr Kommissar, ich hatte gar nicht hereingebeten«, knirschte sie ihn an.

»Es ist dringend.«

»Ja, also dann«, Frau Nölting schaute auf die Pflegerin, »wir sprechen später weiter, Doreen.«

Thamsen beobachtete, wie die junge Frau mit gesenktem Kopf den Raum verließ, und kam dann ohne Umschweife zur Sache.

»Es gab wieder einen Todesfall?«

»Ja nun ja, Frau Fritsche war alt und krank.« Frau Nölting rückte ihre Brille zurecht.

»So?« Er zog die Augenbraue hoch. »Das habe ich anders gehört. Außerdem habe ich mit einer Angehörigen gesprochen, die den Verdacht geäußert hat, der Tod ihrer Mutter sei zu plötzlich gekommen. Was sagen Sie dazu?«

»Ach die Angehörigen, die sehen das immer anders. Für uns ist das ganz normal, wenn Bewohner sterben. Sehen Sie, wir sind ein Altenheim. Die Leute sind alt und krank und sterben irgendwann.«

»In den letzten Tagen allerdings recht häufig, oder?«, bemerkte er.

»Was wollen Sie damit sagen? Haben Sie etwa der Presse diesen Quatsch mit dem Todesengel erzählt?«

»Nein, aber ich finde, der Journalist hatte durchaus ein Recht, die Sterbehäufigkeit in dieser Einrichtung zu hinterfragen. Vielleicht gibt es in Ihren Reihen tatsächlich einen Todesengel.«

»Was erlauben Sie sich.« Frau Nöltings Gesicht schwoll an wie ein roter Ballon. »Das ist ungeheuerlich«, platzte es aus ihr heraus. »Sie werden von unserem Anwalt hören.«

»Meinetwegen«, entgegnete Thamsen, »trotzdem werde ich die Staatsanwaltschaft einschalten.«

Haie konnte gleich zum Mittagessen sitzen bleiben. Mittlerweile wurden seine Tischnachbarn, die sich wenig später einfanden, gesprächiger, aber vielleicht war es die Angst, die die Bewohner enger zusammenrücken ließ.

»Die Fritsche hat gestern noch gesagt, dass sie nächste Woche Besuch bekommt. Die hat sich vielleicht gefreut.«

»Besuch, von wem?« Haie wurde sofort hellhörig.

»Angeblich von ihren Kindern, obwohl ich die nie gesehen habe. Na, man kriegt ja auch nicht alles mit«, tat Lisbeth Preuß den ungewöhnlichen Umstand ab.

»Aber trotzdem eine Menge«, entgegnete Haie und musste unweigerlich an die Vorfälle der letzten Nacht denken.

»Jedenfalls wollte sie den Kindern Geld geben und hat einen Scheck ausgestellt.«

»Was? Und wen hat sie damit losgeschickt?«

»Jemanden vom Personal, denke ich.« Lisbeth Preuß zerdrückte ihre Kartoffeln mit der Gabel.

»Und die Lornsen, bekam die regelmäßig Besuch?«

»Ja«, nickte Erwin Peters ihm zu. »Von ihrem Mann, aber seit der im Krankenhaus liegt, ist der selber arm dran. Und nun auch noch das mit seiner Frau.« Seine Tischnachbarn schüttelten die Köpfe.

Haie kratzte sich am Ohr. Er hatte das Gefühl, als lägen einzelne Puzzlestücke vor ihm, aber er konnte sie nicht zusammenbringen.

Ansgar Rolfs war zu Olaf Nissen geschickt worden. Thamsen wollte den wahren Grund für Olafs Besuch bei seinem Vater erfahren. Womöglich gab es Parallelen zu dem Fall der jungen Brünetten, die am Morgen in der Dienststelle gewesen war.

Rolfs stoppte seinen Wagen in der ruhigen Wohnstraße. Das Haus lag friedlich da, doch als er sich der Tür näherte, hörte er lautes Gebrüll. »Was, ich soll dem Alten einen scheiß Sarg kaufen, der so viel kostet? Der verrottet doch eh unter der Erde.«

Ansgar verharrte in der Bewegung und lauschte.

»Es ist nicht dein Geld«, hörte er die Stimme von Sonja Nissen.

»Jetzt schon. Das habe ich mir verdient.«

Verdient? Warum, überlegte Ansgar. Gustav Nissen war nicht arm, seine Kinder konnten sich nun von dem Geld etwas Schönes leisten, vielleicht reichte es sogar für ein Eigenheim.

Plötzlich hörte er eine andere Stimme.

»Verdient? Du? Hast dich doch nie um deinen Vater gekümmert.«

»Aber du, oder was?«

»Schon, aber das könnt ihr nicht wissen, habt ihn ja nie besucht.«

Wer sprach denn da? Das wollte Ansgar gleich erfahren und klingelte. Augenblicklich war es still im Haus, dann öffnete die Schwiegertochter und wich leicht zurück, als sie Rolfs erblickte.

»Es ist die Polizei«, rief sie, scheinbar, um die anderen zu warnen.

»Ich muss ein paar Details klären, darf ich reinkommen?« Nur zögernd trat Sonja Nissen zur Seite und ließ ihn eintreten.

In der Küche saßen Olaf Nissen und eine ältere, rundliche Frau am Küchentisch.

»Margot Wessel«, stellte sie sich vor. »Ich will aber nicht stören.« Sie erhob sich fluchtartig.

»Bleiben Sie ruhig, Sie kannten Gustav Nissen ja sicherlich, oder?«

Die Dame nickte stumm und setzte sich wieder.

»Es geht um Ihren letzten Besuch bei Ihrem Vater.« Ansgar schaute zu Olaf Nissen.

»Dazu habe ich Ihnen alles erzählt«, raunzte der Sohn des Toten. Rolfs merkte deutlich, wie aufgebracht der Mann war und wie schwer es ihm fiel, nicht die Kontrolle zu verlieren. Wenn er weiterbohrte, explodierte Olaf Nissen vielleicht, und das konnte Ansgar sich durchaus hilfreich für seine Ermittlungen vorstellen.

»Du warst bei Gustav?«, schaltete sich jedoch unvermittelt die Wessel ein. »Wann?«

»Vor ein paar Tagen«, gab Olaf nun etwas ruhiger Auskunft.

»Vor ein paar Tagen, wann genau?«

»Letzten Dienstag.«

Ansgar versuchte, sich die Scheckkopie, die sie von der Bank erhalten hatten, in Erinnerung zu rufen. Welches Ausstellungsdatum hatte darauf gestanden? Er zückte sein Merkbuch und notierte sich die Frage, da er sich nicht genau erinnern konnte. Währenddessen übernahm Margot Wessel das Verhör.

»Und was wolltest du bei Papa?«

»Er hat angerufen und mich gebeten zu kommen.«

»Und da bist du sofort gesprungen?« Die Wessel blickte spöttisch auf den Sohn.

»Ja, weil ich mir Sorgen gemacht habe.«

»Ach, du hast bestimmt gedacht, du könntest ihm Geld aus den Rippen leiern.« Die Besucherin schien sich in der Familie bestens auszukennen. Interessiert verfolgte Ansgar das Gespräch.

»Nee, der klang am Telefon irgendwie komisch.«

»Wie, komisch?«

»Total verwirrt. Ich habe gedacht, der Alte dreht durch, hat ständig wirres Zeug gemurmelt.« Olaf Nissen hob die Hände leicht.

»Was?«, entfuhr es Rolfs und der Wessel beinahe einstimmig.

»Er hat gesagt, er habe Angst.«

23. KAPITEL

Haie schlug die Augen auf und fühlte sich erneut wie gerädert, obwohl es in der Nacht still geblieben war.

Er hatte jedoch gestern Abend nicht einschlafen können, und das Lesen in seinem geliebten Buch mit nordfriesischen Sagen und Märchen war nicht wie sonst beruhigend für ihn gewesen. Ganz im Gegenteil. Die schaurigen Geschichten über Untote und Vorboten des Todes hatten ihn an die Ereignisse der letzten Tage erinnert. So viele Todesfälle. Das konnte nicht mit rechten Dingen zugehen.

Unruhig hatte er sich hin und her gewälzt, sofern es ihm aufgrund seiner Verbände möglich gewesen war, und bei jedem noch so kleinen Geräusch war er erschrocken hochgefahren. Irgendwann musste er eingeschlafen sein, aber

Erholung hatte er keine gefunden. Sein gesamter Körper schmerzte, und in seinem Kopf klopfte es dumpf. Mehr als alles andere wünschte er sich an diesem Morgen, zu Hause zu sein. Niklas und Tom fehlten ihm. Hier fühlte er sich nicht wohl; schlimmer noch: Wenn er ehrlich zu sich selbst war, hatte er sogar Angst. Immerhin waren etliche Leute unter fragwürdigen Umständen in den letzten Tagen im Heim ums Leben gekommen, und in seiner aktuellen Lage konnte er sich nicht einmal anständig wehren, wenn ihm jemand etwas antun wollte.

Aber er hatte Dirk versprochen, sich für ihn umzuhören, und das würde er durchziehen. Komme, was wolle.

Wen von den Pflegekräften der Freund wohl verdächtigte? Gab es konkrete Beweise? Soweit er mitbekommen hatte, hatte Dirk die Staatsanwaltschaft eingeschaltet und Einsicht in die Personalakten verlangt. Haie überlegte, wem er solche Taten am ehesten zutraute. Der Schlüter? Die war aufgrund ihrer Alkoholprobleme sicherlich öfter nicht Herr ihrer Sinne. Dirk sollte am besten überprüfen, ob sie Dienst gehabt hatte, wenn ein Bewohner verstorben war.

Die anderen Mitarbeiter waren ihm allerdings auch nicht geheuer. Alleine diese Nottelmann. Wühlte in seinen Sachen rum. Aber war sie in der Lage, einen Menschen zu töten? Vom Stehlen zum Morden war es in seinen Augen ein gewaltiger Schritt, und den traute Haie dem jungen Mädchen nicht zu. Aber sicher war er sich nicht.

Gedanklich ging er die Pflegekräfte durch, die er bisher kennengelernt hatte. Aber wirklich etwas über die Leute sagen, außer dass in dem Heim generell eine schlechte Stimmung herrschte, die sicherlich etwas mit dem Personal zu tun hatte, konnte er nicht. Und wenn es gar kein

Mitarbeiter vom »Olenglück« war, der hier die Leute umbrachte? Nicht alle Bewohner waren alt und tattrig. Einige Senioren waren durchaus rüstig und körperlich in der Lage, einen Menschen zu töten. Wie er mitbekommen hatte, war Gustav Nissen erstickt worden. Und hatte nicht die Fritsche unter Atemnot gelitten?

Einen schwächeren Menschen mit einem Kissen zu ersticken, stellte Haie sich nicht besonders schwer vor. Da waren einige der Heimbewohner sicherlich in der Lage zu, selbst wenn sie im Kopf nicht mehr ganz so gut beieinander waren. Haie schluckte, als ihm bewusst wurde, dass die Morde vielleicht völlig unmotiviert geschehen waren. Ohne Motiv, ohne Muster. Er musste mit Thamsen sprechen, ob es weitere Hinweise gab.

Er drehte sich im Bett leicht zur Seite und zog die Schublade des Nachttisches langsam auf. Er reckte sich, so gut es ging, und tastete mit der Hand das Innere der Schublade ab. Doch außer einer Packung Taschentücher, einem Buch und die Reste seiner Schokoladenreserve war da nichts.

Thamsen hatte sich die halbe Nacht um die Ohren geschlagen und war mehr als müde. Die Akten waren sauber geführt und die Mitarbeiter des Pflegeheims nicht wirklich auffällig. Lediglich ein Mitarbeiter hatte in der letzten Zeit häufig den Arbeitgeber gewechselt. Aber mit Christian Mohr hatte er bereits gesprochen, der war ihm nicht verdächtig erschienen. Trotzdem würde er den jungen Mann zu dem Grund seines häufigen Arbeitgeberwechsels befragen.

Sonst blieb ihm nur der Hinweis zu den Alkoholproblemen von Jutta Schlüter. In der Akte hatte er nichts drüber gefunden. Ob Frau Nölting darüber nicht Bescheid wusste?

Schwer vorstellbar, so wie die alles kontrollierte. Penibel wirkte die Frau, beinahe versessen und sehr profitorientiert. War sie womöglich selbst die Täterin? Kaum vorstellbar, die wirkte nicht, als wenn sie sich die Finger schmutzig machen würde, aber vielleicht gab es einen Handlanger. Immerhin kannte sie die finanzielle Situation der meisten Bewohner besser als jeder andere, und wer sagte denn, dass bei deren Ableben das Heim nicht profitierte. Vielleicht gab es Testamente zugunsten von »Olenglück«?

Auf jeden Fall sollte er die Nölting im Auge behalten, ähnlich wie den Trickbetrüger. Zwar waren seit der Aktion bei Frau Frerichs keine neuen Fälle eingegangen, aber das sagte nichts darüber aus, ob Mark Lüneburg nicht auch bei Gustav Nissen abkassiert hatte. Noch wussten sie nicht, ob die Verstorbenen aus dem Heim Geld bezahlt hatten – wofür auch immer.

Blieb nach wie vor die Frage, warum der Täter bisher nur Gustav Nissen aus dem Heim rausgeschafft hatte. Reine Ablenkung? Oder wollte der Mörder, dass sie ihm auf die Schliche kamen? Thamsen wusste sich darauf keinen Reim zu machen. Er raffte die Akten zusammen und warf anschließend einen Blick in Ansgars Büro, ehe er sich auf den Weg zum Heim machte, doch der Mitarbeiter war ausgeflogen.

Ansgar war heute nicht direkt ins Büro, sondern vorher in den Legerader Wald gefahren. Auch ihn beschäftigte die Frage, warum der Täter anders als bei den anderen Sterbefällen – er ging mit großer Sicherheit davon aus, dass es sich bei diesen ebenfalls um Mord handelte – den Toten hierher gebracht hatte. Das erhöhte das Risiko enorm, erwischt zu werden, mal ganz abgesehen vom Aufwand des Leichentransports.

Er schlug den Kragen seiner Jacke hoch. Trotz des Schutzes der Bäume pfiff der Wind gewaltig durch das kleine Waldstück, und der leichte Nieselregen ließ ihn frösteln. Er war viel zu dünn angezogen. Er hatte noch gar nicht mitbekommen, wie kalt es mittlerweile geworden war. Hatte er nicht gestern im T-Shirt draußen gesessen?

Ansgar hatte den kleinen See erreicht und blieb stehen. Alles wirkte friedlich, und doch ging eine unheimliche Stimmung von dem Gewässer aus. Lag es nur daran, dass hier vor Kurzem eine Leiche entdeckt worden war? Oder was für andere dunkle Geheimnisse barg der See unter seiner gewellten Oberfläche? Er ließ sich mit dem Schlagen des Wassers an die Uferkante forttragen. Warum hatte der Mörder Gustav Nissen ausgerechnet hierher gebracht? Welche Verbindung gab es zu diesem Ort? Gab es überhaupt eine?

Er fuhr herum, als er ein Knacken hinter sich hörte. Augenblicklich spürte er, wie ein leichter Groll in ihm aufstieg. Sicherlich Schaulustige, dachte er. Wie sollte es anders sein? Und tatsächlich, hinter einem Baum konnte er zwei schmale Gestalten ausmachen.

»Hallo?«, rief er den Leuten zu und zog die Augenbrauen in die Höhe, als zwei Jungen hinter dem Stamm hervortraten.

»Was macht ihr denn hier ganz alleine?«

»Spielen«, gab der Größere der beiden Auskunft. »Wir haben hier unsere Höhle.«

Rolfs musste lächeln, da er sich sofort an seine Kindheit erinnert fühlte. »Darf ich die mal sehen?«

Die beiden Jungen schauten sich an. »Ich verrate auch keinem, wo sie ist. Ehrenwort.« Ansgar hob die Hand zum Zeichen, dass er das Versteck nicht verraten würde.

»Dafür wollen wir aber deine Pistole sehen. Du hast doch eine, oder?« Wieder war es der Größere der beiden, der das Wort ergriff. Rolfs musste grinsen. »Klar, bin schließlich ein echter Polizist.«

Er nahm seine Waffe aus dem Holster, ließ das Magazin herausgleiten und reichte dem Jungen die Pistole.

»Peng«, zielte der mit der Waffe auf den See. »Peng, Peng.« Anschließend reichte er die Pistole an seinen Freund, der exakt das gleiche Szenario wiederholte und die Waffe danach an Ansgar zurückreichte.

»So«, erkundigte Rolfs sich, nachdem er das Magazin eingesetzt und die Pistole eingesteckt hatte, »und wo ist nun eure Höhle?«

Die beiden Jungs machten ihm ein Zeichen, ihnen zu folgen. Gebückt kroch er mit ihnen durchs Unterholz, bis sie eine Art Verschlag aus alten Brettern und Zweigen erreichten. Die Kinder krabbelten in die Höhle, für Rolfs blieb jedoch kein Platz. Er konnte nur seinen Kopf in den Unterschlupf stecken. »Schön habt ihr's hier. Beinahe gemütlich«, nickte er anerkennend.

»Ja, und wir haben auch einen Schatz.« Der Kleinere der beiden legte seinen Finger auf den Mund. »Hier«, deutete er anschließend auf eine alte Kaffeedose.

Ansgar fragte sich, was sie in der Blechbüchse aufbewahrten, doch durch die Pluspunkte, die er bei den Jungen durch die Pistolenaktion gesammelt hatte, ließen sie ihn unaufgefordert einen Blick hineinwerfen.

Ansgar kroch etwas weiter in die Höhle, um sehen zu können, was sich in der Dose verbarg, und staunte nicht schlecht, als er eine goldene Armbanduhr erblickte.

»Wo habt ihr die denn her?«

24. KAPITEL

Haie hatte den Diebstahl seines Handys erst einmal für sich behalten. Er war sich im ersten Augenblick nicht ganz sicher gewesen, ob er das Telefon zurück in die Schublade gelegt hatte. Vielleicht wurde man in dieser Umgebung schusselig? Er hatte versucht, sich zu erinnern, wann er das Handy das letzte Mal gesehen hatte, kam aber immer wieder zu dem Schluss, dass er es in den Nachttisch zurückgetan hatte.

Damit war für ihn klar, jemand musste das Telefon herausgenommen haben. Von Diebstahl zu sprechen, war vielleicht verfrüht, denn im Heim wohnten derart viele demente Leute auf einem Haufen, die in ihrem Zustand gar nicht verstanden, was sie taten. Haie wollte daher keinen großen Aufstand machen und sich zunächst selbst umsehen. Eventuell fand sich das Handy schneller an, als er dachte.

Langsam rollte er durch die Gänge des Pflegeheims und spähte hier und da durch die offenen Türen. Es dauerte nicht lange, und er entdeckte ein leeres Zimmer, in dem er sich genauer umsehen konnte. Ein kurzer Blick nach rechts und links. Die Luft war rein, und schon verschwand Haie in den Raum, in dem Lisa Münz wohnte, wie er dem Namensschild neben der Tür entnommen hatte.

Im Zimmer sah es ähnlich aus wie in seinem eigenen. Schnell bewegte er den Rollstuhl auf den Nachttisch zu und zog die Schublade auf. Wie bei Haie befanden sich darin Taschentücher, die zur Standardausstattung eines jeden Heimbewohners zu gehören schienen, und eine Fernsehzeitschrift. Sonst nichts. Wäre ja zu schön gewesen, wenn er sein Handy beim ersten Versuch gefunden hätte, dachte Haie, gab sich aber nicht so schnell geschlagen. Lisa Münz mochte geistig fit wirken, dennoch konnte man nicht wissen, was in ihrem Kopf vor sich ging.

Ansgar schaute die beiden Jungs fragend an. Die blickten zunächst zu Boden, ganz so, als bereuten sie, ihm ihren Schatz überhaupt gezeigt zu haben.

»Hm?«, hakte Rolfs nach.

»Die haben wir neulich gefunden. Da hinten«, entgegnete der Größere etwas kleinlaut und wies mit seinem ausgestreckten Arm ungefähr an die Stelle, an der Gustav Nissen in seinem Rollstuhl aufgefunden worden war.

»Könnt ihr mir das genau zeigen?«

Die beiden nickten zwar, bewegten sich aber nicht. Ängstlich schauten sie auf die Uhr.

»Die muss ich erst einmal mitnehmen. Es kann nämlich gut sein, dass die mit einem Verbrechen in Verbindung steht.«

»Siehste«, platzte es aus dem Kleinen heraus, »ich habe dir gesagt, dass das nicht normal ist. Wir hätten gleich etwas sagen sollen.« Anscheinend hatten die beiden sich wegen des Fundstücks bereits in die Haare bekommen, denn jetzt keimte der Streit auf.

»Ach Quatsch, du bist nur ein alter Angsthase, heulst ja gleich wieder!«

»Stimmt doch gar nicht!«

»Jungs«, versuchte Ansgar zu vermitteln. »Alles halb so schlimm. Ihr müsst mir nur zeigen, wo genau ihr die Uhr gefunden habt.«

Nur sehr langsam setzten die beiden sich in Bewegung. Ansgar nahm die alte Kaffeedose an sich und folgte den Kindern in Richtung Fundstelle. Zu seiner Verwunderung bogen sie jedoch kurz davor plötzlich nach rechts ab.

»Hier«, wies der Größere auf eine Stelle im Gras. Ansgar ging in die Knie und inspizierte die Umgebung. Er verstand, warum die Spurensicherung die Uhr nicht entdeckt hatte. Die Kollegen waren lediglich den Rollstuhlspuren gefolgt. Sofern die Uhr mit dem Täter in Verbindung stand, hatte der eventuell einen anderen Rückweg gewählt. Oder er hatte sich in der Dunkelheit verlaufen. Diese Möglichkeit hatten sie nicht in Betracht gezogen, obwohl sie denkbar war, wenn das Schmuckstück dem Mörder oder dem Opfer gehörte. Zumindest Letzteres sollte sich schnell herausfinden lassen.

»Okay, ihr müsst dann mit auf die Dienststelle kommen.«

»Sind wir verhaftet?«, schluchzte der Kleine.

»Nein, aber wir brauchen eure Fingerabdrücke, um sie bei den Untersuchungen ausschließen zu können. Die Uhr ist ein wichtiges Beweisstück.«

Ansgar holte sein Handy heraus und ließ sich nacheinander die Telefonnummern der Eltern geben.

»Machen Sie sich keine Sorgen. Sie können die Jungs bei uns abholen.«

Haie hatte sich bis zum Mittagessen durch mehrere Zimmer gearbeitet, sein Handy aber bisher nicht entdeckt. Seltsamerweise hatte er generell wenige Wertgegenstände in den Zimmern gefunden, aber vielleicht waren die Bewohner aufgrund ihrer Erfahrungen vorsichtig und versteckten ihre Sachen gut. Oder sie besaßen gar keine Wertsachen.

Christian Mohr hätte ihm ja auch am liebsten das Handy gleich abgenommen, erinnerte Haie sich.

Er war in ein weiteres leeres Zimmer gerollt und blickte sich um, als er urplötzlich Schritte hörte. »Was machen Sie denn hier?«

Schneller als erwartet war Christian Mohr in den Raum getreten. Haie hatte nicht einmal mehr die Gelegenheit gehabt, die Schranktür zu schließen.

»Och, ich wollte Mimi besuchen.« Haie hatte sich die Ausrede am Anfang seiner Recherche zurechtgelegt, allerdings vergessen, dass er sich mittlerweile in dem Zimmer von Johann Gunkel befand.

Der Pfleger trat näher auf ihn zu und blickte ihm fest in die Augen.

»Wie ist Ihr Name?« Haie runzelte die Stirn. »Wieso?«

»Wo sind Sie hier?«

»Na im Pflegeheim.« Was sollten diese Fragen? Vermutete Christian Mohr, Haie sei dement und hätte sich verirrt? Gar keine schlechte Idee, sich ein wenig tüddelig anzustellen, fuhr es ihm plötzlich durch den Kopf.

»Ich, ich …«, stammelte er. »Hier gibt es doch Mittagessen?«

Der Pfleger kniff die Augen zusammen und musterte ihn. Haie hoffte, Christian Mohr kaufte ihm das Theater ab. Und er schien Glück zu haben. Der Pfleger packte den Rollstuhl und schob Haie ohne ein weiteres Wort aus dem Raum Richtung Speisesaal.

»Hier, Chef, schau mal.« Ansgar hielt Thamsen die goldene Uhr vors Gesicht.

»Was ist denn das?«

»Haben die beiden hier«, Rolfs trat zur Seite und gab

den Blick auf die beiden Jungen frei, »gefunden. Und rate mal, wo.«

Thamsen setzte sich in seinem Stuhl aufrechter hin.

»Im Legerader Wald, ganz in der Nähe vom Fundort«, platzte es aus Ansgar heraus.

»Waas?«, entfuhr es Dirk, während sein Mitarbeiter mit stolzgeschwellter Brust nickte und zusah, wie die Kinder von einer Kollegin abgeholt wurden.

»Ich nehme die Fingerabdrücke der beiden, und dann kommt das gute Stück in die KTU. Vielleicht haben wir Glück, und es finden sich verwertbare Spuren auf der Uhr.«

»Mach vorher ein Foto, dann können wir nachforschen, wer der Besitzer ist.«

»Hatte ich sowieso vor«, entgegnete Ansgar in einem leicht beleidigten Ton.

»Was ist das denn?« Martin Liedtke drängte in den Raum, und Rolfs präsentierte stolz sein Fundstück.

»Wow, das könnte wirklich eine heiße Spur sein. Ich habe nämlich leider keine guten Neuigkeiten.«

»So?«, stöhnte Thamsen.

»Ich sollte mir doch die Finanzdaten der alten Leutchen, die in den letzten Monaten gestorben sind, kommen lassen und anschauen. Aber es sind keine größeren Summen abgehoben worden. Und wirklich reich waren die auch nicht. Die hatten schon ein bisschen Geld, aber nicht so viel wie der Nissen.«

»Wie lange hast du das zurückverfolgt?«

»Die Bank konnte mir das angeblich maximal für zwölf Monate geben.«

Kein so kurzer Zeitraum, dachte Dirk. Aber vielleicht hatten die älteren Leutchen ihre Ersparnisse unter der Matratze gehütet. Das hörte man ja immer wieder. Nur spätestens beim Ausräumen der Zimmer hätte das auffallen müssen. Es sei denn, irgendeiner vom Personal hatte sich das Geld eingesteckt. Oder den Bewohnern vorher abgeluchst. So oder so brachte sie das jedoch nicht weiter, da musste er Martin Liedtke recht geben.

»Vielleicht hat der Todesengel gar kein Geld für seine Dienste verlangt – und das sind voneinander ganz unabhängige Fälle«, merkte Rolfs an. »Zuerst Enkeltrickbetrug bei Gustav Nissen und dann der Todesengel.«

»Wäre das nicht ein bisschen zu viel Zufall?« Thamsen kratzte sich am Kinn.

»Mag sein, aber du sagst immer, wir müssen alle Möglichkeiten in Betracht ziehen.«

25. KAPITEL

Tom reiste vorzeitig von der Konferenz ab. Er hatte alles Wichtige für sich klären können und den letzten Vorträgen ohnehin nicht in Ruhe folgen können.

Er hatte mehrere Male versucht, Haie zu erreichen. Doch vergeblich. Und auch Dirk ging nicht ans Telefon. Mann, was war da los? Langsam, aber sicher wurde er unruhig. Schließlich war das kein harmloser Einsatz, in den Haie sich mehr oder weniger gestürzt hatte. Auf keinen Fall wollte er noch einen Menschen verlieren. Zu oft in seinem Leben hatte er mit einem Verlust fertig werden müssen. Seine Eltern, sein Großvater, Marlene – und jedes Mal warf ihn das in ein tiefes, dunkles Loch. Einen weiteren Todesfall eines nahestehenden Menschen könnte er nicht verkraften.

Während der Fahrt von Berlin nach Risum versuchte er, sich durch ein Hörbuch abzulenken. Er nutzte oftmals die Gelegenheit längerer Autofahrten, um sich bestimmte Bücher, die er immer schon mal lesen wollte, aber wozu er nie die Zeit gefunden hatte, vorlesen zu lassen. Aber heute überforderte ihn das konzentrierte Zuhören und gleichzeitige Fahren, da er mit seinen Gedanken die ganze Zeit bei dem Freund im »Olenglück« weilte. Nach wenigen Kilometern schaltete er die CD ab und ließ das Radio dudeln.

Doch auch dort war das Thema Pflege präsent. Es lief ein Interview mit einem Experten, der von einer rasant ansteigenden Pflegebedürftigkeit der deutschen Gesellschaft sprach. Da kam ein echtes Problem auf die Bevölkerung zugerollt. Denn schon jetzt waren Pflegeplätze rar, wie Tom am eigenen Leib hatte erfahren müssen, und qualitativ gab es in den Einrichtungen laut des Experten etliche Mängel. Tom schluckte und wählte einen anderen Sender.

Schneller als gedacht erreichte er die A7 und fuhr Richtung Norden. Früher war er öfter auf der Autobahn unterwegs, da hatte er Niklas mindestens einmal im Monat zu den Großeltern nach Hamburg gebracht, die Stadt, in der Marlene aufgewachsen war.

Mittlerweile fuhr Niklas mit dem Zug. Er musste nicht umsteigen, und meist schaute auf Toms Bitten die Zugbegleitung ab und an nach ihm. Außerdem bekam Niklas für den Notfall immer Haies Handy, der weitaus mehr Angst um den Kleinen hatte als Tom.

Als er Flensburg erreichte und von der Autobahn abfuhr, versuchte er nochmals, Haie zu erreichen, allerdings ohne Erfolg. Trotz teilweiser Geschwindigkeitsbegrenzungen gab er Gas.

Im Radio liefen Nachrichten, in deren Anschluss die Polizei vor Enkeltrickbetrügern warnte. Mensch, dachte Tom, die Masche hat doch echt so einen Bart. Warum die Leute wohl immer noch darauf reinfielen? Das konnte nur mit der Vereinsamung der Gesellschaft zusammenhängen. Wer kümmerte sich denn um die alten Leutchen? Da war es doch kein Wunder, dass die gleich völlig aus dem Häuschen waren, wenn sich ein vermeintlicher Neffe oder eben Enkel meldete.

Er hatte Leck erreicht und beschloss, direkt ins Pflegeheim zu fahren. Daher wählte er den Schnapsweg, eine schmale und durchaus kurvenreiche Verbindungsstraße, die so manch angetrunkenem Autofahrer schon zum Verhängnis geworden war. Tom kannte den Weg mittlerweile wie seine Westentasche und konnte die Fahrt ganz im Gegensatz zu seinen ersten Touren über den Schnapsweg genießen. Links und rechts Wiesen und Felder und immer wieder Windmühlen, deren Flügel rasante Runden drehten.

Tom seufzte. Immer, wenn er nach ein paar Tagen Abwesenheit hierher zurückkam, wurde ihm bewusst, wie sehr er diese Gegend liebte. Die würzige Luft, der raue Wind und die oftmals karge, aber dennoch wunderschöne Landschaft. Die Weite beruhigte ihn immer aufs Neue, und trotz schmerzhafter Erinnerungen war er hier zu Hause.

Kurz darauf erreichte er das Pflegeheim. Er parkte in der Nähe des Eingangs und betrat die kleine helle Halle, in der seltsamerweise kein Mensch zu sehen war. Bei seinem letzten Besuch hatten hier etliche ältere Leute gesessen, und auf den Gängen waren einige Bewohner zum Teil mit Gehhilfe auf und ab gewandert. Ein Blick auf die Uhr beruhigte ihn jedoch. Es war 13.30 Uhr – sicherlich Mittagsstunde.

Er musste sich nach Haie erkundigen, denn er wusste nicht, wo man ihn einquartiert hatte beziehungsweise wo sich das Zimmer von Gustav Nissen befand.

Da Tom weit und breit allerdings niemanden erblicken konnte, machte er sich auf den Weg zum Büro der Heimleitung. Den kannte er immerhin. Unterwegs warf er hier und da einen Blick auf die Schilder neben den Türen, doch Haies Name war nicht dabei.

Bis zum Büro begegnete ihm niemand. Arbeitet hier denn keiner?, wunderte er sich. Da konnte ja jeder unbemerkt ein und aus gehen, wie er lustig war. »So was«, murmelte Tom vor sich hin, als er an die Tür der Heimleitung klopfte.

Er wartete kurz und klopfte ein weiteres Mal. Als danach kein »Herein« ertönte, öffnete er vorsichtig die Tür. Das Büro war leer.

»Hallo?« Tom trat in den Raum, aber da war wirklich niemand. Er wollte sich umwenden, als er ein Handy auf dem Schreibtisch entdeckte. Es war Haies Telefon, das erkannte er sofort. Niklas hatte auf die Rückseite einen riesigen Pokémon-Aufkleber geklebt. Sein Herz stockte, sein Mund wurde trocken. Was war mit Haie? Wieso lag sein Handy bei der Heimleitung auf dem Schreibtisch?

»Hallo, ist hier wer?«, schrie er nun beinahe und drehte

sich in alle Richtungen. Er nahm Haies Telefon und rannte aus dem Raum. Dabei prallte er mit der Heimleiterin zusammen, die ihn giftig anblickte.

»Was machen Sie hier?«, fauchte sie.

»Ich, will … ich …«, stammelte Tom. »Haie Ketelsen, wo ist er?«

»Woher soll ich das wissen? Vermutlich auf seinem Zimmer.«

»Was macht dann sein Handy hier?«

Erst jetzt bemerkte Frau Nölting das Telefon in Toms Hand. »Wie kommen Sie dazu, das zu nehmen?«

Sie versuchte, ihm das Handy zu entreißen. »Es gehört meinem Freund«, wehrte Tom sie ab. »Wieso nehmen Sie ihm das Telefon weg? Ich will zu ihm, und Sie kommen mit. Ich will das sofort klären.«

Frau Nölting setzte zu einem Gegenangriff an, aber Tom stürmte aus dem Raum.

»Kommen Sie gefälligst, das ist …« Vor Aufregung fehlten ihm Worte. Er hatte recht behalten. Sein Gefühl, der Freund sei in dieser Einrichtung nicht gut aufgehoben, hatte sich bewahrheitet. Hier stimmte etwas ganz und gar nicht.

Notgedrungen folgte die Nölting ihm, und da Tom sich nicht auskannte, ließ er sie vorangehen. Er stieß sie einmal sogar leicht vorwärts, obwohl das ganz und gar nicht seinem Naturell entsprach, aber ihr trippelnder Gang war ihm nicht schnell genug. Nach einigen Fluren und Ecken blieb sie zögernd stehen. Neben der Tür, vor der sie sich befanden, hing ein Schild mit Gustav Nissens Namen. Tom schluckte, Frau Nölting klopfte an.

Haie lag auf seinem Bett und schaute fern. Tom atmete geräuschvoll aus und sackte geradezu in sich zusammen, als die Anspannung von ihm abfiel. »Was machst du denn hier? Ich dachte, du kommst erst am Wochenende zurück.«

Tom winkte ab und deutete damit an, dass es momentan Wichtigeres gab. Er blickte zu Frau Nölting.

»Ja, also Herr Ketelsen«, hüstelte die Heimleiterin, »ist das zufällig Ihr Handy?« Haies Augen weiteten sich merklich.

»Ja«, bestätigte er, »aber nicht zufällig. Wo haben Sie das her? Ich habe es schon den ganzen Tag gesucht.« Wohlweislich verschwieg er, wo er bereits überall nach dem Telefon herumgestöbert hatte.

»Ja«, mischte sich Tom ein, »das würde mich auch interessieren, woher Sie das Telefon haben.« Mit seinen Blicken durchbohrte er die Leiterin förmlich.

»Nun«, druckste Frau Nölting herum, »es ist so, dass Frau Jensen das Handy gefunden hat.«

»Und wo?«, fragten Haie und Tom beinahe zeitgleich.

»Im Schrank von Doreen Nottelmann«, flüsterte die Leiterin und sah zu Boden.

»Aha, hab ich mir beinahe gedacht. Die hat neulich in meinen Sachen rumgeschnüffelt und anschließend vorgegeben, sie suche nach Dreckwäsche.« Haie kniff die Augen zusammen, während Frau Nölting laut seufzte.

»Es ist nicht das erste Mal, dass wir einen solchen Vorfall verzeichnen müssen«, drückte sie den Umstand, dass eine ihrer Mitarbeiterinnen die Bewohner beklaute, umständlich aus.

»Ja, und da schmeißen Sie die Frau nicht gleich raus?«, entrüstete Tom sich. »Unfassbar, das kann man unmöglich dulden.«

»Jeder hat eine zweite Chance verdient«, verteidigte die Nölting ihr Verhalten wie ein Raubtier seine Beute.

Haie krauste die Stirn.

»Außerdem, haben Sie eine Ahnung, wie schwer es ist, in unserer Branche gutes Personal zu finden?«

»Und deswegen stellen Sie Kriminelle ein?«, erzürnte sich Haie. Er wohnte schließlich hier, wenn auch nur vorübergehend. Und wie es aussah, ging es in dem Heim um noch viel brutalere Verbrechen als um einen simplen Diebstahl.

»Ich muss das anzeigen, das geht gar nicht. Diebstahl ist ein Verbrechen. Und wer weiß, wozu Ihre Mitarbeiter noch in der Lage sind.«

»Was wollen Sie damit sagen?«, zischte Frau Nölting Haie an.

»Was ist zum Beispiel mit dieser alkoholabhängigen Mitarbeiterin? Frau Schlüter?«

Tom zog erstaunt die Brauen hoch, da er von der alkoholisierten Pflegerin nichts wusste.

»Was soll mit Frau Schlüter sein?«

»Tun Sie mal nicht so, als wenn ich dement wäre und nichts mehr mitbekäme«, fuhr Haie die Heimleiterin an. »Ich habe nur ein paar Knochenbrüche und Frau Schlüter erst vorletzte Nacht in einem total betrunkenen Zustand gesehen. Vielleicht hat die sogar mit den zahlreichen Sterbefällen zu tun?«

»Tja, nun ja, also…« Frau Nölting, die sonst stets die steinharte Geschäftsfrau mimte, fehlten die Worte, während Haie sich in Rage redete.

»Wahrscheinlich hat die Schlüter im Suff die alten Leute erstickt. Die weiß in ihrem Zustand gar nicht, was sie tut. Oder würden Sie für sie die Hand ins Feuer legen?«

26. KAPITEL

»So, Jungs, das habt ihr prima gemacht«, lobte Ansgar die beiden Jungen, nachdem er ihre Fingerabdrücke genommen hatte. »Eure Eltern warten im Flur, aber bevor ihr geht, wollte Kommissar Thamsen mit euch sprechen.« Die Kinder grinsten breit, genossen sichtlich die Aufmerksamkeit, die man ihnen zuteil werden ließ. Mit Sicherheit würden die beiden morgen die Helden ihrer Schule sein.

Ansgar führte die Jungen über den Flur zu Thamsens Büro.

»Und ihr seid euch sicher, dass ihr die Uhr am Dienstag im Legerader Wald gefunden habt? Nicht früher?«

Der Größere der beiden nickte. »Gleich nachdem die Polizei weg war, sind wir zu unserer Höhle.«

»Und vorher habt ihr nichts gesehen?«

»Nee, aber wir gehen auch nicht immer diesen Weg. Wir wollten an dem Tag selbst die Gegend checken, falls die Spurensicherung etwas übersehen hat«, erklärte der andere Junge mit stolzgeschwellter Brust, da sie ja wirklich schlauer als die Polizei gewesen waren.

»Und die hat da wirklich im Gras auf dem Weg gelegen?« Thamsen drehte das goldene Schmuckstück, das sich mittlerweile in einem Plastiktütchen befand, hin und her. Er kannte sich mit Uhren nicht besonders gut aus, trug immer eine billige Sportuhr, die er auch zum Laufen nutzte. Der Verschluss vom Armband des Fundstücks schien defekt. Knisternd versuchte er ihn durch den Plastik hindurch zu schließen, doch die Schnalle hakte nicht richtig ein. Ob der Besitzer das gar nicht gemerkt hatte? War er irgendwo hängengeblieben und hatte dabei den Verschluss beschädigt oder aber war die Uhr ein Beutestück, und er hatte sie gar nicht getragen, sondern sie war aus der Tasche gefallen?

»Und sonst ist euch am See nichts aufgefallen in der letzten Zeit?«

»Doch, einmal, das ist aber schon ein bisschen her, da war so ein Typ«, antwortete der Kleinere.

»Was für ein Typ?«, fragte Thamsen sofort. Doch die Jungen zuckten mit den Schultern. »Konnten den nicht gut sehen. Wir hatten uns versteckt, aber wir haben beobachtet, wie der am Ufer ein Feuer gemacht hat.«

»Ein Feuer?«

»Ja, der hat etwas verbrannt.« Die Wangen der Jungen glühten. »Als der weg war, wollten wir nachschauen, aber da war nur noch Asche, und außerdem mussten wir nach Hause, denn es war Abendbrotzeit.«

»Und ihr könnt euch wirklich nicht erinnern, wie der Mann ausgesehen hat?« Die beiden schüttelten den Kopf.

»Schade«, entfuhr es Dirk, aber dennoch waren die Beobachtungen Gold wert – zumindest die gefundene Uhr, denn mit einem Bild davon machte er sich gleich, nachdem er sich bei den Jungen bedankt und verabschiedet hatte, auf den Weg nach Leck zu Olaf Nissen.

»Sie schon wieder?«, wurde er vom Sohn des Toten begrüßt. Er trug ausnahmsweise eine schwarze Stoffhose und ein weißes Hemd. Gustav Nissen war heute beerdigt worden.

»Können Sie einen nicht einmal an so einem Tag in Ruhe lassen?«

»Ich bin gleich wieder weg. Habe nur eine kurze Frage«,

erklärte Thamsen und drängte sich durch den Flur bis in die Küche.

Aus der Innentasche seiner Jacke zog er das Foto der goldenen Uhr.

»Gehörte die Ihrem Vater?« Er hielt seinem Gegenüber das Bild unter die Nase.

Olaf Nissen schluckte und äugte auf die Uhr. Einen Moment lang dachte Dirk, dass der Mann aus Geldgier so oder so behaupten würde, dass das Schmuckstück seinem Vater gehört hatte und damit gleich seine Erbansprüche geltend machen würde. Zu seinem Erstaunen jedoch schüttelte der Sohn den Kopf.

»Nee, habe ich noch nie gesehen. Mein Vater war eher der Chrono-Typ. Hatte eine sauteure Uhr mit Armband aus Krokoleder. Solch einen Glitzerklunker hätte der nicht getragen.«

Thamsen nickte langsam, obwohl ihn diese Antwort nicht weiterbrachte. Es wäre zu schön gewesen, wenn die Uhr Gustav Nissen gehört und der Täter sie nach dem Mord an sich genommen und verloren hätte. So mussten sie weitersuchen und wahrscheinlich die Presse um Mithilfe bitten.

Er verabschiedete sich mit leicht zerknirschtem Gesichtsausdruck und ging zurück zu seinem Wagen. Wem konnte diese Uhr gehören? Wer trug solch kostbare Stücke im Umfeld des Toten? Er sollte Haie bitten, sich diesbezüglich im Heim umzusehen, eventuell …

Das Klingeln seines Handys riss ihn aus seinen Gedanken. Er fingerte das Telefon umständlich aus der Jackentasche und schaute aufs Display, auf dem Toms Name aufleuchtete.

»Hey, wieder im Lande?«

»Ja, und ich würde mich gerne auf ein Bier mit dir treffen«, entgegnete der Freund ohne Umschweife.

»Klar, kann in einer Viertelstunde in der Gastwirtschaft sein.«

»Super, dann bis gleich.«

Während er in sein Auto stieg und den Motor startete, rief er Ansgar an.

»Olaf Nissen hat die Uhr angeblich noch nie gesehen. Mach mal eine Pressemeldung fertig. Vielleicht erkennt jemand das gute Stück.«

»Geht klar, Chef.«

Er fuhr über Klintum zur B5 und bog in Risum-Lindholm in die Dorfstraße ein. Trotz des trüben Wetters waren eine Menge Leute im Dorf unterwegs, aber das konnte auch an der Feierabendzeit liegen. Rushhour in Risum-Lindholm. Thamsen musste schmunzeln.

Kurz hinter dem Spar-Markt fuhr er links den kleinen Hügel zur Gastwirtschaft hinauf. Tom war noch nicht da. Jedenfalls stand sein Auto nicht auf dem Vorplatz, und dass der Freund zu Fuß kommen würde, schloss Dirk aus. Tom war der bequeme Typ, hatte dafür allerdings eine ziemlich sportliche Figur, befand Thamsen und überlegte, ob er Dörte Bescheid geben sollte, dass es später werden würde. Schon sah er Toms Wagen näher kommen und winkte dem Freund zu, der blass und müde wirkte, als er ausstieg und trotzdem lächelnd auf Dirk zukam.

»Habe heute Ausgang«, grinste er. »Niklas ist bei einem Freund«, erklärte er, warum sie sich in der Gastwirtschaft treffen konnten.

»Muss auch mal sein.« Dirk klopfte ihm auf die Schulter und schob ihn dabei Richtung Eingang. Um diese Zeit war in der Gaststätte wenig los. Der Stammtisch traf sich erst um acht, da die Bauern vorher melken mussten. Den beiden war das recht. So konnten sie ungestört miteinander reden, ohne dass sie einen Lauschangriff vom Nachbartisch zu befürchten hatten. Sie bestellten sich jeweils ein Bier und verzogen sich in die hinterste Ecke.

»Wieso bist du schon zurück?«, erkundigte sich Thamsen, nachdem sie angestoßen hatten. »Ich dachte, die Konferenz geht bis übermorgen.«

»Ach«, seufzte Tom leicht, »ich hatte keine Ruhe. Konnte Haie nicht erreichen, und letztendlich war die Tagung nicht so gut, wie ich gedacht habe.«

»Aber wolltest du nicht nach neuen Auftraggebern suchen?« Thamsen hatte zwar keine Ahnung von dem, was der Freund beruflich so machte, stellte sich das Leben als Selbstständiger jedoch nicht einfach vor. Das war etwas ganz anderes als sein gesicherter Beamtenjob.

»Habe ich auch, aber egal«, winkte Tom ab. »Ich mache mir ernsthaft Sorgen um Haie.«

»Ich weiß, das Heim ist nicht toll, aber in den letzten Tagen ist es ruhig geblieben.«

»Ruhig?« Tom zog die Augenbrauen hoch und berichtete von dem Diebstahl und den anderen in seinen Augen haltlosen Zuständen.

Thamsen, der zwar nichts über die neuesten Ereignisse wusste, war trotzdem nicht sonderlich überrascht.

»Wir sind sowieso der Meinung, der Täter ist im Heim zu finden. Gleich morgen knöpfe ich mir diese Doreen vor. Haie wollte doch eine Anzeige machen, oder?«

»Natürlich, denn das geht nicht, auch wenn die junge Dame eine zweite Chance verdient hat, aber die hat anscheinend öfter geklaut, und die Nölting wusste davon.«

Thamsen nickte. »Und diese Alkoholdame schaue ich mir auch an.«

»Haie meint, dass die vielleicht im Suff ...«

Derselbe Gedanke war Thamsen bereits gekommen. Sie mussten tätig werden, sonst passierte womöglich noch ein Unglück.

27. KAPITEL

Am nächsten Morgen war Dirk früher als sonst auf den Beinen, obwohl er sehr spät nach Hause gekommen war. Dörte hatte bereits im Bett gelegen, und er ahnte, dass es wieder Ärger geben würde. Er deckte daher liebevoll den Frühstückstisch und legte ihr einen Zettel hin, auf den er schrieb: »Ich liebe euch.«

Anschließend verließ er das Haus, ehe die anderen aus ihren Träumen erwachten.

Er fuhr nicht direkt ins Heim, sondern zunächst auf die Dienststelle, wo er zeitgleich mit Ansgar Rolfs ankam. »Hast du den Zeitungsaufruf fertig?«

»Liegt auf deinem Schreibtisch.«

Er las die Zeilen und bat Rolfs, den Text zusammen

mit dem Foto der Uhr gleich an die Presse weiterzugeben. Dann suchte er in dem Stapel der Personalakten nach der von Doreen Nottelmann.

Über irgendwelche Diebstähle war nichts verzeichnet. »Das gibt es doch gar nicht«, murmelte er und musste sich unweigerlich an das Personalgespräch im Büro der Heimleiterin erinnern, das er vor wenigen Tagen gestört hatte. War das nicht Doreen Nottelmann gewesen, die Frau Nölting weggeschickt hatte? War es um die Diebstähle gegangen? Er suchte die Akte von Jutta Schlüter und Christian Mohr und steckte alle zusammen in eine Tasche. Er war auf dem Weg zur Tür, als sein Telefon klingelte.

»Jo, hier Becker aus der Rechtsmedizin in Kiel.«

»Ach, Herr Becker.« Die Obduktionen der anderen Toten aus dem »Olenglück« hatte Thamsen beinahe vergessen. Für ihn war klar, dass die Bewohner ermordet worden waren, und genau das bestätigte ihm der Rechtsmediziner.

»Tut mir leid, dass es etwas gedauert hat, aber wegen des Serienmörders aus Norderstedt haben wir momentan alle Hände voll zu tun.«

»Norderstedt? Übernehmen das Gebiet nicht normalerweise eure Hamburger Kollegen?«

»Schon, aber es geht nicht um einen aktuellen Mordfall, sondern um alte DNA-Proben und Analysen, und da die Kieler Mordkommission ermittelt, müssen wir ran.«

Thamsen hatte nur am Rande von dem recht spektakulären Fall gehört, in dem die Kieler Kollegen durch einen Zufall auf die Spur des Mannes gestoßen waren, der zwischen 1969 und 1989 mehrere Frauen ermordet hatte.

»Außerdem hat das mit der Überführung nicht gleich geklappt. Euer Bestatter hatte eine Aushilfe losgeschickt, und die war zunächst auf den Parkfriedhof Eichhof gefahren anstatt zu uns. Naja, sie sind ja angekommen, und ebenso wie bei Gustav Nissen haben wir Zeichen eines Erstickungstodes gefunden und Faserspuren in der Lunge.«

»Heißt das, die sind auch mit dem Kissen erstickt worden?«

»Aller Wahrscheinlichkeit nach ja.«

»Könnte man solch eine Todesursache auch an anderen Leichen aus dem Heim feststellen?« In Thamsens Kopf erschien eine lange Liste von Sterbefällen. Wann hatte es mit den Morden begonnen? Wie lange schon wurden Bewohner im Heim erstickt? Der Fall nahm immer größere Ausmaße an, und mit jedem weiteren Toten spürte Dirk, wie die Last, die auf seinen Schultern thronte, schwerer wurde.

»Möglich, aber wo willst du anfangen?«

»Keine Ahnung«, seufzte Dirk.

»Außerdem ist eine Exhumierung nicht einfach durchzukriegen. Mal ganz abgesehen davon, dass es für die Familien nicht gerade schön ist, wenn die Gräber wieder geöffnet werden. Besser wäre es, wenn ihr einen geständigen Täter hättet.«

»Das ist mir schon klar, aber den können wir uns nun mal nicht aus den Rippen leiern. Und unter den Tisch fallen lassen möchte ich den Verdacht weiterer Tötungsdelikte nicht.«

Unweigerlich musste er an die Diebstähle im Heim und die Alkoholsucht von Jutta Schlüter denken. In diesem Fall war bereits zu viel unter den Teppich gekehrt worden. Damit musste Schluss sein.

»Ich verständige die Staatsanwaltschaft. Sollen die das entscheiden.«

Die Stimmung im Heim wurde von Tag zu Tag schlechter. Jedenfalls empfand Haie es so. Wahrscheinlich hatte sich rumgesprochen, dass er Doreen anzeigen wollte und auch die Schlüter verpfiffen hatte. Das Pflegepersonal benahm sich ihm gegenüber jedenfalls sehr zurückhaltend. Beinahe, als habe man Angst, der oder die Nächste zu sein, die er anschwärzen könne. Und auch die anderen Bewohner schienen ihn zu meiden, als habe er Aussatz oder eine andere ansteckende Krankheit. Nur der Gedanke, nicht für immer hier bleiben zu müssen, tröstete ihn. Außerdem hatte er eine Mission, versuchte Haie sich zum Durchhalten zu motivieren. Er wollte den Mörder finden.

Etwas ziellos schob er sich in seinem Rollstuhl Stück für Stück die Gänge entlang, während er überlegte, wie er an brauchbare Hinweise in dem Fall kommen konnte. Ins Büro der Heimleitung kam er nicht so einfach. Das hatte er schon auspioniert, dass alleine durch die Stufen zum leicht höher gelegenen Geschoss ihm der Zugang verwehrt blieb. Im Sozialraum befand sich meist jemand vom Pflegepersonal, außer zu den Essenszeiten. Da halfen alle mit, denn etliche Bewohner mussten gefüttert werden, da wurde jede Hand benötigt. Er blickte auf seine Uhr. Noch gut zwei Stunden bis zum Mittagessen.

Er überlegte, ob sein Fehlen auffallen würde, und rollte um die nächste Ecke – direkt in Elkes Arme. Die schon wieder, fuhr es Haie durch den Kopf. So langsam war er mehr als genervt von seiner Exfrau.

»Hallo, Haie«, strahlte sie ihn hingegen an. »Schön, dich zu sehen.«

»Was willst du denn allwedder?«, raunzte er sie an, obwohl das sonst nicht seine Art war. Aber diese Internierung im Heim, die Vorkommnisse der letzten Tage sowie der Schlafmangel zerrten an seinen Nerven. Außerdem juckten die Verbände mittlerweile so sehr, dass Haie glaubte, wahnsinnig werden zu müssen.

Elke schluckte, versuchte aber, sich nicht anmerken zu lassen, wie verletzt sie von seiner Abfuhr war. Haie war schon immer knarzig gewesen, wenn es ihm nicht gut ging, entschuldigte sie sein schroffes Verhalten.

»Ich besuche Hiltrud, das mache ich öfter«, verkündete sie daher. Nicht, dass er auf die Idee kam, sie sei seinetwegen hier. Auch wenn das der Fall war. Hatte sie doch insgeheim gehofft, ihn zu sehen. Nur sagen, sagen konnte sie ihm das nicht. Sie würde ihm nicht auf die Nase binden, dass sie ihn immer noch liebte, und die Hoffnung, sie würden irgendwann zusammenfinden, nicht aufgeben konnte, solange sie lebte.

»Sitzt die nicht vorne in der Warteecke?« Haie glaubte sich zu erinnern, die ehemalige Dorfbewohnerin dort gesehen zu haben.

»Doch, doch, aber ich habe ihr ein paar Sachen mitgebracht, die ich schnell in ihr Zimmer bringen will.«

»Na, hoffentlich nichts Wertvolles«, murmelte Haie.

»Bitte?«

»Ach, nichts«, winkte er ab.

Trotzdem er eigentlich mit Elke nichts zu tun haben wollte, begleitete er sie auf dem Weg zu Hiltruds Zimmer. Die Gesellschaft tat ihm gut, wenngleich er sich das nur ungern eingestand. Aber in seiner momentanen Situation durfte er nicht wählerisch sein, was soziale Kontakte betraf, rechtfertigte er, warum er Elkes Gesellschaft insgeheim genoss. Wie ein Schwamm sog er die menschliche Nähe auf und war erstaunt, als er plötzlich eine vertraute Verbundenheit verspürte, die er jedoch nicht als unangenehm empfand. Ganz im Gegenteil, er folgte Elke anschließend sogar zurück in die Empfangshalle.

Als sie sich der Sitzgruppe näherten, kam es Haie so vor, als steckten die Leute die Köpfe zusammen und tuschelten über sie. Das bilde ich mir bestimmt nur ein, tat er diese Beobachtung jedoch schnell ab. Die bekamen doch eh nicht mehr viel mit, oder? Und selbst wenn, das konnte ihm egal sein, denn er wollte nichts mehr von Elke.

Er gesellte sich eine Weile zu der Runde, dann aber wurden ihm die Gespräche über das Wetter, das Essen und die gerade im Fernsehen laufende Dauerwerbesendung zu langweilig. Außerdem war bald Mittagszeit, und da er etwas Zeit benötigte, um zum Sozialraum zu gelangen, wo er sich umsehen wollte, verabschiedete er sich und machte sich auf den Weg. Unterwegs kam er an einem Zimmer vorbei, dessen Tür weit offen stand, und stoppte, als er seinen Namen hörte.

»Ja, ja, der Ketelsen muss Geld haben. Großzügig hat der seiner Ex vor Jahren das Haus bei der Scheidung überlassen.«

Haie schluckte. Er wusste, im »Olenglück« wurde über alles und jeden getratscht, beinahe wie bei Helene im Supermarkt, aber dass auch er Gegenstand dieser Gespräche sein könnte, hatte er bisher ausgeblendet.

»Frau Ketelsen kommt aber öfter, seit er hier liegt, die beiden scheinen ein inniges Verhältnis zu haben, oder?«, hörte Haie nun eine männliche Stimme und glaubte, Christian Mohr daran erkannt zu haben.

»Ach, glaube ich nicht«, entgegnete daraufhin die Bewohnerin. »Ich habe gehört, sie soll ihm damals übel mitgespielt haben. Wenn das Haus eine Abfindung gewesen ist, muss der definitiv mehr Moneten unter der Matratze haben.«

Haie kratzte sich am linken Ohr. Seltsam, dass ausgerechnet seine finanzielle Situation Inhalt des Gespräches war. Hatte der Pfleger mit den Diebstählen zu tun? War Doreen vielleicht nicht die Einzige, die die älteren Herrschaften beklaute? Oder war er auf einer heißen Spur und hatte den Todesengel entdeckt?

Es konnte Zufall sein, dass man über seine Finanzen sprach, dennoch war es keine schlechte Idee, so zu tun, als habe er Geld. Anscheinend wusste niemand, dass er am Existenzminimum nagte, denn seine Rente war nicht besonders hoch, und wenn er nicht kostenfrei bei Tom und Niklas wohnen würde, wofür er sich mit seiner Hilfe und einem Anteil an den Haushaltskosten revanchierte, hätte er nicht gewusst, wie er über die Runden kommen sollte.

Das Haus war sein gesamtes Vermögen gewesen. Allerdings hätte er ohnehin nicht nach dem, was zwischen ihm und Elke vorgefallen war, weiter darin wohnen können, und wenn er es ihr nicht überlassen hätte, müsste er Unterhalt zahlen und käme finanziell wahrscheinlich gar nicht klar. Doch all dies schien sich nicht bis ins Heim herumgesprochen zu haben. Vielleicht war das gut so.

Er könnte einen auf alten reichen Sack machen und somit den Täter aus der Reserve locken. Egal, ob Enkeltrickbetrüger, schlichter Dieb oder Todesengel. Wenn er kundtat, bei ihm gäbe es finanziell etwas zu holen, trat der Mörder eventuell an ihn heran.

Nur ganz ohne war das nicht. Der Täter oder die Täterin war gefährlich. Trotzdem beschloss Haie, aktiv zu werden, denn durch sein bloßes Herumrollen, in der Hoffnung, auf Hinweise zu stoßen, würde er wahrscheinlich in Tausend Jahren noch nichts herausgefunden haben, und so lange wollte er definitiv nicht bleiben.

28. KAPITEL

Der zuständige Staatsanwalt hatte sich nicht besonders erfreut über Thamsens Anfrage gezeigt, hatte aber versprochen, sich die Sache durch den Kopf gehen zu lassen und sich zu melden. Das konnte erfahrungsgemäß dauern, besser also, er verfolgte in der Zwischenzeit die anderen Hinweise wie geplant. Er stand von seinem Stuhl auf, nahm seine Jacke, die er über die Lehne gehängt hatte, und ging hinüber zu Rolfs.

»Willst du mit ins Pflegeheim? Ich muss mit einigen Mitarbeitern sprechen und habe den Eindruck, es wäre gut, wenn wir zu zweit auftauchen.«

»Klar«, nickte Ansgar. »Es gibt momentan eh nichts zu tun. Die Spusi hat zwar Fingerabdrücke sichergestellt auf der Uhr, aber bisher keine Übereinstimmung gefunden in der Kartei.«

»Auch nicht mit denen, die wir von diesem Enkeltrickbetrüger haben?«

»Leider nicht.«

»Ach«, seufzte Thamsen, während er zusah, wie Ansgar seinen Computer ausschaltete und seine Jacke anzog. »Nicht schön, aber letztendlich erhärtet das unseren Verdacht, dass der Täter im Heim zu finden ist.«

»Na, dann mal los!«, grinste sein Mitarbeiter ihn leicht schief an.

Frau Nölting lächelte zwar, aber es war ihr deutlich anzumerken, wie lästig ihr der erneute Besuch von Thamsen und Rolfs war. »Ich nehme an, Herr Meissner hat sich mit Ihnen in Verbindung gesetzt?«

Thamsen nickte. »Er sagte, sein Bekannter …«, Dirk tat, als lese er den Namen aus seinem Merkbuch ab, »Haie Ketelsen wolle eine Anzeige wegen Diebstahls machen.«

»Ja«, stöhnte die Heimleiterin, »wobei das Ganze wohl nur ein dummes Missverständnis ist.«

»Inwiefern?«, mischte sich Ansgar ein.

»Ich habe mit Doreen Nottelmann gesprochen, und sie sagt, sie habe das Handy im Speisesaal gefunden. Herr Ketelsen muss es dort verloren haben. Sie wollte es ihm zurückbringen, hatte es aber vergessen, weil es einen Notruf gab.«

»Hm«, Thamsen fuhr sich übers Kinn. »Aber wie ich hörte, soll das nicht der erste Vorfall dieser Art gewesen sein.«

»Doreen schwört, dass seien alles Missverständnisse.«

Dirk glaubte Frau Nölting kein Wort, zumal Tom ihm erzählt hatte, dass bereits öfter Bewohner bestohlen worden waren, und die Heimleiterin die schuldige Pflegerin nicht rauswarf, da es schwierig war, eine entsprechende Ersatzkraft zu finden.

»Wir würden gerne mit Doreen Nottelmann persönlich sprechen.«

»Selbstverständlich.«

»Und mit Frau Schlüter.«

Frau Nötlting schluckte. »Die ist heute nicht da. Hat sich gestern krankgemeldet.«

Krank? Thamsen zog die Augenbrauen hoch. Wahrscheinlich hatte die Dame wieder einen über den Durst getrunken. »Und Christian Mohr?«

»Was wollen Sie denn von dem?«

»Er hat in letzter Zeit öfters den Arbeitgeber gewechselt. Haben Sie ihn bei der Einstellung danach gefragt?«

»Selbstverständlich.«

»Und?«

»In der Branche ist das durchaus nicht ungewöhnlich. Nicht jedes Heim ist so hervorragend organisiert wie das ›Olenglück‹. Außerdem geht man woanders nicht unbedingt pfleglich mit dem Personal um.« Frau Nölting versuchte sich wieder an einem schiefen Lächeln.

»Und das ist der Grund für die häufigen Arbeitgeberwechsel von Herrn Mohr?«

Die Heimleiterin zuckte lediglich mit den Schultern.

»Wo finden wir die beiden?«

»Wahrscheinlich im Speisesaal. Es ist schließlich Mittagszeit.«

Sie folgten dem Geruch des Essens – aber angenehm roch es nicht, und als sie die zerkochte Pampe auf den Tellern der Heimbewohner sahen, verging ihnen jeglicher Appetit.

Großküchenessen per se war selten das Gelbe vom Ei, aber dieser Fraß? Dirk wurde bewusst, was für ein Opfer Haie auf sich nahm, um ihm zu helfen. Augenblicklich schämte er sich, da er dem Freund ein paar Leckereien hatte mitbringen wollen, es aber wieder vergessen hatte.

Doreen Nottelmann saß an einem der hinteren Tische und tat, als sähe sie die beiden nicht. Scheinbar hochkonzentriert fütterte sie eine ältere Dame im Rollstuhl, die völlig abwesend wirkte.

»So, und noch ein Löffel, Frau Schmidt.« Sie pustete auf die Pampe und versuchte anschließend, den Löffel zwischen die aufeinandergepressten Lippen der Frau zu schieben.

»Frau Nottelmann?«

»Ja?« Die Pflegerin schaute nicht auf, als Thamsen sie ansprach, sondern stieß die Pampe nun beinahe mit Gewalt in den Mund der Bewohnerin. »Sie müssen schon mithelfen, Frau Schmidt!«

»Wir haben ein paar Fragen an Sie.«

»Ich arbeite, sehen Sie das denn nicht?«

»Gut, dann befrage ich Sie eben hier, wenn Ihnen das lieber ist.« Dirk schaute sich demonstrativ um. Die angrenzenden Plätze waren voll besetzt, und nicht alle Anwesenden wirkten derart abwesend wie Frau Schmidt. Einige Köpfe wurden bereits neugierig in ihre Richtung gereckt. Haie konnte Thamsen seltsamerweise nirgends entdecken.

Gereizt ließ Doreen Nottelmann den Löffel auf den Teller knallen und stand auf. »Christian?«, rief sie zu einem der anderen Tische hinüber. »Kannst du kurz übernehmen?« Der Pfleger erkannte Thamsen und nickte. Wahrscheinlich wusste er, weswegen die Polizei mit Doreen sprechen wollte. Gut, dann können wir anschließend gleich mit dem reden, dachte Thamsen, während er hinter Ansgar und Doreen Nottelmann den Speisesaal verließ.

Mit verschränkten Armen platzierte sich die Pflegerin im Flur. Anscheinend wollte sie das Gespräch schnell hinter sich bringen, und Dirk vermutete, das lag nicht unbedingt daran, dass sie sich schnell ihrer Arbeit widmen wollte.

»Gegen Sie wurde Anzeige erstattet«, konfrontierte er die junge Frau mit dem Diebstahl.

»Weswegen?«

Thamsen spürte, wie ein Kloß in seinem Hals zu einem

Felsbrocken heranwuchs. Doreen Nottelmann wusste ganz genau, weswegen sie da waren, wollte die ihn für blöd verkaufen? Er holte tief Luft, doch ehe er explodieren konnte, übernahm Ansgar das Gespräch. Er war in solchen Situationen wesentlich souveräner und gelassener, hatte Thamsen feststellen müssen. Zumindest in den letzten Wochen, in denen die Schwangerschaft Thamsens Leben umgekrempelt hatte. Seitdem er wusste, dass er noch einmal Vater werden würde, war er wesentlich dünnhäutiger, musste er sich selbst eingestehen. Bestimmt die Hormone, schmunzelte er innerlich.

»Eine Kollegin hat das Handy eines Bewohners in Ihrem Spint entdeckt. Der Besitzer hat es identifiziert und Anzeige wegen Diebstahls gegen Sie erstattet«, klärte Rolfs die Pflegerin währenddessen auf.

»Ach, da will mir jemand etwas unterschieben. Ich war das nicht!«

»Wir haben leider gehört, es sei nicht das erste Mal war, dass bei Ihnen Diebesgut gefunden wurde«, warf Thamsen ein, der sich mittlerweile beruhigt hatte, wenngleich er sich nach wie vor darüber ärgerte, wie die junge Frau versuchte, sie zu veräppeln.

»Ja, was weiß ich. Das geht schon eine Weile so. Irgendjemand will mich rausmobben.« Im Gesicht und am Hals von Doreen Nottelmann bildeten sich rote Flecken. So cool, wie sie sich gab, war sie augenscheinlich nicht.

»Irgendjemand?«, hakte Ansgar nach und warf Thamsen einen zweifelnden Blick zu.

»Ja, ich werde von mehreren Kollegen ständig gemobbt, darf immer nur die Ärsche abwischen oder die sabbernde Schmidt füttern. Nie bekomme ich eine andere Aufgabe zugeteilt. Aber«, Doreen Nottelmann hob die Hände, »ich mache das, keine Frage. Nur seitdem die anderen gemerkt haben, dass mir das nichts ausmacht, versuchen sie, mir etwas anderes unterzuschieben.«

»Und warum wollen Ihre Kollegen Sie loswerden?«

»Was weiß ich, vielleicht kommt das von dem alten Drachen.« Thamsen wusste sofort, wen die junge Pflegerin meinte, während Rolfs nachfragen musste.

»Na, die Nölting«, klärte Doreen Nottelmann ihn auf. »Die ist doch neidisch auf jeden und alles. Mir gönnt sie vermutlich nichts, weil ich jünger und knackiger als sie bin. Gucken Sie sich die verkniffene Alte an. Die beißt alles weg, was ihr Konkurrenz machen könnte. Oder warum glauben Sie, arbeiten hier sonst nur alte Frauen?«

Thamsen musterte Doreen Nottelmann, und auch Rolfs ließ seinen Blick über die junge Frau wandern. War die Pflegerin wirklich unschuldig? Und arbeiteten hier wirklich nur ältere Mitarbeiterinnen?

»Können Sie sich einen anderen Grund für das Mobbing vorstellen?« Ebenso wie Thamsen zweifelte Ansgar daran, dass die Nölting der Auslöser der Attacken auf Doreen Nottelmann war. Die hatte vor ihnen immerhin Partei für die Angestellte ergriffen. Außerdem, wenn sie die junge Frau loswerden wollte, brauchte sie ihr ohnehin nur zu kündigen. Warum sollte sie sich die Mühe machen und das Mädchen mobben? Zumal andere Pflegekräfte in die Vorfälle involviert schienen.

Doreen Nottelmann runzelte die Stirn, als denke sie angestrengt nach.

»Haben Sie gegen irgendwen etwas gesagt, sich beschwert?« Thamsen wusste, dass es die Mobbingsituation für die Betroffenen meist schlimmer machte, wenn diejenigen sich beklagten.

»Ich habe nur mal zur Nölting etwas über die Schlüter gesagt.«

»Und was?«

»Na, nun ...«, druckste die Pflegerin herum, da sie nicht wusste, dass Thamsen und Rolfs über die Alkoholsucht ihrer Kollegin informiert waren.

»Ging es um die Alkoholprobleme von Frau Schlüter?«, hakte Dirk daher nach.

Doreen Nottelmann nickte. »Die war so besoffen und hat beinahe einen Bewohner im Suff umgebracht.«

»Wie?«, fragten Thamsen und Rolfs synchron und starrten auf ihr Gegenüber.

»Sie hatte die Medikamente vertauscht. Das musste ich doch melden.«

29. KAPITEL

Haie hatte vorsichtshalber an die Tür des Sozialraumes geklopft, aber als drinnen alles still geblieben war, hatte er umständlich die Tür geöffnet und war, so schnell es ihm möglich war, in den Raum gerollt. Nun musste er erst einmal tief Luft holen. Detektivarbeit war ganz schön anstrengend.

Er blickte sich in dem recht überschaubaren Bereich um, in dem es eine kleine Küchenzeile mit Mikrowelle, Kühlschrank, Kaffeemaschine und Wasserkocher gab. Die Spüle und die kleine Arbeitsplatte sahen katastrophal aus. Überall standen benutzte Kaffeebecher und Teller mit Brötchenkrümel oder anderen Essensresten herum.

Auf einem Tisch, um den ein paar Plastikstühle standen, lagen ausgebreitet die Tageszeitung und ein paar Werbeprospekte. Dazwischen Gläser und eine angebrochene Wasserflasche, eine Zigarettenschachtel mit einem Feuerzeug.

Haie fragte sich, wo die Mitarbeiter des Heims wohl ihre persönlichen Dinge ließen. Es musste doch so etwas wie eine Umkleidemöglichkeit und private Spinde geben. Oder wo ließ das Pflegepersonal seine Straßenkleidung und Taschen? Und hatte man sein Handy nicht im Schrank von Doreen Nottelmann gefunden? Er blickte sich suchend um. Hier gibt es nichts, musste er erkennen und rollte wieder Richtung Tür, als er plötzlich Stimmen hörte.

Oh, nein, fuhr es Haie durch den Kopf, und er begann augenblicklich zu schwitzen. Das konnten nur Mitarbeiter sein. Was, wenn man ihn entdeckte? Was sollte er sagen, wenn man ihn fragte, was er hier zu suchen hatte? Die Idee, sich im Sozialraum des Personals umzublicken, war ihm so spontan gekommen; er hatte sich über eventuelle Ausreden gar keine Gedanken gemacht. Er konnte es natürlich wieder auf die demente Tour probieren. Erleichtert atmete er aus. Ja, er würde einen auf alten, verwirrten Mann machen. Das klappte bestimmt. Er lehnte sich in seinem Stuhl zurück und wartete, dass die Tür geöffnet wurde, doch die Stimmen, die zunächst näher gekommen waren, entfernten sich, ohne dass der Raum betreten worden war. Beinahe ein wenig enttäuscht, horchte Haie in die Stille, ehe er den Raum verließ und Richtung Speiseraum rollte. Auf seinem Weg sah er Thamsen und Rolfs mit Doreen Nottelmann im Gang stehen und reden. Er nickte Dirk leicht zu, ohne anzuhalten.

Ob die Pflegerin nur etwas mit den Diebstählen zu tun hatte? Oder war sie auch an den Morden beteiligt? War sie die Mörderin? Der Todesengel?

»Entschuldigt die Verspätung«, begrüßte Haie seine Tischnachbarn, die tief über ihre Teller gebeugt mit dem Mittagessen beschäftigt waren und daher von ihm kaum Notiz nahmen. Doch daran hatte er sich mittlerweile fast gewöhnt. Er nahm einen Löffel von dem inzwischen beinahe kaltem Essen und verzog das Gesicht.

»Hier alles in Ordnung?«, fragte Christian Mohr, der Haies Zuspätkommen bemerkt hatte und an ihren Tisch getreten war.

»Nein«, schüttelte Haie den Kopf.

»Wieso, was ist denn nicht in Ordnung?«

»Ich bin anderes Essen gewohnt«, ließ Haie wie geplant den verwöhnten Rentner heraushängen. Er wollte den Eindruck erwecken, reich und wohlhabend zu sein, um den Verbrecher, sofern er sich im Heim aufhielt, auf sich aufmerksam zu machen. Und am besten, er fing sofort damit an.

»Das kann man doch niemandem vorsetzen, das grenzt ja an Körperverletzung«, setzte er gleich noch einen drauf.

»So?«, entgegnete der Pfleger und zog die Augenbrauen hoch.

»Was so? Zu Hause lasse ich mir das Essen jeden Tag frisch von einem Caterer kommen. Beste Qualität.«

»Ist das nicht teuer?«, schaltete sich sogleich eine Tischnachbarin ein.

»Ach, was heißt teuer?«, winkte Haie ab und kam sich dabei reichlich merkwürdig vor. Das Getue lag ihm nicht. Selbst wenn er wirklich reich wäre, bliebe er wohl eher bodenständig. Er hasste solche Schnacker, die mit ihrem Vermögen prahlten, daher fiel es ihm dementsprechend schwer, in solch eine Rolle zu schlüpfen. Der Pfleger schien reichlich amüsiert. Nahm der ihn nicht ernst?

»Irgendwie muss man sein Geld ja ausgeben. Ich habe keine Erben, soll der Staat etwa mein Vermögen kriegen?« Er achtete genau auf die Reaktion des Mitarbeiters, aber Christian Mohr wandte sich scheinbar unbeeindruckt dem nächsten Tisch zu.

Egal, beschloss Haie, Hauptsache, er hatte erste Gerüchte gestreut. Er war gespannt, wie schnell sich sein erfundener Reichtum herumsprechen würde.

»Haben Sie diese Uhr schon einmal gesehen?« Thamsen hatte das Foto der goldenen Uhr herausgeholt und zeigte es Doreen Nottelmann. Die betrachtete die Aufnahme intensiv, schüttelte jedoch kurze Zeit später den Kopf. »Nee, wieso? Wollen Sie mir dazu auch etwas anhängen?«

»Nein.« Er glaubte der jungen Frau mittlerweile. Er wunderte sich zwar, warum sie sich keinen neuen Job suchte, wenn es hier im »Olenglück« so schrecklich für sie war, doch auf seine Frage hatte Doreen Nottelmann nur mit den Schultern gezuckt und geantwortet, dass sie sich nicht so schnell unterkriegen lasse.

»Aber selbst die Heimleitung ...«, wollte Thamsen zu bedenken geben, doch die Pflegerin ließ ihn gar nicht ausreden.

»Ach, die Nölting, die ist die Schlimmste von allen, kann sich aber nicht leisten, mich rauszuschmeißen, haben hier eh schon zu wenig Personal. Schauen Sie sich mal den Krankenstand unter den Mitarbeitern an. Also echt, nee, die macht mir keine Angst.«

Thamsen entließ Doreen Nottelmann zurück an die Arbeit. »Könnten Sie uns Christian Mohr rausschicken?« Sie nickte.

Wenige Augenblicke später kam der Pfleger lässig aus dem Speisesaal geschlendert. Seine Hände steckten in den Hosentaschen, sein Gesicht wirkte unbeeindruckt.

»Sie wollten mich sprechen?«, fragte er, als sei es ein Privileg, mit ihm reden zu dürfen. Bei der letzten Unterhaltung hat er anders gewirkt, dachte Dirk. Machte es ihn nervös, dass sie schon wieder hier waren? Thamsen musterte Christian Mohr, der seinem Blick jedoch standhielt.

»Ich habe eine Frage zu einigen Unterlagen in Ihrer Personalakte.«

»So? Fragen zu meiner Personalakte?« Christian Mohr kniff die Augen leicht zusammen. Anscheinend war dem Pfleger nicht bekannt, dass Dirk Einblick in die persönlichen Unterlagen hatte.

»Warum haben Sie in der letzten Zeit derart häufig den Arbeitgeber gewechselt?«

»Tja, das ist so meine Art. Ich halte es nirgendwo lange aus.«

»Warum nicht?«

Sein Gegenüber zuckte mit den Schultern. »Vielleicht habe ich von meinen Urgroßeltern das Zigeunern geerbt.«

Dirk war sich unsicher, wie er darauf reagieren sollte. Zigeuner war doch ein Schimpfwort, und außerdem glaubte er dem Pfleger nicht, dass dies der wahre Grund für seine Umtriebigkeit war.

»Gab es denn Streit oder Ärger bei den anderen Arbeitsstätten?«

»Nö.«

»Und hier, wie gefällt es Ihnen im ›Olenglück‹?«

»Gut.«

»Das heißt, Sie haben aktuell nicht vor, den Job zu wechseln?«

»Weiß man's?«

Thamsen musste sich zusammenreißen, um diesem Katz-und-Maus-Spiel nicht lautstark ein Ende zu bereiten. Besser er änderte seine Taktik. Er zog erneut das Foto mit der goldenen Uhr aus seiner Jackentasche.

»Kennen Sie diese Uhr?«

Die Antwort auf seine Frage war erneut ein Kopfschütteln.

»Wenn Sie eine Diebin suchen, dann waren Sie bei Doreen schon richtig, denke ich.«

»Wieso?«

»Die hat hier schon öfters geklaut.«

»Wie kommen Sie mit ihr aus?«, wollte Ansgar wissen.

»Ich arbeite hier. Ich muss hier keine Freunde finden.«

Haie saß in seinem Zimmer und überlegte, wie er seinen Plan, sich als vermögender Alter auszugeben und das Interesse des Täters damit auf sich zu ziehen, weiter vorantreiben konnte. Es war nicht ganz ungefährlich, dessen war er sich bewusst, versuchte jedoch, diese Tatsache so gut es ging auszublenden.

Er musste jedoch gar nicht lange warten, bis sich sein angeblicher Reichtum herumgesprochen hatte. Es klopfte an der Tür, und Maria Nommsen, die Haie seit der Schulzeit kannte, trat ein.

»Kann ich kurz stören?«, fragte sie zögernd von der Tür aus.

»Du störst doch nicht«, entgegnete Haie und wies auf den Stuhl neben sich.

Mit unsicheren Schritten kam die Frau zu ihm und setzte sich.

»Was gibt es denn?«

»Ich habe gehört«, begann Maria Nommsen ihr Anliegen vorzutragen, während sie permanent imaginäre Fussel von ihrer dunklen Cordhose sammelte, »dass du nicht so ganz arm bist. Stimmt das?«

»Wieso, wer erzählt so etwas?«

»Ach«, winkte die alte Schulfreundin ab, »das ist vermutlich nur so ein Gerede«, und stand auf.

»Und wenn nicht? Weswegen bist du hier?«

Sie blickte auf ihn herab, setzte sich wieder.

»Meine Kinder, weißt du, die haben große Sorgen, mein Sohn hat den Job verloren, weil er bereits eine ganze Weile krank ist.« Sie unterdrückte mühsam ein paar Tränen.

»Und was kann ich da tun? Mir geht es doch auch nicht gut. Sieh mich an.«

»Aber du hast wenigstens Geld.«

»Das nützt mir auch nichts, wenn der Körper nicht so will, wie man selbst gerne möchte.«

»Genau, deswegen dachte ich …«

»Was?«, fragte Haie mit zittriger Stimme. Sollte er so schnell auf eine heiße Spur gestoßen sein? Er musterte Maria Nommsen, während er auf eine Antwort wartete. War diese Frau fähig, einen Menschen eiskalt umzubringen? Sie schien zumindest klar im Kopf und körperlich einigermaßen in Schuss, registrierte er.

»Du könntest mir etwas Geld leihen. Für die Kinder.«

»Warum? Was habe ich davon?«

Sie schaute ihn verwundert an. »Wie, was du davon hast?«

»Na, bringst du mich dann um, oder was?«

»Nein, wie kommst du denn darauf?«, kreischte sie, während sie vom Stuhl aufsprang.

»Weil in letzter Zeit ziemlich viele Bewohner gestorben sind, und Gustav Nissen hatte nur wenige Tage zuvor einen Scheck ausgestellt.«

Sie schluckte.

»Hast du ihn auch um Geld gebeten?«

»Und wenn, deswegen habe ich ihn noch lange nicht umgebracht.«

»Sondern wer?«

»Woher soll ich das wissen?«

»Hast du mal gehört, dass im Heim von Sterbehilfe die Rede war?«

»Sterbehilfe?« Sie sah ihn mit großen Augen an. »Du meinst …?«

Haie nickte.

30. KAPITEL

Aus Christian Mohr war nichts weiter herauszubekommen gewesen. Daher hatten Dirk und Ansgar sich nach und nach die anderen Mitarbeiter vorgenommen, doch keiner wollte die Uhr kennen – angeblich, denn Thamsen hatte den Eindruck, dass die Befragten alle zusammenhielten.

Er konnte Doreen Nottelmann mittlerweile gut verstehen, gegen die sich alle verschworen hatten, denn stets war die Frage aufgekommen, ob diese Uhr von Doreen gestohlen worden war, oder es folgte zumindest der Hinweis, dass man Doreen dazu befragen sollte.

»Mist«, entfuhr es Thamsen, als sie nach geraumer Zeit das Heim verließen. Auch Rolfs schien gefrustet. Er kickte sämtliche Kieselsteine auf dem Weg zum Auto zur Seite.

»Das ist zum Verrücktwerden. Du weißt genau, dass da der Hund begraben ist, kannst aber nicht zu einem einzigen Spatenstich ansetzen«, jammerte Thamsen und überhörte beinahe das Handyklingeln.

Gerade rechtzeitig nahm er den Anruf entgegen. »Thamsen?«

»Herr Kommissar? Hier Traute Frerichs«, tönte es aufgeregt aus dem Gerät. »Sie müssen kommen, sofort. Mark Lüneburg steht vor meiner Tür. Er bedroht mich.«

Dirk deutete Ansgar sich zu beeilen und beschleunigte dann selbst seine Schritte. Hastig klemmte er sich hinters Lenkrad und gab Gas, während Ansgar das mobile Blaulicht auf dem Dach postierte.

Keine zehn Minuten später bremste Dirk mit quietschenden Reifen vor dem Haus der Frerichs.

Auf den ersten Blick schien alles ruhig. Von Mark Lüneburg keine Spur. Hatte der Mann sich mittlerweile Zutritt verschafft? Mit wenigen schnellen Schritten war Dirk gefolgt von Ansgar an der Tür. »Geh du hinten rum«, flüsterte er seinem Mitarbeiter zu, während er auf eventuelle Geräusche aus dem Haus lauschte.

Als alles still blieb, klingelte er. »Polizei, aufmachen!«

Im Augenwinkel sah er, wie sich am Fenster neben der Tür die Gardine bewegte und kurz darauf Traute Frerichs Gesicht an der Scheibe erschien. Wenig später wurde der Schlüssel im Schloss herumgedreht.

»Ist er weg?« Traute Frerichs steckte zögernd den Kopf durch die Tür und blickte sich mit angsterfüllten Augen um.

»Sieht ganz so aus«, entgegnete Dirk, und auch Ansgar zuckte mit den Schultern, als er kurz darauf um die Hausecke bog.

»Was genau hat Herr Lüneburg denn gewollt?«

»Der ist total ausgeflippt. Hat gegen die Tür getreten und rumgebrüllt, dass er es mir heimzahlen will.«

»Und wie?«, hakte Rolfs nach.

»Keine Ahnung, hören Sie, ich hatte solche Angst. Hätte ich mich doch nur nie darauf eingelassen, den Mann zu überführen.«

»Na«, versuchte Dirk, die ältere Dame zu beruhigen, »das war sehr mutig von Ihnen, und wir sorgen dafür, dass Ihnen nichts geschieht. Am besten, Sie gehen wieder rein, und wir fahren zu Herrn Lüneburg und sprechen mit ihm.«

»Wenn Sie meinen …« Frau Frerichs wandte sich um und ging zurück ins Haus. Thamsen und Rolfs warteten, bis die ältere Dame die Tür verriegelt hatte, und gingen dann zurück zum Wagen.

»Hast du die Adresse?«, fragte Dirk seinen Mitarbeiter, der in seinem Merkbuch blätterte und zeitgleich nickte. »Deezbüll Burg. Aber ich kann mir nicht vorstellen, dass der nach Hause gefahren ist, oder?«

»Wahrscheinlich nicht, aber irgendwo müssen wir ja anfangen, ihn zu suchen.«

»Meinst du, der hat wirklich etwas mit den Morden im Heim zu tun? So abgebrüht erscheint der mir nicht, wenn der total ausrastet und der Frerichs beinahe die Tür eintritt.«

»Mag sein, aber wir müssen der Sache nachgehen«, entgegnete Thamsen und gab Gas. Er versprach sich nicht viel von dem Besuch bei dem Enkeltrickbetrüger. Wahrscheinlich hatte Mark Lüneburg heute ein Schreiben der Staatsanwaltschaft bekommen, und ihm waren deshalb sämtliche Sicherungen durchgebrannt.

Kaum hatte Dirk an die Staatsanwaltschaft gedacht, klingelte sein Handy. »Ich habe hin und her überlegt, aber die vorgebrachten Beweise reichen nicht für eine Exhumierung«, erklärte Kaspar Johannson, der neue Staatsanwalt. Thamsen seufzte innerlich, wusste aber, dass an der Entscheidung zumindest momentan nicht zu rütteln war. So gut kannte Dirk den Neuen bereits, den er allerdings für übervorsichtig hielt. Vermutlich wollte der junge Mann keine Fehler machen, aber diese Haltung war für ihre Arbeit nun mal nicht hilfreich.

Wie erwartet, trafen sie Mark Lüneburg nicht an.

»Entschuldigung«, wandte sich Ansgar an einen älteren Herrn, der im Garten nebenan die Hecke schnitt. »Haben Sie Herrn Lüneburg gesehen?«

»Häh?« Der Mann verstand die Frage aufgrund der knatternden elektrischen Gartenschere nicht.

»Ob Sie Ihren Nachbarn gesehen haben?«, wiederholte Rolfs die Frage, nachdem der Befragte das Gerät ausgeschaltet hatte.

»Diesen jungen Schnösel?« Er zog dabei seine Augenbrauen hoch. »Nee, den habe ich heute noch nicht gesehen.«

»Und haben Sie eine Ahnung, wo er sein könnte?«

»Sehe ich so aus, als mische ich mich in die Angelegenheiten fremder Leute?«

»Nein, schon gut«, versuchte Thamsen zu vermitteln, der wirklich keine Lust mehr auf irgendeine Art von Ärger hatte. »Vielen Dank!«, verabschiedete er sich und schob Ansgar leicht in Richtung Straße.

»Wir machen für heute Feierabend«, beschloss er.

»Was? Und was ist mit Lüneburg?«

»Der wird schon wieder auftauchen«, beruhigte Thamsen seinen Mitarbeiter.

»Ja, und wenn er der Frerichs doch was antut?«

»Die meldet sich schon rechtzeitig.«

Ansgar schaute Thamsen verständnislos an, doch Dirk wusste aus Erfahrung, dass eine Suche nach dem Verdächtigen sinnlos war. Der würde schon auftauchen. Außerdem sagte ihm sein Bauchgefühl, dass Mark Lüneburg nicht der war, den sie suchten, auch wenn sein Mitarbeiter anderer Meinung war.

»Dann setz mich beim Kö ab, ich schaue mich ein wenig in der Stadt um.«

»Gut, wenn du meinst.«

Nachdem Thamsen sich wenig später von Ansgar verabschiedet hatte, fuhr er jedoch nicht direkt nach Hause, wo er ohnehin nicht freudig erwartet wurde. Sicherlich war Dörte sauer, weil er die getroffenen Vereinbarungen wieder nicht einhielt. Bei der Aussicht zog es ihn nicht gerade heimwärts. Außerdem hatte er seine Mutter seit einer gefühlten Ewigkeit nicht besucht und befand, dass heute der perfekte Tag dafür war, dies endlich einmal wieder zu tun.

»Dirk?«, zeigte sich Magda Thamsen überrascht, als sie die Tür öffnete. Sie war gerade dabei, sich etwas zum Abendessen zu kochen, aber es roch ziemlich verbrannt im Haus, fand Thamsen.

»Ach, das ist nur der alte Backofen«, tat seine Mutter allerdings schnell die verräucherte Bude ab. Thamsen blickte sich suchend um. Er konnte nicht genau sagen, warum, aber er glaubte ihren Worten nicht. Seit wann war der Backofen defekt? War es nicht wahrscheinlicher, dass sie alleine nicht mehr zurechtkam?

»Wie kommt ihr in dem Fall voran?«, fragte sie wie immer interessiert an seiner Arbeit.

»Ach, da tut sich nicht viel. Wir wissen, dass mehrere Leute ermordet worden sind, aber es fehlt bisher jede Spur vom Täter oder der Täterin.«

»Täterin?«, horchte seine Mutter auf.

»Ja, es sieht so aus, als könne es eine Pflegerin gewesen sein. Viel Kraft haben die alten Leutchen nicht, um sich zu wehren – und eben mal ein Kissen aufs Gesicht drücken, das kann auch eine Frau.«

»Zumal da sicherlich mehr Frauen als Männer im Heim arbeiten, oder?«

»Schon, aber das macht das Ganze nicht besser. Allein die Heimleiterin ist ein wahrer Drache.«

Thamsen ließ sich über die Zustände und miserable

Stimmung im »Olenglück« aus. Magda Thamsen nickte, blieb aber ansonsten schweigsam.

»Mich kriegen keine zehn Pferde in ein Heim«, kommentierte sie seinen Bericht am Ende.

Thamsen schluckte. Das hatte er nun wirklich nicht mit seinen Schilderungen erreichen wollen. Es war nicht auszuschließen, dass Magda Thamsen zu irgendeinem Zeitpunkt nicht mehr alleine zurechtkam. Was sollte dann werden? Er und Dörte würden sie nicht pflegen können.

Seine Mutter erriet, welche Gedanken in seinem Kopf umherschwirrten.

»Keine Angst, Dirk«, lächelte sie ihn an, während sie den überbackenen Camembert aus dem Ofen holte. »Ich werde euch nicht zur Last fallen. Du hast mit deiner Familie und dem Job wahrlich mehr als genug um die Ohren. Ich habe mit Dörte schon darüber gesprochen.«

»Mit Dörte?«

Seine Mutter nickte. »Sie rief an, es ging ihr nicht gut.«

Dirk runzelte die Stirn. »Die ganze Situation ist für sie nicht leicht. Sie hat Angst davor, wieder in Depressionen zu verfallen.«

»Hm.«

»Und dass du dich nicht über das Kind freust, macht es für sie nicht gerade leichter.« Magda Thamsen setzte sich zu ihm an den Tisch.

»Du willst dieses Kind nicht, stimmt's?«, fragte sie ihn geradeaus.

Dirk räusperte sich lediglich.

»Es ist okay, weißt du, ich verstehe das, aber jetzt, wo es nun einmal kommt, musst du versuchen, das Beste daraus zu machen.«

»Ich weiß«, flüsterte er und musste unweigerlich an seinen Vater denken, der ihn zeit seines Lebens nie geliebt hatte und ihn das immer mehr als deutlich hatte spüren lassen.

Seine Mutter schob den Teller mit dem Camembert zu ihm, reichte ihm ein Glas Preiselbeeren und etwas Brot dazu. Eigentlich mochte Dirk dieses Gericht gerne, aber er hatte jetzt so gar keinen Appetit. Lustlos stocherte er in dem Essen herum.

31. KAPITEL

»Wann kommt Onkel Haie denn wieder nach Hause?« Niklas ließ sich nur widerwillig von Tom zudecken. Ihm fehlte der Patenonkel und der gewohnte Tagesablauf, für den Haie stets sorgte. Er wusste, wie sehr der Junge die immer gleichen Tagesabläufe brauchte, um sich geborgen zu fühlen.

Tom hingegen, der sich, was seinen Sohn betraf, sehr auf Haie verließ, war daher mit fast allem, was Niklas betraf, ein wenig unbeholfen. Von klein auf hatte Haie sich um das Kind gekümmert – seit Marlenes Tod hatte er eine wichtige Rolle für Niklas übernommen, denn Tom war damals dazu nicht in der Lage gewesen, und bis heute war es Haie, der eine wesentlich innigere Verbindung zu Niklas hatte. Tom schmerzte der Umgang mit seinem Sohn so manches Mal, sah er in ihm immer wieder Marlene, riss das Kind die alten Wunden oft von Neuem auf.

»Bald«, versuchte er Niklas zu trösten, obwohl er nicht wusste, wann der Freund das Pflegeheim verlassen wollte. Bevor der Mörder nicht gefasst war, würde er sich kaum bereit erklären, nach Hause zu kommen. Tom hatte es ihm angeboten, doch Haie war stur. Er könne schließlich nicht das Handtuch hinwerfen, hatte er erklärt. Zumal er das Gefühl habe, die Situation im Heim spitze sich zu und er sei nah dran, den Täter zu überführen. Unweigerlich hatte Tom schmunzeln müssen – aber nur kurz.

Im Grunde genommen machte er sich nämlich große Sorgen um den Freund. Was, wenn Haie sich zu weit aus dem Fenster lehnte? Er ging, wie Tom nur zu gut wusste, gerne aufs Ganze, war aber in seiner Situation nicht in der Lage, sich zu wehren. Was Haie anscheinend ausblendete, ängstigte Tom dafür umso mehr.

»Und wann besuchen wir Onkel Haie?«, quengelte Niklas.

»Morgen«, schlug Tom vor. »Dann musst du jetzt aber schön schlafen.«

Der Junge verdrehte die Augen. »Aber nur, wenn du mir eine Geschichte erzählst.«

»Eine Geschichte?« Tom war anders als Haie nicht unbedingt bewandert in derlei Dingen. Er war eher der Mathematiker, hatte es nicht so mit Sprache und Texten. Sein Sohn hingegen schien, auch was das betraf, nach Marlene zu kommen. Die hatte in dieser sagenhaften Welt von nordischen Märchen und Erzählungen geradezu gelebt.

Er überlegte, ob ihm etwas einfiel, was nicht so unheimlich war. Nicht, dass Niklas anschließend nicht einschlafen konnte oder Albträume bekam. Doch ihm wollte nichts in den Sinn kommen, und so erzählte er seinem Sohn etwas über Hans Momsen aus Fahretoft, der wie Tom ein Zahlenmensch gewesen war. »Nur begabten Schülern gab er sein Wissen weiter. Viele von ihnen sind später Steuerleute oder sogar Kapitäne auf großen Schiffen geworden.«

»Und da ist dann der Klabautermann mitgefahren, oder?« Niklas interessierte sich nicht so sehr für reale Persönlichkeiten. Seine Leidenschaft galt den nordischen Märchen. Dennoch wusste Tom dank Marlenes Doktorarbeit seinen Sohn von Hans Momsen zu begeistern.

»Aber Theodor Storm hat Hans Momsen als Vorlage für Hauke Haien genutzt.«

»Den Schimmelreiter?« Niklas Augen blitzten plötzlich auf. »Erzähl mehr davon.«

In den letzten Nächten war es ruhig geblieben, und so war Haie, obwohl er sich im Heim mehr als unwohl fühlte, dennoch zügig eingeschlafen. Die Erschöpfung forderte ihren Tribut, aber er fiel in keinen tiefen Schlaf und fuhr sofort hoch, als er ein Poltern hörte. Anders als die letzten Male war das Geräusch nicht außerhalb seines Zimmers. Die Tür stand einen kleinen Spalt weit auf, und das Notlicht vom Flur schien in den Raum, sodass er Umrisse einer Gestalt am Fußende seines Bettes ausmachen konnte. Ein Schauer überlief ihm. Sein erster Gedanke war, dass er es heute mit seinen Gerüchten übertrieben hatte. Als er sah, wie viel Mühe die Person hatte, sich auf den Beinen zu halten, und er den Alkoholgeruch wahrnahm, wusste er sofort, wer da stand. Er spürte eine Panikwelle über sich hinwegrollen.

»Was wollen Sie?«, fragte er mit zittriger Stimme, während er nach dem Notrufknopf tastete.

»Was ich will?«, entgegnete Jutta Schlüter mit lallender Stimme. »Das weißt du ganz genau.«

»Nein, ich habe keine Ahnung, was Sie von mir möchten«, behauptete Haie, um Zeit zu gewinnen. Wo befand sich nur der verdammte Notrufknopf?

»Na, dann will ich dir mal auf die Sprünge helfen. Du hast mich verpfiffen.«

»Ich?«

»Ja du!« Sie trat näher auf ihn zu, klammerte sich dabei an der Bettkante fest. Endlich spürte Haie den Knopf und drückte. Die betrunkene Pflegerin bekam davon nichts mit. Gott sei Dank, dachte er erleichtert und versuchte zu hören, ob sich jemand näherte. Doch alles blieb ruhig, bis Jutta Schlüter wieder anfing zu sprechen.

»Hast mich als Alkoholikerin hingestellt. Dabei trinke ich abends nur mal ein Gläschen zur Beruhigung. Die hat man nötig, bei dem Tamtam, das ihr alten Leute immer veranstaltet.«

Unbeabsichtigt entfuhr Haie ein verächtliches »Pffff«, das die Frau noch mehr in Rage brachte.

»Du hast mich bei der Nölting und sogar bei der Polizei angeschwärzt. Verräter!« Ihre Stimme wurde immer lauter, wankend näherte sie sich dem Kopfende.

»Dabei hast du doch keine Ahnung.«

»Ahnung, wovon?«

»Was hier los ist.«

»Dann erklären Sie es mir.« Erstaunlich gut gelang es Haie, seine Angst unter Kontrolle zu halten.

»Ach.« Im Halbdunkel des Zimmers sah er Jutta Schlüter abwinken. »Das würdest du nicht verstehen«, lallte sie.

»Wieso nicht?«

Die Pflegerin schien zu überlegen, denn sie schwieg. Haie spürte sein Herz bis zum Hals schlagen, als sie plötzlich näher zu ihm trat und sich über seinen Kopf beugte. »Wenn du nicht damit aufhörst, mich anzuschwärzen, dann mache ich dich kalt.«

Gott sei Dank wurde in diesem Moment die Tür aufgestoßen, und Doreen Nottelmann kam hereingestürmt. »Jutta, was machst du hier?« Sie zog die Kollegin aus dem Zimmer.

Haie holte tief Luft und griff sofort zu seinem Handy.

»Geh endlich an dein verdammtes Telefon, bevor alle im Haus wach sind«, giftete Dörte ihn von ihrer Seite im Bett aus an.

Thamsen hatte tief und fest geschlafen, und es dauerte eine Zeit lang, bis er das Klingeln überhaupt registrierte. Reichlich schlaftrunken schlug er die Bettdecke zurück und tapste in den Flur, wo sein Handy lautstark in seiner Jacke an der Garderobe bimmelte.

»Haie, was gibt es denn?« Er war sofort hellwach, als er die Nummer des Freundes auf dem Display sah. Es musste dringend sein, ansonsten würde Haie nicht mitten in der Nacht anrufen.

»Die Schlüter hat mich bedroht, die könnte die Mörderin sein.«

»Ich bin gleich bei dir.«

In Sekundenschnelle zog Dirk Hose und Pullover an, die im Wohnzimmer auf einem Sessel lagen. Er griff seine Jacke und die Schlüssel, schlüpfte in die Sneaker, ohne die

Schleife zu öffnen. Seine Mutter hätte einen Anfall bekommen, doch er hatte keine Zeit, die Schnürbänder anständig auf- und zuzumachen. Das war ihm schon als Kind lästig gewesen.

In Windeseile erreichte er das Heim. Um diese Zeit war so gut wie niemand auf der Straße, und er hatte freie Bahn, fuhr direkt bis vor den Eingang. Allerdings gab es ein Problem: Die Tür war versperrt, und seine Suche nach einer Klingel blieb erfolglos. Kurzentschlossen ging er zur Rückseite des Gebäudes, wo sich der Sozialraum befand. Durch die Scheiben sah er zwei der Pflegerinnen am Tisch sitzen. Energisch klopfte er an die Verandatür, sodass die Frauen zusammenzuckten.

»Sie?« Doreen Nottelmann blickte ihn erschrocken an, wusste aber gleich, wer ihn verständigt hatte, und ließ ihn eintreten. Am Tisch saß Jutta Schlüter vor einer Tasse Kaffee. Ihr Zustand war eindeutig.

»Also, ja, ähm …« Doreen Nottelmann schaute zwischen den beiden hin und her.

Frau Schlüter stierte ihn mit glasigen Augen an, versuchte ihn zu fixieren, was ihr nicht gelang. In diesem Zustand konnte er nichts mit ihr anfangen, aber er würde sie festnehmen – so viel stand fest.

Er bat Doreen Nottelmann, sich noch einen Moment um die Kollegin zu kümmern. Da er Angst hatte, sie könnte versuchen abzuhauen, sicherte er sie mit Handschellen an einem Heizungsrohr.

Anschließend eilte er zu Haies Zimmer, klopfte und trat ein.

Der Freund saß mit glühenden Wangen in seinem Bett.

»Alles in Ordnung mit dir?« Dirk musterte den Freund, der reichlich erschöpft wirkte.

»Alles klar. Nimmst du die Schlüter fest?«, erkundigte der sich mit aufgeregter Stimme. »Sie ist die Mörderin. Ich habe das im Urin.«

Thamsen musste unweigerlich schmunzeln, nickte dann aber. »Ich melde mich, wenn ich die Frau vernommen habe, denn die muss erst einmal in die Ausnüchterungszelle.«

32. KAPITEL

Elli Lötsch rang nach Luft und schlug dabei die Augen auf. Erleichtert stellte sie fest, dass sie sich in ihrem Wohnzimmer befand, woraufhin sie jedoch sogleich erschrak und sich panisch umblickte. Doch da war niemand.

Sie atmete ein paar Mal tief durch, ehe sie sich mühsam auf dem Fußboden bis zum Ohrensessel vorrobbte, an dem sie sich langsam hochzog. Als sie endlich aufrecht stand, fühlten sich ihre Beine wie Wackelpudding an, und sie setzte sich schnell. Erneut kämpfte sie darum, zu Atem zu kommen, und langsam verschwand die Angst und machte einer unbändigen Wut Platz. Ellis Blick fiel auf ihren Sekretär, und sie sah, dass sämtliche Schubladen herausgerissen worden waren – auch jene, die ihre Ersparnisse enthielt.

Energisch stemmte sie sich aus dem Sessel und ging hinüber zu dem Schreibtisch. Das Geld war weg. Elli Lötsch schluckte und griff nach dem Telefon.

»Mutti, was ist, ich habe gerade keine …«

»Ich bin überfallen worden«, fiel Elli Lötsch ihrer Tochter ins Wort.

»Was?«

»Jemand hat mich überfallen und mein Geld geraubt.«

»Mutter, beruhige dich. Du hast bestimmt nur schlecht geträumt«, entgegnete Sabine Hoffmann. »Ich rufe gleich Dr. Hausmann an, der schaut nach dir.«

»Mir fehlt nichts – nur das Geld. Ruf die Polizei.«

»Aber Mama, bist du dir sicher? Vielleicht hast du es woanders …?«

»Nein, es war jemand hier. Vom Pflegedienst.«

»Aber die kommen doch täglich.«

»Genau, aber heute war jemand Neues da. Hat mich angeschrien, wo mein Geld sei, und dann versucht, mich umzubringen. Komm und guck selbst nach, dann siehst du, dass das Geld fehlt.«

Obwohl erst wenige Stunden nach der Festnahme vergangen waren, hatte sich diese bis zu Helene herumgesprochen. Tom hörte es sofort, als er den Laden betrat, um ein paar Dinge einzukaufen. Zu Hause war der Kühlschrank leer. Normalerweise kümmerte sich Haie um den Haushalt, daher war Tom leicht überfordert und wusste nicht so recht, was er besorgen sollte.

»Jutta Schlüter ist wohl von der Polizei heute Nacht abgeführt worden«, berichtete Helene, als er sich einen

Einkaufskorb schnappte. Im Laden war um diese Uhrzeit meist reichlich Betrieb. Viele Leute aus Risum holten sich zum Frühstück etwas im Supermarkt, und daher wunderte er sich auch nicht, dass sich an der Kasse eine lange Schlange gebildet hatte, zumal es sensationelle Neuigkeiten gab.

»Wieso?«, erkundigte sich gerade eine ältere Dame, die ihre Einkäufe aufs Band legte. Helene holte tief Luft. »Die hat wohl was mit den vielen Todesfällen im Heim zu tun.«

»Echt?«, mischte sich ein grauhaariger Mann ein. »Das hätte ich von der nun wirklich nicht gedacht.«

»Tja«, gab sich die Ladenbesitzerin sehr welterfahren, »man kann den Leuten immer nur bis vorn Kopf gucken.«

»Aber wieso soll die das gemacht haben? Das ist doch so eine Nette«, wollte es der Grauhaarige genauer wissen.

»Weil die Dame ein massives Alkoholproblem hat«, mischte sich Tom ein, der das Gespräch an der Kasse von der Obst- und Gemüsetheke aus mitverfolgt hatte.

Die Köpfe aller Anwesenden schnellten herum, und Helene funkelte ihn an. Ganz offensichtlich hatte sie davon nichts gehört. Trotz der ernsten Lage konnte Tom sich ein Grinsen nicht verkneifen.

»Dann hat die Schlüter also im Suff …?« Die Kunden traten auf Tom zu. Einen kurzen Augenblick überlegte er, die Neugier der Leute zu befriedigen, fing dann aber Helenes Blick auf und zuckte daher mit den Schultern.

»Das weiß ich nicht«, beeilte er sich zu sagen und wandte sich den Bananen zu. Hinter sich hörte er, wie die Leute miteinander tuschelten, kümmerte sich jedoch nicht weiter darum. Und als er die Kasse erreichte, hatte die Gruppe sich aufgelöst, und er war sofort an der Reihe.

»Hat Haie denn wat vertellt?« So schnell gab Helene nicht auf.

»Nee«, entgegnete Tom und stellte seine Einkäufe aufs Band.

»Na«, überging die Kaufmannsfrau allerdings die Informationsknappheit. »Ist ja gut, wenn die Mörderin nu gefasst ist. Die Leute drehen ja sonst langsam durch.«

Tom runzelte die Stirn, und unaufgefordert sprach die Frau weiter. »Elli Lötsch hat auch behauptet, dass sie beinahe erstickt worden sei. Angeblich von jemandem vom Pflegedienst. Unglaublich, was die dementen Leute sich zusammenreimen. Das ist wie letztes Jahr, wo alle angeblich vergifteten Joghurt gegessen hatten.«

Tom erinnerte sich an die Panik in der Bevölkerung, als die ortsansässige Meierei erpresst worden war und alle Leute plötzlich Sojaprodukte und vegane Lebensmittel verlangt hatten und bei jedem Magengrimmen sofort in die Notaufnahme gefahren waren.

Und jetzt schienen plötzlich alle alten Leute erstickt zu werden. Und das auch außerhalb des Pflegeheims, denn soweit er wusste, wohnte Elli Lötsch nur ein paar Häuser von ihnen entfernt.

Auf derlei Gerüchte hatte Tom keine Lust, daher schwieg er, während Helene die Preise in die Kasse eintippte und anschließend abkassierte. Eilig bezahlte er die genannte Summe, und während Helene versuchte, etwas Neues aus dem Heim zu erfahren, wandte er sich zum Ausgang. »Muss meinen Sohn zur Schule bringen«, entschuldigte er seine Flucht und prallte im nächsten Augenblick an der Ladentür mit Elke zusammen.

»Oh, du bist wieder da? Wie geht es Haie? Ist er zu Hause?«

Tom deutete auf Niklas, der während seines Einkaufs vor dem Supermarkt gewartet und sich in der Zwischenzeit an dem Kaugummiautomaten zu schaffen gemacht hatte. »Beeil dich!«, trieb er seinen Sohn an. Der Einkauf hatte länger gedauert als beabsichtigt, und er musste Niklas pünktlich an der Schule abliefern, was er gerade so schaffte. Er verfolgte, wie der Junge zum Eingang rüberrannte und mit den anderen Schülern im Gebäude der Risumer Grundschule verschwand.

Gleich darauf gab er Gas und fuhr zum »Olenglück«. Jetzt, wo augenscheinlich der Fall gelöst schien, wollte er Haie aus dem Heim rausholen, und zwar so schnell wie möglich.

»Also Frau Schlüter«, Thamsen blickte auf die mittlerweile nüchterne Pflegerin, die wie ein Häufchen Elend vor ihm saß. Ihr Gesicht wirkte aufgedunsen, und die Augäpfel versanken in zwei riesigen dunklen Höhlen. Außerdem roch die Frau schrecklich, sodass Dirk, so weit, wie es ihm möglich war, von seinem Schreibtisch weggerückt war.

»Ich …, ich …, ja ich habe wohl etwas überreagiert gestern«, versuchte Jutta Schlüter, die nächtliche Aktion zu erklären.

»Überreagiert? Sie haben Herrn Ketelsen bedroht.«

»Aber doch nur, weil ich wütend war, weil er mich bei der Nölting angeschwärzt hat.«

»Zu Recht. Oder wollen Sie behaupten, Ihr Verhalten sei in Ordnung?«

Die Frau blickte zu Boden und flüsterte ein kaum zu vernehmendes »Nein«.

»Außerdem hat mir Ihre Kollegin …«

»Ach die Doreen, die soll sich an die eigene Nase fassen.«

»Wollen Sie leugnen, dass Sie Medikamente vertauscht haben?«

»Aber das habe ich im letzten Moment bemerkt.«

»Das hat mir Frau Nottelmann aber anders geschildert.« Thamsen betrachtete die Frau eingehend, die nun allerdings schwieg. Wahrscheinlich drang das Ausmaß ihrer Lage erst langsam in ihr alkoholvernebeltes Bewusstsein vor.

»Und wie war das nun genau bei Gustav Nissen?«

Jutta Schlüter riss die Augen auf. »Was? Wieso? Sie glauben, ich …?«

Er nickte. »Taten Ihnen die alten Leutchen leid oder wollten Sie an ihr Geld? Für Alkohol oder womöglich andere Drogen?«

»Nein, bitte, Sie müssen mir glauben. Damit habe ich nichts zu tun.« Jutta Schlüter war von dem Stuhl aufgesprungen und wirbelte dabei ihren unangenehmen Körpergeruch bis zu Thamsen hinüber.

»Warum sollte ich Ihnen glauben? Seit geraumer Zeit sterben im ›Olenglück‹ die Bewohner und das nicht auf natürliche Art und Weise.«

»Was?« Die Frau starrte ihn bewegungslos an. »Aber der Nissen, das war doch der einzige Fall.«

Tat die nur so oder hatte die wirklich keine Ahnung, dass weit mehr Bewohner des Heimes in den letzten Wochen oder gar Monaten ermordet worden waren? Thamsen beobachtete die Frau, die trotz ihres desolaten Zustandes ehrlich auf ihn wirkte. Seltsam, befand er und kramte aus einem Stapel Papiere auf seinem Schreibtisch das Foto der goldenen Uhr hervor.

»Kennen Sie die? Haben Sie die schon einmal gesehen?«

Jutta Schlüter betrachtete die Aufnahme und nickte. Die will doch nur von sich ablenken, oder?, überlegte Thamsen, während er auf eine Erklärung wartete.

»Ja, die Uhr ist mir schon mal aufgefallen.«
»Aha, und wo?«
»Die hat der Sohn vom Nissen getragen.«
»Olaf Nissen?«
»Olaf Nissen.«

Tom stürmte ins Heim und gleich weiter in Haies Zimmer. Der Freund saß entspannt in seinem Bett und frühstückte frische Brötchen, Marmelade und frisch gepresster Orangensaft.

»Oh, hast du ohne mein Wissen ein Upgrade gebucht?« Tom musste unweigerlich grinsen, als er den Freund derart gut versorgt und mit einem genießerischen Gesichtsausdruck schlemmend in seinem Bett vorfand.

»Ach, ich hatte so eine aufregende Nacht, da hat man mich ausschlafen lassen und mir das Frühstück ans Bett gebracht.« Haie nahm einen Schluck Saft und biss anschließend genüsslich in ein Brötchen mit Erdbeeraufstrich.

»Und hast du schon gepackt?«

»Gepackt?«, fragte Haie kauend mit vollem Mund.

»Na, nun ist der Fall gelöst, dachte ich.«

»Wieso, hat die Schlüter etwa gestanden?«

»Keine Ahnung, woher soll ich das wissen? Du bist doch hier der Hilfssheriff«, griente Tom ihn an.

»Solange der Mörder nicht gestanden hat, bleibe ich hier. Außerdem«, Haie biss erneut von seinem Brötchen ab, »so schlecht ist es hier nicht, und zu Hause wäre alles komplizierter. Alleine die Treppe und der Gang zum Klo.«

Tom schob die Unterlippe leicht vor. »Das klang aber gestern noch ganz anders.«

Insgeheim musste er dem Freund recht geben. Solange er diese sperrigen Verbände trug, war seine Pflege ein Problem. Tom traute sich nicht alleine zu, Haie zu versorgen. Wieder spürte er einen dicken Kloß im Hals, wenn er daran dachte, was mit Haies zunehmendem Alter eventuell auf sie zukam. Schnell schob er die Gedanken zur Seite.

»Niklas hat gefragt, wann du wiederkommst.«

»Bald.«

»Das hoffe ich, denn allzu viele Geschichten, die ihm gefallen, habe ich nicht parat. Du hast ihn ganz schön verwöhnt.«

Haie griff zu seinem Buch auf dem Nachttisch.

»Hier, das sollte reichen, bis ich wieder da bin.«

Tom blätterte durch das Buch mit den nordischen Sagen und Märchen. »Aber sind die nicht zu gruselig für ihn?«

»Ach watt. Datt kann er ab.«

»Wenn du meinst«, nickte Tom, packte das Buch ein und die Schokolade, die er im Supermarkt für den Freund besorgt hatte, aus.

»Oh, warst du bei Helene?«, fragte Haie und beäugte gierig die Tafel.

»Ja, kurz.«

»Und?«

»Was und?«

»Na, hat man sich schon von meinem Einsatz erzählt?«

»Über die Schlüter haben die sich unterhalten. Von dir war allerdings nicht die Rede.«

»Nicht?« Haies Stimme klang beleidigt. Langsam schob er das Tablett mit seinem Frühstück zur Seite. »Naja«, entgegnete er, »ist ja schließlich ein Undercovereinsatz.«

33. KAPITEL

Thamsen hatte Jutta Schlüter wieder in die Verwahrzelle gesperrt. Ewig würde er sie nicht festhalten können, aber zunächst wollte er die Angaben, die die Verdächtige zu der Uhr gemacht hatte, zusammen mit Ansgar überprüfen. Wenn sich herausstellte, dass sie gelogen hatte, würde er durch die Konfrontation damit eventuell mehr aus ihr herausbekommen.

Schnell waren sie nach Leck gefahren und hatten direkt vor dem Haus der Nissens geparkt. Ob der Sohn des Ermordeten zu Hause war – diese Frage hatten sie sich nicht gestellt. Olaf Nissen war arbeitslos, soweit sie wussten, da blieb die Frage, wovon der Mann seine Familie ernährte.

»Wahrscheinlich ging es doch ums Geld, als er seinen Vater besucht hat. Vielleicht wollte er einen Teil seines Erbes?«

»Möglich«, zuckte Dirk mit den Schultern, während sie auf die Haustür zugingen.

Olaf Nissen öffnete auf ihr Klingeln. Thamsen begann sogleich, ihn mit den Anschuldigungen zu konfrontieren.

»Stopp mal, bitte, ich habe meinen Vater nicht umgebracht.«

»Das wird sich zeigen. Wenn Sie uns bitte begleiten würden?«

»Wohin?«

»Aufs Polizeirevier.«

Erstaunlicherweise sträubte Olaf Nissen sich nicht dagegen, mit Thamsen und Rolfs zusammen nach Niebüll zu fahren, aber er beteuerte auf der Fahrt immer wieder, am Tod seines Vaters unschuldig zu sein.

»Ich war das nicht«, wiederholte er im anschließenden Verhör, das sich dadurch über Stunden hinzog. Dirk brannten bereits die Augen. Der Einsatz der letzten Nacht machte sich bemerkbar, da half auch der extrastarke Kaffee nicht.

»Mach du mal weiter«, forderte er daher Ansgar auf, als sie sich in einer kurzen Verhörpause mit frischen Getränken versorgten.

»Herr Nissen, das ist Ihre Uhr, wir haben eine Zeugin, die die Uhr bei Ihnen gesehen hat. Und wissen Sie, wo wir diese Uhr gefunden haben?« Rolfs zog nun ihren letzten Trumpf aus der Tasche. Mit Erfolg. Olaf Nissen riss die Augen auf und starrte auf das Foto.

»Im Legerader Wald«, setzte Ansgar nach.

»Was? Da war ich nie. Ich habe meinem Alten die Uhr als Pfand gegeben.«

»Pfand?«, hakte Dirk gleich ein. »Wofür?«

»Für den Scheck.«

»Also haben Sie doch Geld von Ihrem Vater bekommen?«

»Ja, schon«, antwortete der Verdächtige kleinlaut.

»Und wieso haben Sie uns angelogen? Nicht nur wegen des Schecks, bei der Uhr haben Sie auch behauptet, diese nicht zu kennen, obwohl es Ihre eigene ist!« Thamsen spürte, wie sein Hals zuschwoll.

»Sie hätten mich sofort verknackt. Genau wie jetzt, und das, obwohl ich nichts mit dem Mord an meinem Vater zu tun habe.«

»Und das sollen wir Ihnen glauben? Sie haben die Ermittlungen massiv behindert.«

Olaf Nissen schluckte. »Aber er war trotz allem mein Vater.«

Haie hatte es sich an diesem Tag richtig gut gehen lassen. Zwar hatte er noch nichts von Thamsen gehört, was ihn wunderte, aber der Druck war mit der Festnahme von Jutta Schlüter komplett von ihm abgefallen. Er hatte sich das erste Mal beinahe wohlgefühlt im »Olenglück«.

Er seufzte, als er sich im Bett rekelte, in dem er den ganzen Tag verbracht hatte. Es war an der Zeit, sich zu erholen und gesund zu werden, hatte Haie beschlossen.

Als Doreen Nottelmann ihm das Abendessen brachte, wunderte er sich, die Frau immer noch zu sehen. »Oh, Sie haben aber heute lange Dienst.«

»Nicht freiwillig«, knurrte die Pflegerin. Haie glaubte zwar, die Festnahme habe den Dienstplan durcheinandergebracht, doch Doreen erzählte, Christian Mohr sei mal wieder krankheitsbedingt ausgefallen.

»Und das, wo wir eh schon zwei Langzeitkranke haben, für die wir mitarbeiten müssen. Nur ich darf schuften«, ärgerte sie sich.

»Man fängt sich bestimmt leicht etwas ein. Die Bewohner sind ständig krank und schleudern mit Bazillen nur so um sich.«

»Mag sein, aber den Christian trifft es seltsamerweise sehr, sehr oft, muss ich sagen.« Sie stellte das Tablett auf seinem Nachttisch ab und versuchte zu lächeln. »Dann guten Appetit.«

»Danke«, erwiderte Haie, während er eilig das Abendessen zu sich rüberzog.

Thamsen saß im Büro und ging mit Ansgar Stück für Stück die Fakten durch.

»Ich glaube ihm, dass er seinen Vater nicht umgebracht hat«, meinte Rolfs.

»Aber wie ist dann die Uhr in den Wald gekommen?«, erinnerte Thamsen an das Beweisstück.

»Keine Ahnung, aber wenn es stimmt, was der Nissen sagt, dann hat er die Uhr im Heim gelassen. Der Täter kann sie eingesteckt und später im Wald verloren haben.«

»Dann sind wir genauso schlau wie vorher.«

»Sieht ganz so aus.«

34. KAPITEL

Haie wurde durch ein schabendes Geräusch wach. Er konnte es nicht sofort einordnen, aber da es aus der Nähe seines Kopfes kam, konnte es nur vom Nachttisch her kommen.

Sein Herz klopfte plötzlich bis zum Hals, er begann automatisch zu schwitzen, da er sich mehr als sicher war, in Gefahr zu sein.

Langsam drehte er den Kopf zur Seite und sah die Umrisse einer Gestalt, die ihm bekannt vorkam. Er wusste, wer neben seinem Bett stand und seine Nachttischschublade durchsuchte.

Der Eindringling hatte seinerseits bemerkt, dass Haie wach geworden war.

»Los Alter«, bellte er ihn an, »wo hast du deine Kohle versteckt?«

Daher wehte der Wind, es hatten also doch einige Leute mitbekommen, dass er mit seinen Reichtümern prahlte, und diesmal hatten die Gerüchte anscheinend den Richtigen erreicht. Ein Schauer lief Haie über den Rücken, als ihm bewusst wurde, dass die Polizei die Falsche festgenommen hatte. Jutta Schlüter war nicht die Mörderin.

»Also, wo ist das Geld?« Die Person trat näher an ihn heran und wirkte in dieser Position riesig. Fieberhaft überlegte Haie, wie er reagieren sollte. Was sollte er sagen? Sollte er um Hilfe schreien? Sein Mund war staubtrocken, er schluckte.

Schon nestelte die Gestalt an seinem Kopfkissen. Panik ergriff Besitz von Haie. Er musste etwas unternehmen, Zeit gewinnen.

»In meinem Schrank«, presste er mühsam hervor. »Da liegt mein Geld.«

Der Mann drehte sich um, Haie holte Luft und wollte nach dem Notrufknopf langen, doch der andere war schneller. »Halt, nix da.« Kurzerhand verfrachtete er Haie in den Rollstuhl und nahm ihn mit zum Schrank. Aus der Jackentasche holte er eine Taschenlampe, öffnete die Türen und leuchtete die Regale aus.

»So, und wo nun genau, Alter?«

Thamsen hatte seinen Mitarbeiter nach Hause geschickt. Es war bereits nach Mitternacht und mehr als an der Zeit, Feierabend zu machen. Er legte die Akten zusammen, dabei fiel sein Blick auf sein Handy, auf dessen Display ein kleiner Briefumschlag blinkte.

Er zögerte kurz, löste dann die Tastensperre und las die Mitteilung.

»Ruf mich bitte an – egal, um welche Uhrzeit. Es ist wichtig.« Dirk blickte auf die Uhr. Er konnte Tom um diese Zeit doch nicht mehr stören, oder? Der schlief sicherlich schon.

Und wenn es wichtig war? Vielleicht ging es um Haie? Noch konnten sie nicht hundertprozentig sicher sein, den Mörder gefasst zu haben. Er wählte Toms Nummer.

»Ich wusste nicht …«, begann er seinen späten Anruf zu entschuldigen. »Wir waren bis eben im Verhör.«

»Ach, kein Problem«, entgegnete Tom leicht schlaftrunken. »Wahrscheinlich reagiere ich mittlerweile etwas über. Aber ich wollte dir wenigstens erzählt haben, dass ich im Sparmarkt erfahren habe, eine Dorfbewohnerin habe behauptet, sie wäre fast erstickt worden.«

»Was?« Thamsen runzelte die Stirn.

»Ja, ich fand das merkwürdig und habe die Dame besucht.« Dirk musste zwangsläufig schmunzeln. Die Detektivleidenschaft von Haie schien auf Tom abzufärben.

»Und?«

»Die Frau war total durch den Wind, hat nur gefaselt, da sei ein neuer Pfleger, der habe sie umbringen wollen. Zum Glück war die Tochter da und sagte, ihre Mutter werde langsam tüddelig, denn seit Jahren käme ein und derselbe Pflegedienst.«

»Ach ja?« Thamsen musste an Christian Mohr denken, für den es ganz typisch war, ständig die Arbeitsstelle zu wechseln. Vielleicht war er bereits auf dem Sprung?

»Welcher Pflegedienst war das?«

»Häh, keine Ahnung, aber im Dorf habe ich öfter ›De Olenplegers‹ gesehen.«

»Gut, danke.« Thamsen legte ohne eine weitere Erklärung auf. Er hatte ein ungutes Gefühl im Bauch, das sich verstärkte, als er die 24-Stunden-Hotline des genannten Pflegedienstes anrief. »Ja, ein Christian Mohr hat laut Pflegeplan heute einen Tag Probe gearbeitet.«

Thamsen fiel es wie Schuppen von den Augen. Sofort verständigte er Ansgar. »Wir haben die Falsche!«, schrie er in den Hörer.

»Was?«

»Ja, der Typ, der ständig den Arbeitgeber wechselt, ist es. Ich habe nachgeschaut, seit der im ›Olenglück‹ arbeitet, ist die Sterberate in dem Heim beachtlich nach oben gegangen. Außerdem ist mir neulich schon aufgefallen, dass der eine teure Uhr trägt und sein Auto nicht gerade billig zu sein scheint.« Seine Stimme überschlug sich, sein Herz pochte bis zum Hals.

»Haie«, flüsterte er heiser.

»Ihr Freund?«

»Ja, er ist in Gefahr!«

»Hier ist nichts«, raunzte Christian Mohr Haie an.

»Das Geld muss da sein. Ansonsten hat es jemand geklaut.«

»Willst du mich verarschen?« Der Pfleger leuchtete ihm mit seiner Taschenlampe direkt ins Gesicht.

»Nein, natürlich nicht«, entgegnete Haie, doch an seiner Stimme war deutlich zu hören, dass er log. Christian Mohr beugte sich über ihn. »Du hast gar kein Geld?«

Haie schüttelte den Kopf. Was brachte es weiter zu

lügen, das würde den Mann nur wütender machen. Vielleicht würde er ihn so ungeschoren davonkommen lassen.

»Aber ich verrate nichts«, stammelte er daher sofort.

»Ha, das ist ja mal ganz was Neues«, lachte Christian auf. »Tut mir leid für dich, du wirst trotzdem sterben. Auch wenn bei dir nichts zu holen ist.«

»Heißt das, Sie haben die anderen Leute wegen Ihres Geldes umgebracht? Wieso haben Sie nicht nur das Geld geklaut?«

»Die hatten ihr Leben eh gelebt. War doch mehr eine Erlösung. Außerdem kann ich die Kohle viel besser gebrauchen. Schau dich an, du kannst das Leben doch nicht mehr genießen.«

Haie spürte Wut in sich aufsteigen. Was maß sich dieser Typ an, derart über das Leben anderer Menschen zu bestimmen?

»Das kannst du gar nicht beurteilen«, schimpfte er los. »Das ist schließlich mein Leben!«

»Ey, nicht so laut«, zischte der Pfleger ihn an.

»Wieso? Hast du Angst, du könntest erwischt werden?«

»Nee, mir kommt so schnell keiner auf die Schliche. Bin nicht mehr lange hier, und dann lege ich in einem neuen Revier los.«

»Und vorher bringst du mich um? Gleich hier oder auch im Legerader Wald?«

»Gleich auf der Stelle. Ich kündige morgen und bin dann weg.«

»Aber wieso hast du Gustav Nissen in den Wald gebracht?« Haie war zwar nicht nach einem Plausch mit einem Mörder, aber er musste Zeit gewinnen. Seine Gedanken kreisten unaufhörlich um die Frage, wie er der Situation entkommen konnte.

»Ach«, geriet Christian Mohr geradezu ins Plaudern, »ich dachte, das lenkt ab – und hat ja auch geklappt.« Im Schein der Taschenlampe konnte Haie den Pfleger grinsen sehen. Der fühlte sich mehr als sicher, dass man ihm nicht auf die Schliche kam.

»Wirklich? Die Polizei hat aber im Heim ermittelt.«

»Ja, und Jutta Schlüter festgenommen, die alte Schnapsdrossel. Wahrscheinlich hat die gestanden, nur weil man ihr einen Schnaps dafür versprochen hat.« Christian lachte auf, verstummte aber abrupt.

»Schluss nun, du hast kein Geld, musst aber trotzdem verschwinden.« Er ging zum Bett hinüber und griff nach dem Kopfkissen.

»Ist ganz leicht, geht schnell«, bemerkte er dabei.

Er rollte den Rollstuhl ganz an die Wand und drückte ihm das Kissen vors Gesicht, dabei hockte er sich fast auf ihn, sodass Haie keine Chance hatte, sich zu wehren. Er spürte das weiche Kissen und versuchte, durch die dicken Daunen zu atmen, doch es war wenig Luft, die seine Lungen füllte. Ein, aus, ein. Schnell sah er vor Anstrengung Sternchen. Oder waren das die ersten Todesboten?

Thamsen hatte das Blaulicht eingeschaltet und raste zum Heim. Er hatte das Gefühl, dass gerade etwas Schlimmes passierte. Haie hatte sich laut Toms Schilderungen sehr weit aus dem Fenster gelehnt. Wenn das den Täter bloß nicht zu einem weiteren Mord animierte.

Mit quietschenden Reifen stoppte er den Wagen vor dem Heim. Der schnittige Sportwagen von Christian Mohr stand auf dem Vorplatz, was Thamsen noch mehr zur Eile antrieb.

Da er wusste, dass der Vordereingang um diese Zeit verschlossen war, lief er gleich ums Gebäude herum und hämmerte mit den Fäusten gegen die Tür zum Sozialraum.

»Hallo?«, rief Thamsen und spürte den Schweiß in Bächen unter seinen Armen hinabrinnen. »Hallo? Aufmachen!«

Doch da war niemand. Ohne nachzudenken zog er seine Jacke aus, wickelte sie um seine Hand und schlug das Glas der Terrassentür ein. Mit den Füßen klopfte er die Splitter zur Seite und hechtete in den Raum, da nahm er im Augenwinkel einen Schatten wahr und drehte sich um. Es war Ansgar. Der Lärm der splitternden Scheibe hatte ihm den Weg zu seinem Chef gewiesen. Thamsen atmete kurz erleichtert auf, ehe er seinen Mitarbeiter zur Eile antrieb. »Komm! Schnell!«

Gemeinsam rannten sie durch den schummrig beleuchteten Flur zu Haies Zimmer. Die Tür war angelehnt, Thamsen stieß sie auf, und das Bild, das sich bot, ließ ihn zurücktaumeln.

»Weg da«, schrie Ansgar Rolfs. »Lassen Sie den Mann los!«

Er stürzte sich auf Christian Mohr, riss ihn nach hinten. Der Pfleger war völlig überrumpelt, hatte sich zu sicher gefühlt. Es war Rolfs ein Leichtes, den Mann zu Boden zu werfen und die Handschellen anzulegen. Thamsen stand benommen in der Tür und starrte auf den zusammengesackten Haie.

»Oh nein«, rief er. Er trat auf den Freund zu und rüttelte ihn. »Hilfe! Hilfe!«, schrie er wie von Sinnen.

Angelockt von dem Lärm und den Schreien kam plötzlich Doreen Nottelmann über den Flur gerannt. Schnell erfasste sie die Situation, kümmerte sich um Haie, während Ansgar den Notarzt rief.

»Wir müssen ihn in die stabile Seitenlage bringen!«, forderte sie Thamsen auf mitzuhelfen, da er wie gelähmt wirkte und das Geschehen nur wie durch einen dichten Nebelschleier wahrnahm. Was hatte er nur getan? Wie hatte er Haies Einsatz verantworten können? Er hatte doch gewusst, wie gefährlich es für den Freund werden konnte. Nun war er nicht nur schuld an Marlenes Tod, sondern hatte womöglich Haie auf dem Gewissen. Diese Erkenntnis ließ ihn alles andere vergessen. In seinem Kopf hämmerte nur eins: Schuld, Schuld, Schuld.

Sachte zog Ansgar ihn zur Seite, als der Notarzt ins Zimmer eilte, sich sofort zu Haie hinunterbeugte, während Doreen Nottelmann erklärte, was passiert war.

»Sauerstoff, sofort!«, wies er die Rettungssanitäter an, während er zunächst Beatmungsversuche unternahm.

Thamsen starrte auf den reglosen Körper des Freundes, der leicht bläulich wirkte. »Bitte, bitte!«, flehte er leise. »Bitte!« Die Minuten, in denen der Arzt um Haies Leben kämpfte, erschienen ihm wie Stunden. Er hielt selbst den Atem an, als er plötzlich ein Flattern von Haies Augenlid wahrnahm. Thamsen blinzelte. Hatte er sich die Bewegung nur eingebildet? Nein, atmete er endlich lautstark aus. Der Freund kam zu sich. Er stürzte neben Haie, ergriff seine Hand.

»Da bist du ja wieder«, schluchzte er.

35. KAPITEL

Thamsen wachte wie gerädert auf. Er war erst im Morgengrauen nach Hause gekommen und völlig fertig ins Bett gefallen. Nun, erst wenige Stunden später, fühlte er sich zwar körperlich völlig fertig, konnte aber nicht mehr schlafen.

Er drehte sich zur Seite und bemerkte, dass Dörte aufgestanden war. Wie spät es wohl sein mochte? Durch das nicht ganz lichtdichte Rollo konnte er Sonnenstrahlen ausmachen; und ein Blick auf den Wecker verriet ihm, dass es bereits nach neun Uhr war.

Einen kleinen Moment blieb er liegen, lauschte auf die Geräusche im Haus – das Klappern von Geschirr, Lottas Stimme, Radiomusik –, ehe er sich aufraffte und die Beine aus dem Bett schwang.

Kurz flammten die Bilder der letzten Nacht in seiner Erinnerung auf. Christian Mohr, wie er versuchte, Haie zu ersticken, der Freund, bewusstlos am Boden liegend, die Rettungskräfte, die Haie wiederbelebten, der zornige Pfleger, den sie abführten und gleich nach Husum zum Verhör überstellten. Ob Lorenz Meister schon ein unterschriebenes Geständnis hatte? Oder hatte Christian Mohr Rechtsbeistand angefordert, der ihm zum Schweigen riet?

Thamsen hatte empfohlen, eine Psychiaterin hinzuzuziehen, um festzustellen, ob Christian Mohr schuldfähig war. Außerdem halfen solche Gutachten, die Motive des Täters besser zu verstehen und waren bei weiteren Fällen durchaus hilfreich.

Er stand auf und tapste langsam in die Küche. Der Duft von frisch gebrühtem Kaffee weckte seine Lebensgeister langsam.

»Guten Morgen!«, begrüßte er Dörte, die ihn wider Erwarten anlächelte.

»Er bewegt sich.«

»Er?«

Sie nickte. »Beim letzten Ultraschall hat Dr. Schlöhm das Geschlecht eindeutig bestimmen können. Vorher hat er sich immer gut versteckt.«

Thamsen trat zu ihr und legte seine Hand auf ihren Bauch. Er spürte die Bewegung unter seiner Handfläche. »Wird bestimmt ein zweiter David Beckham«, grinste er und umarmte Dörte, die sich jedoch nach wenigen Augenblicken aus der Umarmung löste, um das Radio lauter zu stellen.

»Wir haben nun live am Telefon die forensische Psychiaterin, Frau Dr. Grotebaum, die mit dem Mörder aus dem ›Olenglück‹ gesprochen hat. Guten Morgen, Frau Dr. Grotebaum.«

»Guten Morgen.«

»Frau Dr. Grotebaum. Sie haben mit dem Festgenommenen gesprochen. Was hat er zu den Taten gesagt?«

»Nun, Herr Mohr ist geständig.«

»Aha, und warum hat er alte, wehrlose Menschen umgebracht?«

»Meiner Einschätzung nach ist Herr Mohr nicht psychisch krank oder in seiner Intelligenzfunktion eingeschränkt. Herr Mohr scheint mir ein geltungsbedürftiger Mann zu sein. Schnelle Autos, teure Uhren – das alles musste er sich finanzieren.«

»Aber warum hat er die Opfer nicht nur bestohlen? Wieso mussten diese Leute sterben?«

»Das kann ich Ihnen in der Kürze der Zeit nur ansatzweise erklären. Herr Mohr leidet einer ersten Einschätzung nach an einer narzisstischen Persönlichkeitsstörung. Ein ausgeprägter Narzissmus zeigt sich in dem Gefühl der eigenen Wichtigkeit. Der Narzisst möchte von anderen als überlegen anerkannt werden. Derlei Menschen sind oft erfüllt von Fantasien zu ihrer Berühmtheit, ihres Erfolges oder Aussehens. Sie beuten Beziehungen aus, mitmenschliche Kontakte werden meist nur unter Kosten-Nutzen-Gesichtspunkten bewertet. Generell und in einer gesunden Ausprägung kann Narzissmus zu einem positiven Selbstbewusstsein, zu Zielstrebigkeit und erfolgreicher Gestaltung des eigenen Lebens führen; in der ausgeprägten Form wie bei Herrn Mohr ist er durchaus Nährboden für Serienmorde.«

»Vielen Dank, Frau Dr. Grotebaum, für die sehr anschauliche Erklärung und Ihre Zeit. Unser Dank gilt an dieser Stelle der Polizei und einem mutigen Bewohner des ›Olenglücks‹, der mitgeholfen hat, den Täter zu überführen.«

Dörte drehte sich zu ihm und blickte ihn mit weit aufgerissenen Augen an.

»Haie?«

Dirks Mund verzog sich zu einem Grinsen, er nickte. »Haie.«

36. KAPITEL

»So, Herr Ketelsen, es geht los.« Doreen Nottelmann trat in Haies Zimmer und steuerte zielstrebig auf die gepackten Taschen zu. Sie hob eine davon auf Haies Schoß, der seit dem Morgen in seinem Rollstuhl saß und auf seine Entlassung wartete, nahm den Rest selbst in die Hand und schob los.

Nachdem der Mörder hinter Schloss und Riegel saß, war Haies Undercovereinsatz endgültig beendet, und obwohl er im Heim wie ein Held gefeiert wurde, hatte er sich sehr gefreut, als Tom ihm mitteilte, dass er ihn keinen Tag länger im »Olenglück« lassen würde.

Haie hatte zwar keine Ahnung, wie das genau zu Hause funktionieren sollte, aber sie würden das hinkriegen, hatte Tom gesagt, wie sie immer alles hinbekamen.

Doreen Nottelmann lenkte den Rollstuhl durch die Eingangshalle, in der sich einige Bewohner zu seinem Abschied versammelt hatten. Es kam so gut wie nie vor, dass jemand lebend das Heim verließ. Man wollte ihm ein letztes Mal für seinen mutigen Einsatz danken, und so winkten ihm alle freudig nach, als Doreen ihn durch die Tür schob.

Draußen holte er tief Luft. Endlich wieder in Freiheit, dachte Haie. Er verabschiedete sich von Doreen Nottelmann, die ihm in den Krankentransporter half, der ihn nach Hause brachte. Als der Wagen losfuhr, spürte Haie, wie sein Herz einen Satz machte. Der Undercovereinsatz war endgültig beendet. Er grinste.

Die Fahrt dauerte nicht lange, trotzdem war Haie froh, als die Türen sich öffneten.

»Sie sind da!«, hörte er als Erstes Niklas' Stimme, und kurz darauf streckte der Junge seinen blonden Schopf um die Ecke. Haie war selten in seinem Leben so glücklich gewesen. Ihm war gleichzeitig heiß und kalt. Tränen schossen ihm in die Augen, die er schnell mit dem Ärmel seiner Jacke wegwischen wollte, dann aber freien Lauf ließ. Er war zu Hause – endlich.

DANKESCHÖN

Oftmals werde ich gefragt, wie die Risumer es denn finden, dass ich dort das Verbrechen habe Einzug halten lasse. Ich antworte dann meist: »Ich glaube, ganz gut.«

Daher möchte ich an dieser Stelle auf keinen Fall versäumen, mich bei den Risum-Lindholmern zu bedanken, dass ich nach wie vor in meinem Heimatdorf ›morden‹ darf. Es ist ein ganz wunderbarer Schauplatz für meine Krimis, und ich kann mir für Thamsen und seine Freunde kein besseres Zuhause vorstellen. Herzlichen Dank!

Den Mitarbeitern des Gmeiner Verlages – insbesondere meiner Lektorin Claudia Senghaas – gilt mein Dank, die mich nun schon mehr als zehn Jahre bei der Umsetzung meiner Mordideen geduldig unterstützen. Vielen Dank!

Natürlich geht auch diesmal ein großes Dankeschön an mein ›Expertenteam‹, das mich bei medizinischen und polizeitechnischen Fachfragen berät – von euch habe ich eine Menge gelernt, und ich freue mich sehr auf weitere spannende Fälle.

Meiner Familie und meinen Freunden danke ich für die stetige Unterstützung und das Verständnis, dass ich nicht immer für alles und jeden Zeit habe, wenn ich mich auf Verbrecherjagd befinde; weiß ich doch andersherum, dass ihr immer für mich da seid. Dafür kann ich euch nicht genug danken.

Mein Dank gilt auch diesmal im Besonderen meinem Mann Kay, der mich nicht nur an unkreativen Tagen erträgt, sondern mich oft mit Thamsen & Co. teilen muss. Danke für dein Verständnis.

Nicht zuletzt natürlich ein ganz, ganz großes Dankeschön an all meine Leser, die mich seit vielen Jahren bei meinen Ermittlungen begleiten. Ich hoffe, Sie sind weiterhin dabei, wenn in Nordfriesland gemordet wird. Herzlichen Dank!

*Weitere Krimis finden Sie auf den
folgenden Seiten und im Internet:*

WWW.GMEINER-SPANNUNG.DE

SANDRA DÜNSCHEDE
Kofferfund

978-3-8392-1919-5 (Paperback)
978-3-8392-5095-2 (pdf)
978-3-8392-5094-5 (epub)

FUNDSACHE Nachdem ein alter Lederkoffer im Zentralen Fundbüro in Hamburg Altona abgegeben wurde, stinkt es dort gewaltig. Der Grund ist schnell ermittelt – beim Öffnen des Koffers stoßen die Mitarbeiter auf den Torso einer männlichen Leiche. Wer ist der Tote? Wie kommt er in den Koffer und wo ist der Rest der Leiche?

Peer Nielsen und sein Team von der Hamburger Mordkommission stehen vor einem Rätsel. Erst als einige Tage später in mehreren Altkleider-Containern plötzlich die restlichen Leichenteile auftauchen, kommt endlich Bewegung in den Fall …

GMEINER SPANNUNG

WWW.GMEINER-VERLAG.DE
Wir machen's spannend

SANDRA DÜNSCHEDE
Friesenmilch
....
978-3-8392-1834-1 (Paperback)
978-3-8392-4925-3 (pdf)
978-3-8392-4924-6 (epub)

DIE MILCH MACHT'S Eine Putzfrau findet Dr. Scholz tot in seiner Praxis. Schnell ist die Todesursache geklärt: ein vergifteter Joghurt der ortsansässigen Meierei in Niebüll. Bei seinen Ermittlungen erfährt Kommissar Thamsen, dass die Molkerei erpresst wird. Doch wer steckt hinter den Drohungen und dem Giftanschlag? Der Sohn des Meiereibesitzers und einige Mitglieder einer Aktivistengruppe geraten ins Visier der Polizei. Doch keiner der Ermittlungsansätze führt zur Lösung des Falls und der Druck wächst rasant, als es ein weiteres Opfer gibt.

SANDRA DÜNSCHEDE
Knochentanz

978-3-8392-1744-3 (Paperback)
978-3-8392-4751-8 (pdf)
978-3-8392-4750-1 (epub)

TOTENUNRUHE In einer regnerischen Aprilnacht ereignet sich in Hamburg auf dem Ring 3 ein folgenschwerer Unfall. Ein Kleintransporter rast mit hoher Geschwindigkeit gegen einen Baum. Doch der tödlich verunglückte Fahrer ist nicht der einzige Tote am Unfallort. Im Laderaum des Fahrzeugs liegen fünf Leichen – eine davon mit einer Schusswunde. Was bedeutet dieser grausige Fund? Wer sind die Toten?

Peer Nielsen von der Mordkommission begibt sich mit seinem Team auf Spurensuche und stößt dabei auf eine unfassbare Realität im medizinischen Alltag.

GMEINER SPANNUNG

WWW.GMEINER-VERLAG.DE
Wir machen's spannend

Das Neueste aus der Gmeiner-Bibliothek

Unser Lesermagazin

Bestellen Sie das kostenlose Krimi-Journal in Ihrer Buchhandlung oder unter www.gmeiner-verlag.de

Informieren Sie sich ...

www ... auf unserer Homepage:
www.gmeiner-verlag.de

@ ... über unseren Newsletter:
Melden Sie sich für unseren Newsletter an unter www.gmeiner-verlag.de/newsletter

f ... werden Sie Fan auf Facebook:
www.facebook.com/gmeiner.verlag

Mitmachen und gewinnen!

Schicken Sie uns Ihre Meinung zu unseren Büchern per Mail an gewinnspiel@gmeiner-verlag.de und nehmen Sie automatisch an unserem Jahresgewinnspiel mit »mörderisch guten« Preisen teil!

WWW.GMEINER-VERLAG.DE
Wir machen's spannen